KB236829

카마쿠라 향방
메모리즈 鎌倉香房
メモリーズ

KAMAKURA KOBO MEMORIES
ⓒ2015 by Akiko Abe
ⓒ2015 by Gemi(Illustration)
All rights reserved.
First published in Japan in 2015 by SHUEISHA Inc., Tokyo.
Korean translation rights in Republic of Korea arranged by SHUEISHA Inc.
through THE SAKAI AGENCY.
Korean edition, for distribution and sale in Repulic of Korea only.

이 책의 한국어판 저작권은 일본 集英社와의 독점계약으로 ㈜학산문화사에 있습니다.
저작권법에 의해 한국 내에서 보호를 받는 저작물이므로 불법 복제와 스캔 등을 이용한
무단 전재 및 유포 시 법적 제재를 받게 됨을 알려드립니다.

카마쿠라 향방
메모리즈
鎌倉香房メモリーズ
2
아베 아키코 지음
이희정 옮김
BOOK HOLIC

차례

제1화

은하수를
건너

# 1

개점하고 조금 지났을 무렵 카게츠 향방 안으로 유키야 오빠와 한 쌍의 멋들어진 조릿대를 옮겼다. 조릿대는 가슴이 뻥 뚫릴 것처럼 싱그럽고 깨끗한 향기가 난다. 끝이 뾰족한 이파리가 와스스 떠는 소리도 상쾌했고, 그 소리를 들으니 유치원에서 배운 칠석날 동요가 생각나 받침대 대용인 낡은 우산꽂이에 조릿대를 고정하며 나도 모르게 노래를 흥얼거렸다. 순간 정신이 들고 보니 반대쪽에서 조릿대를 다 고정한 유키야 오빠가 이쪽을 보고 있어서 대번에 귀까지 새빨개졌다.

"왜 그래요? 나는 신경 쓰지 말고 계속 불러요."

"아, 아니에요, 괜찮아요. 방금 들은 건 잊어주세요……!"

"부끄러워할 것 없어요. 노래 잘하던데. 한 번 더 불러 봐요."

"장식! 빨리 장식 만들어요!"

7월에 접어든 뒤로 카마쿠라에는 화창한 날이 이어졌고 낮 기온도 연일 30도를 웃돌았다. 여름이면 우악스러울 만큼 초목과 흙과 동물의 냄새가 짙어진다. 대기 중에서 온갖 생명력이 서로 맞서 싸우는 것 같아서 나는 언제나 이 계절이 돌아오면 그 향기의 위력에 압도되고 만다.

그래도 이곳 카게츠 향방의 칠하지 않은 나무 미닫이문 안쪽까지는 한여름 사나운 향기의 홍수도 들이닥치지 못한다. 대신 은은한 조명을 밝힌 가게 안에는 콧속에 싱그러운 바람이 부는 듯한 향기가 어려 있다. 가게 구석에 놓아둔 향로에서 작은 꽃 모양의 '인향印香'분말 형태의 향료를 틀에 찍어 말린 것. - 역자 주을 피우기 때문이다. 인향은 은은하면서 가볍고 경쾌한 향이라 여름에 어울려서 무더운 날씨에 가게를 찾아주신 손님들이 편안함을 느낄 수 있도록 지난달부터 피우기 시작했다.

"할머니가 색종이랑 실도 준비해주고 가셨거든요. 이걸로 장식 만들어요."

어제 저녁에 할머니와 친분이 있는 이웃이 "가게에 장식할래요?" 하고 멋스러운 조릿대 한 쌍을 주셨다. 오늘은 7월 7일 칠석이고, 게다가 손님이 많이 오는 일요일이므로 아주 좋은 아이디어였다. 공교롭게도 할머니는 향도 교실 강사 일이 있기 때문에 나와 유키야 오빠에게 "칠석 장식 잘 부탁해." 하고 맡기셨다.

하지만 내가 칠석 장식 세트를 늘어놓자 유키야 오빠가 말없이 눈을 가늘게 뜨고 나를 바라봤다. 피부가 하얀 일본풍 미남인 유키야 오빠는 눈이 시원스럽게 째진 외까풀이라 그 눈으로 미소를 지으면 무척이나 우아하지만 무표정할 때는 쿨한 박력이 배가되어 상당히 무섭다.

"카노도 같이 만들려고요?"

"네……?"

"기말시험이 이제 이틀 남지 않았어요? 게다가 카노가 싫어하는 화학과 수학B가 남아 있잖아요. 시험 기간 중이라 공부에 매진해야 하는 고등학교 2학년이 태평하게 칠석 장식이나 만들고 있어도 되겠어요?"

되겠어요? 하고 물으면서 차가운 시선으로 압박해오는 수법에 필사적으로 버티며 나는 칠석 장식 세트를 나뭇결무늬가 살아 있는 계산대에 펼쳤다.

"서, 서너 개만 만들고 방에 갈게요."

"그 말은 세 개란 뜻이에요, 네 개란 뜻이에요?"

"……네, 세 개요."

"좋아요. 그럼 그렇게 해요."

유키야 오빠가 능숙한 손놀림으로 종이학을 접기 시작하자 나는 그 옆에서 초롱과 세로로 길게 이어붙인 별 장식과 수술 장식을 만들었다. 말 한 마디 없이 만들다 보니 순식간에 완성하고 말았다. 그렇지. 칠석 하면 은하수다. 색종이를 길게 두 번 접어 가위로 가늘게 칼집을 넣어 펼치면 그물 모양의 은하수가 만들어진다. 그래, 이거야, 하고 다음 색종이를 집으려고 했더니 하얀 손이 색종이 뭉치를 냉큼 멀리 밀어냈다. 검은 메탈 프레임의 안경 너머에서 싸늘한 눈빛이 레이저빔처럼 날아왔다. 나는 울상을 지으며 고개를 숙였다.

"……그, 그렇게 매정하게 굴 필요는 없잖아요. 잠깐 숨 좀 돌린다고 큰일 나는 것도 아닌데."

"매정하게 군 적 없고, 잠깐 한숨 돌리는 게 나쁘다는 뜻도 아니에요. 하지만 한숨 돌리는 시간은 30분이면 충분하잖아요? 시험은 고등학생의 발표회나 마찬가지니까 제대로 준비해서 임해야죠."

내가 다니는 시치리가하마 현립 고등학교에서는 지난주부터 여름방학을 앞두고 기말고사 기간에 돌입했다. 시험은 주말을 끼고 화요일까지 계속된다. 그래서 6월 하순부터 나에게는 주말 가게 보기 금지령이 내려졌다. 발령한 사람은 가게 주인인 할머니가 아니라 아르바이트 대학생 키시다 유키야 오빠다. 그래서 지금도 유키야 오빠는 평소에 가게에서 일할 때와 마찬가지로 연한 푸른색 히토에<sub>안감이 없는 홑겹 기모노. – 역자 주</sub>에 안이 비치는 검은색 하오리<sub>기모노 위에 입는 짧은 상의. – 역자 주</sub>를 걸친 전통 의상을 입고 있지만 나는 평상복인 무난한 원피스 차림이었다. 지난 2주 동안 가게에 고개를 내밀려고 하면 "나 혼자로도 충분해요." 하고 쫓아내고, 얼굴만 보면 "공부해요." 하고 돌려보내는 등 유키야 오빠가 나를 대하는 태도는 참으로 박정하기 그지없었다.

고등학생인 내가 대학생인 유키야 오빠를 만날 수 있는 시간은 유키야 오빠가 아르바이트를 하러 카게츠 향방으로 오는 토요일과 일요일뿐이다. 그 귀중한 기회가 벌써 2주나 날아갔다. 그래서 칠석 장식을 만드는 일을 거든다는 핑계로 옆얼굴이라도 살짝 훔쳐보려는 것뿐인데 그것이 그렇게 아이스 빔을 쏘아 쫓아낼 만큼 나쁜 짓이란 말인가. 물론 공부는 내가 해야 할 가장 중요한 임무지만 지난 2주 동안 쌓인 참을 수 없는 이 마음을 아주 조금쯤은 해소해도 되지 않을까? 멀찍이 밀어낸 색종이 뭉치를 원망스러운 눈으로 쳐다보자 유키야 오빠가 한숨을 내쉬었다.

"카노, 지난달에 히비키 씨네 가게에 갔을 때 우리 대학교에 들어오고 싶다고 했죠?"

"네? 그…… 그랬죠."

히비키 씨는 풀 네임이 쿠라나미 히비키 씨로, 코시고에에서 부인과 함께 레스토랑을 운영하는 26세 남성이다. 돌아가신 히비키 씨의 아버지가 할머니에게 향목을 유증하신 일을 계기로 나와 유키야 오빠는 그와 알게 되었고, 6월 중순에 둘이서 히비키 씨네 가게에 점심을 먹으러 다녀왔다. 히비키 씨가 만든 비프스튜는 온몸이 짜릿해질 만큼 맛있었고, 게다가 밥을 먹은 뒤 보르조이라는 견종인 예카테리나와도 같이 놀게 해줘서 나



제1화

는 정말로 기분이 좋았다.

그렇다. 히비키 씨 부부와 함께 넷이서 즐겁게 차를 마시다 어쩌다 보니 내 진로 이야기가 나와서 유키야 오빠가 다니는 요코하마에 있는 대학교에 갈 수 있으면 좋겠다고 작게 이야기한 기억이 있다.

"하지만 지금 성적으로는 힘들다고, 분명히 그랬죠?"

"……부끄럽지만 맞아요……."

"그렇다면 지금부터라도 열심히 해요. 1년 넘게 시간이 있으면 충분히 준비할 수 있으니까요."

나는 유키야 오빠를 뚫어져라 올려다보았다. 유키야 오빠는 감정이 잘 드러나지 않아서인지 향기의 변화를 알아채기가 쉽지 않다. 하지만 미간에 가느다랗게 잡힌 한 줄기 주름은 나를 매정하게 밀어내는 것이 아니라 오히려 그 반대임을 증명한다는 사실은 향기를 맡지 않아도 잘 알 수 있었다. 순간 뺨이 화끈 달아올라 나는 고개를 숙였다. 내 얼굴에는 금방 빨개지는 난감한 기능이 딸려 있다.

"……지금부터 꾸준히 노력할게요."

"암요, 그래야죠."

"그럼 마지막으로 은하수만 만들고요."

"왜 얘기가 그렇게 되죠?"

유키야 오빠는 얼굴을 가볍게 찡그리며 노란색 색종이를 건

네주었다. 나도 노란색이 좋겠다고 생각했던 터라 기뻤다. 곧바로 색종이를 세로로 길게 두 번 접고 좌우 끄트머리부터 번갈아가며 가위로 칼집을 넣어갔다. 아주 오래전에 배운 대로.

'아무리 나이를 먹어도 이런 건 즐겁다니까. 봐, 이렇게 펼치면 은하수가 된단다.'

언제나 쾌활함을 잃지 않던 그 사람의 웃는 얼굴. 그분을 떠올리면 언제나 가슴이 조금 욱신거린다. 그런 안타까움을 짊어지고 살아가던 사람이었다.

"……타마코 할머니, 기억나요?"

방금까지 생각하던 사람의 이름을 유키야 오빠가 말해 나는 화들짝 놀랐다. 아련한 눈길로 칠석 장식을 바라보는 유키야 오빠에게 작게 대답했다.

"네. 기억나요."

나는 초등학교 3학년이었고 유키야 오빠는 초등학교 6학년이었다. 타마코 할머니를 처음 만난 것도 마침 지금처럼 화창하고 무더운 여름날이었다.

"카노."

분명 그렇게 나를 불러 세웠던 걸로 기억한다. 초등학교에서 집으로 돌아가는 길이었고, 나는 분홍색 책가방을 메고 있었다.

"유키야."

츠루가오카 하치만구 신사 방향에서 카나자와 가도를 따라 걸어온 유키야 오빠도 역시 학교를 마치고 오는 길이었으므로 검은색 책가방을 등에 메고 있었다. 그 무렵의 유키야 오빠는 지금과 비교하면 상당히 무표정한 소년이었지만 내가 너무 기뻐서 책가방이 덜그럭덜그럭 울리도록 달려가자 낯간지러운 듯이 살짝 미소를 지었다.

——왜 그렇게 슬퍼해?

우연히 카게츠 향방 앞을 지나가던 유키야 오빠에게 내가 말을 걸면서 서로 친해진 것이 그 해 4월이었다. 그 뒤로 유키야 오빠는 며칠 간격으로 카게츠 향방을 찾아오게 되었고, 나는 유키야 오빠가 오는 날을 손꼽아 기다리는 날들이 그렇게 두 달 조금 지난 6월 중순 무렵이었다.

"오늘 교실에 참새가 들어오는 바람에 완전히 난리가 났었어."

"참새? 학교에서 창문 열어놓고 있어?"

"유키야네 학교는 창문 안 열어? 안 더워?"

"……미안해. 내가 다니는 학교에는 에어컨이 있거든."

"에어컨……."

초등학교 6학년인 유키야 오빠는 남자인지 여자인지 잘 구분이 되지 않는 중성적인 외모였다. 참고로 지금은 태어날 때부터 안경을 쓰고 태어났다고 해도 믿을 만큼 검은 메탈 테의 안경이

잘 어울리지만 그 시절의 유키야 오빠에게는 아직 그 트레이드
마크가 없었다.

푹푹 찌는 무더운 여름날 매미 울음소리가 몇 중주인지도 세
기도 힘들 만큼 울려 퍼지던 것을 기억한다. 장마철 치고는 드
물게 맑은 날이었지만 유키야 오빠와 카게츠 향방으로 걸어가면
서 공기 중에 미세한 물 입자가 떠 있는 것을 느꼈다. 먼지 같고
조금 달콤한, 비가 올 것 같은 예감이 드는 냄새가 났다.

"우리 카노, 학교 잘 다녀왔니? 유키도 왔구나."

흰 바탕에 '향'이라는 한 글자가 붓글씨로 쓰여 있는 포렴을
지나 나와 유키야 오빠가 칠하지 않은 나무 미닫이문을 열자 긴
지 할아버지가 인사를 건넸다.

할아버지는 원래 몸이 약하신 탓에 내가 중학교 3학년 때 타
계하셨지만 이때는 아직 건강하셨다. 막 환갑을 맞이한 할아버
지는 언제나 남색 사무에일할 때 입는 작업복. 승려가 일상복으로 입는다. — 역
자 주에 같은 색깔의 소매가 없는 하오리를 걸치고 가게와 안쪽
공방을 오갔다.

그리고 계산대를 사이에 두고 할아버지와 이야기를 나누는
늘씬하고 키가 큰 할머니가 있었다. 새하얀 짧은 머리는 모델처
럼 멋스러웠고 목에 건 가느다란 목걸이가 우아하게 빛났다. 그
사람이 타마코 할머니였다.

"긴지 씨 손녀예요? 안녕? 만나서 반가워."

타마코 할머니는 이때 이미 여든이 넘었지만 도저히 그 연세로는 짐작되지 않을 만큼 나와 유키야 오빠에게 보여준 미소는 싱그러웠다. 허리도 꼿꼿하고 무엇보다 활기찬 목소리가 아름다웠다. 나는 금방 얼굴이 새빨개지며 "아, 안녕, 안녕하……세요." 하고 있는 대로 더듬거리는 바람에 울상이 되었고, 표정이 완전히 사라진 유키야 오빠는 고장 나기 3초 전인 로봇처럼 뻣뻣하게 고개를 꾸벅 숙였다. 애처로울 만큼 커뮤니케이션 능력이 떨어지는 초등학생들을 보고 할아버지가 쓴웃음을 지으며 우리를 위해 한마디 덧붙여주었다.

"미안해요. 둘 다 낯을 가려서 그래요. 친해지면 둘 다 완전히 달라져서 재미있어요."

"어머나, 그러면 꼭 친해져야겠네."

눈가에 주름을 지으며 타마코 할머니가 웃었을 때 아, 하고 생각했다. 그녀에게서 포롱 풍겨 나온 부드럽고 맑은 향기. 이 할머니는 정말로 우리와 만난 것이 기쁘고 진심으로 친해지고 싶다고 생각하고 있었다. 아마도 이 할머니는 겉과 속이 다르지 않다. 그리고 틀림없이 정이 많다.

"나는 나미시마 타마코야. 너희도 이름을 가르쳐줄래?"

타마코 할머니는 어린아이를 대한다는 느낌이 들지 않는 자연스러운 태도로 허리를 숙이며 나와 유키야 오빠에게 미소를 지었다. 나는 한층 더 빨개지며 간신히 이름을 말했고 유키야 오빠는 하얗고 무표정한 얼굴로 국어책 읽듯이 말했지만, 그래도 타마코 할머니는 기쁜 듯이 고개를 끄덕였다.

"카노랑 유키야라고 하는구나. 할머니는 이 근처에 살아. 이웃사촌이니까 우리 집에 차 마시러 올래?"

이리하여 무더운 여름날, 나와 유키야 오빠는 타마코 할머니를 알게 되었다.


# 2

타마코 할머니는 카게츠 향방에서 걸어서 몇 분 안 걸리는 '덴가쿠즈시의 길'이라는 거리에 살았다. 덴가쿠즈시의 길은 나메리가와 강을 끼고 카나자와 가도를 따라 평행하게 나 있는 한적한 골목길로, 그 길가에 있는 작고 하얀 단독주택이 타마코 할머니네 집이었다.

당시의 나는 낯가리는 성격을 타고난 데다 도쿄의 학교에서 문제를 일으킨 뒤로 사람들과 어울리는 것이 무서워졌기 때문에 방금 알게 된 할머니네 집에 차를 마시러 가는 것은 너무나 버거운 일이었다. 유키야 오빠도 오빠대로 최대한 다른 사람과는 접촉하고 싶지 않다는 무언의 주장을 온몸에서 뿜어내고 있었으므로, 우리는 환하게 웃는 타마코 할머니 앞에서 딱딱하게 굳어 있기만 했다. 그때 할아버지가 태평하게 웃으며 말했다.

"그거 재밌겠구나. 둘 다 다녀오렴."

낯빛이 달라지며 돌아보는 나와 유키야 오빠에게 할아버지는 이렇게 덧붙였다.

"어차피 너희는 죽을 때까지 사람들 속에서 어울려 살아가야 하니까 조금은 세상에 익숙해져야지. 좋은 사회 공부가 될 테니까 다녀와. 선생님은 무서운 사람이 아니니까 괜찮아."

할아버지는 선이 가녀린 외모와는 정반대로 성격이 대범해서 내가 울상을 짓는 정도로는 전혀 흔들리지 않는 분이셨다. 결국 나와 유키야 오빠는 타마코 할머니를 따라 그 작고 하얀 집을 방문하게 되었다.

안내받은 다다미방은 넓지는 않았지만 생활하기 편하게 정돈되어 있었다. 바람이 잘 드는 방이었는데, 타마코 할머니가 창문을 열자 하얀 커튼이 노래하듯이 흔들리며 독특한 향기가 흘러 들어왔다. 창밖으로 고개를 내밀어보니 담장과 집 사이의 작은 뜰에 라벤더가 가득 심어져 있었고, 옛날이야기에 나오는 것 같은 아름다운 보라색 꽃이 바람을 타고 하늘거리고 있었다.

"아침에 문득 생각나서 주스를 만들었는데 입에 맞을지 모르겠네."

부엌에서 타마코 할머니가 유리잔 가장자리에 서리처럼 소금을 장식한 차가운 수박 주스를 가지고 왔다. 그 맛이 기가 막힐 정도로 좋아서 딱딱하게 굳은 상태로 얌전히 앉아 있던 나는 한 모금 마신 순간 감동에 몸을 떨었고, 조각상처럼 한결같은 침묵으로 일관하던 유키야 오빠도 "맛있어……." 하고 어린 아이다운 솔직한 말이 튀어나왔을 정도였다. 그런 우리에게 타마코 할머니는 기뻐하며 과자를 내주었고, 아름다운 목소리와 통통 튀는 말투로 이야기를 이어가자 커뮤니케이션 능력이 떨어지는 초등학생들도 조금씩 말문이 트이게 되었다.

타마코 할머니는 나이가 어리다고 무시하는 사람이 아니었다. 우리의 이야기를 듣는 눈빛은 지극히 진지했고, 나는 대등한 입장에서 존중받고 있다고 느꼈다. 타마코 할머니의 그러한 태도는 예전에 종사했던 직업을 통해 길러졌을 것이다. 타마코 할머니는 정년을 맞이할 때까지 계속 초등학교 선생님이었다고 한다. 그래서 퇴직한 뒤에도 예전에 가르쳤던 제자와 오래된 지인들은 계속 '선생님'이라고 불렀다.

"학교는 어떠니? 재밌니?"

한차례 잡담을 하고 타마코 할머니는 자연스럽게 화제를 꺼냈다. 나는 수박 주스의 감미로운 단맛이 순식간에 사라져버린 기분이 들어 고개를 푹 숙였고, 유키야 오빠까지 다시 철벽같은 침묵을 지키며 무표정해지자 타마코 할머니가 쓴웃음을 지었다.

"그다지 재미있지 않은가 보구나. 그래……, 미안해. 솔직히 말할게. 사실은 요전에 카게츠 향방에 물건을 사러 갔다가 미하루 씨랑 얘기했거든. 미하루 씨는 카노가 조금 걱정스러운가봐. 카마쿠라로 이사 온 지 상당히 지났는데 여전히 학교에 적응하지 못하는 것 같다고."

타마코 할머니는 이야기를 끌고 나가는 방식이 절묘해서 나는 부자연스럽다고 느끼지 못했지만, 만난 지 얼마 되지도 않았는데 바로 차를 마시러 오라고 초대한 데에는 그러한 사정이 있었던 듯했다. 타마코 할머니는 두루뭉술하게 얼버무렸지만 아마도 할머니가 초등학교 선생님이었던 타마코 할머니에게 내 문제로 상담을 했었나 보다. 나에게는 언제나 밝고 명랑한 할머니지만 친구도 사귀지 못하고 반에서 늘 겉도는 내 상황은 학교를 통해 전해 들었을 터이므로 신경이 쓰이지 않을 리가 없었다.

"반 아이들이랑 좀처럼 마음이 안 맞니?"

나는 여전히 바닥만 바라본 채 고개를 저었다. 전학 온 나에게 아이들은 하나같이 적극적으로 말을 걸어오고 친하게 지내려 했다. 그런 아이들의 마음에 제대로 부응해주지 못하는 사람은 오히려 나였다.

"무슨 이유가 있니? 혹시 누군가가 도와주면 해결할 수 있지 않을까?"

나는 한 번 더 고개를 가로저었다. 아마도 이 문제는 절대 해결되지 않는다. 내가 나인 이상은.

"……애들이랑 같이 있으면 상처 입히니까……."

1년 전에 나는 도쿄의 초등학교에서 문제를 일으켰다. 반에서 아이들 지갑이 자꾸 사라졌고, 그 소동 속에서 나는 반장인 여자아이를 고발했다.

사람은 누구나 고유의 향기를 가지고 있다. 그것은 몸 상태나 감정의 흐름에 따라 비눗방울의 표면 색깔처럼 끊임없이 움직이고 변화한다. 나는 범인에게 자수하라고 호소하는 반장에게서 침통한 표정과는 전혀 어울리지 않는 강렬한 흥분의 향기를 느꼈다. 그 뒤 반장의 가방에서 도난당한 지갑이 발견되자 그 아이는 학교에 나오지 않게 되었고 끝내 다른 학교로 전학을 갔다.

소동이 일어난 날부터 하루하루가 지날 때마다 나는 내가 한 짓이 끔찍해서 참을 수 없었다.

여러 사람 앞에서 고발당하고 학교에 나오지 못하게 된 그 아이는 얼마나 깊은 상처를 입었을까. 애당초 정말로 그 아이가 지갑을 훔쳤던 걸까. 내가 느낀 것은 그 아이의 말이나 행동과는 어울리지 않는 감정의 향기뿐이었다. 결과적으로 그 아이는 자기가 훔쳤다고 인정하고 사과했다. 하지만 나는 그런 불확실한 정보만으로 그 아이를 범인이라고 단정해도 되었을까. 아니, 애당초 나는 정말로 향기를 느끼기는 하는 걸까. 부모님 말대로 나는 거짓말을 하고 있는 것이 아닐까. 단지 공상을 현실이라고

　　　　　　　　　　　　　　　　　　　제1화

믿으며 착각하고 있는 것뿐이지 않을까.

그런 생각을 하게 되자 어딘가로 거꾸로 추락하는 듯한 두려움에 사로잡혔다. 하지만 내가 가장 두렵고 추하고 사라졌으면 좋겠다고 생각하는 것은 그날 희미한 우월감마저 느끼며 그 아이를 고발한 자신이었다. 향기를 느낀다고 말하는 나를 부정하는 부모님에게 나는 거짓말쟁이가 아니라고 증명하고 싶었다. 그러기 위해 그 사건을 이용했다. 양심 때문이 아니라 스스로의 욕망을 위해 나는 다른 사람을 공격했다.

그 뒤로 다른 사람들에게 다가가기가 두려웠다. 이런 나는 또다시 누군가를 상처 입히고 말 테니까. 내 아픔은 참으면 그만이지만 상처 입은 사람의 아픔은 더 이상 내가 어떻게 할 수가 없으니까. 또다시 죄를 짓게 되면 안 그래도 역겨운 스스로를 더욱 경멸하게 될 테니까. 그것은 정말로 몸이 갈기갈기 찢어질 만큼 괴로우니까.

부드러운 손길이 등을 살포시 쓰다듬었다. 타마코 할머니가 다정한 눈길로 내 얼굴을 들여다보고 있었다. 유키야 오빠도 눈꼬리를 내리고 걱정스럽게 쳐다보았다. 나는 눈가를 훔쳤다.

"그렇구나. 그런 생각을 하고 있었구나. 누군가를 상처 주고 상처 받는 건 이 할머니 나이가 돼도 고민스러운 문제야. ……유키야는 어떻게 생각하니?"

"……왜 저한테 물어보세요?"

"6학년의 신선한 의견이 듣고 싶어서 그래. 게다가 넌 말을 잘 할 것 같거든."

지금까지 유키야 오빠가 한 말이라고는 "네.", "그래요?", "맛있어요." 정도였는데, 그것만으로 유키야 오빠의 달변가 자질을 꿰뚫어본 타마코 할머니는 역시 예사 사람이 아니었다. 유키야 오빠는 중성적인 얼굴로 난감한 표정을 짓고 있었다.

"상처 줘도 괜찮지 않을까?"

아직 변성기도 오지 않은 목소리로 충격적인 발언을 하는 바람에 나는 화들짝 놀랐다.

"상처 주기 싫다고 생각한다면 카노는 일부러 남에게 상처 주는 일은 하지 않을 거야. 하지만 그래도 만약 누군가에게 상처를 줬다면 그건 사람이 숨을 쉬기 위해서 이산화탄소를 내뿜는 것처럼 피할 수 없는 일이라고 생각해. 그게 싫은 사람은 카노한테서 멀어져 갈 거고 그래도 괜찮다고 생각하는 사람은 남을 테니까, 그러니까…… 평범하게 지내면 되지 않을까?"

나는 아무 말도 못하고 눈만 깜빡깜빡했다. "와." 하고 타마코 할머니가 눈이 튀어나오게 맛있는 음식을 먹고 무심코 감탄할 때 같은 소리를 냈다.

"유키야의 생각은 아주 합리적이고 재미있구나. 한번 제대로 단둘이 면담해보고 싶네."

"면담은 과학 실험 다음으로 싫어해요."

 

"카노, 유키야가 아주 좋은 말을 해줬다고 생각해. 다른 사람한테 상처를 줄까봐 그렇게까지 무서워하지 않아도 괜찮고, 반대로 말하면 아무리 누군가와 거리를 둬도 상처 주는 걸 완전히 피할 순 없지 않을까? 그보다는 상처 준 다음에 어떻게 하는지가 훨씬 중요해. 그러니까 너무 그렇게까지 스스로를 나쁘게 생각하지 마. 적어도 나는 이렇게 카노랑 같이 있어도 상처받거나 하지 않고 오히려 무척 즐거운걸."

그래도 나는 여전히 수긍하지 못했다. 짐작이 간다는 듯이 타마코 할머니는 미소를 지었다.

"물론 그렇다고 해서 당장 내일부터 학교에서 친구를 사귀라는 뜻은 아니야. 네가 누군가랑 같이 있고 싶다고 생각하면 그렇게 하면 돼. 조급해할 필요도 없고 무리할 필요도 없어."

나도 할머니에게 걱정을 끼치고 싶지 않고, 혼자 있는 게 쓸쓸하지 않은 것도 아니다. 자신은 없었지만 이번에는 아주 살짝 고개를 끄덕일 수 있었다.

그럼, 하고 말하듯 타마코 할머니가 눈길을 옮겼다. 그것을 깨달은 유키야 오빠가 재빨리 선제 방어에 나섰다.

"저는 괜찮아요. 재미있으려고 학교에 다니는 게 아니니까요. 제가 원하는 건 친구나 인간관계가 아니라 초등교육의 지식과……."

"초등교육?"

"의무교육 과정을 수료했다는 증명과……."

"교, 교육 과정?"

"중학교에 진학하기 위한 졸업 인증이니까요."

"졸업 인증……?"

유키야 오빠는 초등학교 6학년치고는 어휘가 풍부해 세상 물정 모르는 초등학교 3학년인 나는 당황스럽기만 했지만, 타마코 할머니는 아무것도 부정하지 않는 깊은 미소를 짓고 있었다.

"넌 정말로 합리적으로 사고하는구나."

"그러면 안 돼요?"

"그렇지 않아. 어떤 생각을 가지고 살아가건 그건 그 사람의 자유니까. 그리고 너에게는 인생을 계획하는 힘이 있고 그것을 실행하는 능력도 있어."

단, 하고 타마코 할머니는 조용히 덧붙였다.

"혼자 살아가는 데에 너무 익숙해지진 말았으면 좋겠구나. 혼자 힘으로 해나가는 데에 너무 익숙해지면 다른 사람에게 손을 내밀지 못하게 되거든."

"남의 힘은 빌리지 않을 거예요. 전 그럴 수 있는 사람이 될 거예요."

부드럽게 풀려 있던 유키야 오빠의 표정과 목소리가 어느새 딱딱하게 돌아와 있었다.

"저는 다른 사람을 불쾌하게 만드니까 주변 사람들한테도 그

편이 낫다고 생각해요.”

무언가 직감한 듯이 타마코 할머니의 표정이 심각해지며 눈에 슬픈 빛이 스치고 지나갔다.

“누가, 너한테 그런 말을 했니?”

유키야 오빠는 표정이 달라지지는 않았지만 평소에는 느끼기 힘든 유키야 오빠의 향기가 급소를 찔린 것처럼 일렁거렸다. 나는 그 전까지는 두 사람의 고차원적인 대화를 따라가지 못했지만 지금이 있는 힘껏 목소리를 내야 하는 상황이라는 사실만은 직감했다.

“불쾌하지 않아. 유키야랑 있으면 얼마나 즐겁고 재미있고 기쁜데.”

유키야 오빠는 허를 찔린 표정이었다. 반면 그런 유키야 오빠를 보는 나는 입을 꾹 다물고 단호한 표정을 짓고 있었다고 생각한다. 평소에는 냉정하고 똑똑한 6학년생이 난생 처음 듣는 외국어로 누군가가 말을 건 것처럼 당황하자 “아 참!” 하고 타마코 할머니가 손뼉을 짝 쳤다.

“그러고 보니 벌꿀 레몬 아이스크림을 만들어둔 게 있었지. 같이 먹을래? 그릇에 담는 것 좀 도와주겠니?”

파닥파닥 손짓하며 부르셔서, 나와 당황한 얼굴의 유키야 오빠는 작은 부엌으로 가서 타마코 할머니를 거들었다. 할머니가 내준 아이스크림과 한 잔 더 따라준 맛이 끝내주는 수박 주스는 어떤 고민을 안고 있어도 어느새 까맣게 잊어버릴 만큼 맛있었다.

나는 그날 타마코 할머니가 좋아졌고 유키야 오빠도 마찬가지였을 거라고 생각한다.


나와 유키야 오빠는 그 뒤로 몇 번 더 타마코 할머니네 집에 초대를 받았다. 타마코 할머니는 언제나 웃는 얼굴로 우리를 환영해주었고, 그 표정에 거짓이 없음을 나는 그녀의 향기를 통해 느꼈다.

처음 찾아갔던 날에는 알아채지 못했지만 타마코 할머니가 언제나 우리를 안내하는 다다미방에는 빛바랜 사진이 한 장 놓여 있었다. 나무로 된 서랍장 위에, 타마코 할머니가 언제나 앉는 자리에서 고개를 살짝 돌리면 눈에 들어오는 위치에 가만히 놓여 있었다.

화질이 조금 떨어지는 그 사진에는 젊은 남녀 두 사람이 찍혀 있었다. 귀를 내놓고 머리를 땋아 내린 여자는 아직 소녀라고 할 수 있을 만큼 젊었고, 옆에 서 있는 갸름한 얼굴의 청년은 군복 같은 옷을 입고 모자를 쓰고 있었다. 두 사람 다 전혀 웃지 않았고, 얌전한 표정으로 나란히 붙어선 두 사람의 발밑에는 줄기가 길고 가는 식물이 땅을 완전히 뒤덮듯이 빽빽이 자라 있었다. 줄기 끝에 꽃인지 열매인지 모를 것이 소보록하게 달려

 제1화

있는 모습은 보리나 벼와 비슷했지만 흑백 사진이라 분명하지는
않았다.

"우리 남편이야. 젊었을 때 전쟁터에 나간 뒤로 돌아오지 않았
지만."

흑백 사진이 신기해서 뚫어지게 보고 있던 나에게 타마코 할
머니는 온화하게 말했다. 남편이 떠나던 날 집 마당에서 찍은
사진이야, 하고 덧붙이며.

타마코 할머니는 혼자시고, 틀림없이 오랫동안 그래왔다는
건 나도 은연중에 느끼고 있었다. 예를 들어, 호두색 낮은 테이
블에 씌워져 있는 레이스 식탁보나 도드라지지 않게 놓여 있는
유리 장식품, 예쁘게 생긴 가는 바늘이 달린 탁상시계. 타마코
할머니의 하얀 집은 구석구석까지 고상하고 꼼꼼하게 정리되어
있었는데 너무 완벽해서 다른 사람이 자아내는 잡맛 같은 것이
전혀 느껴지지 않았기 때문이다. 타마코 할머니의 색깔밖에 없
었다.

"옆에 있는 사람이 나야. 제법 미인이지? 실은 젊었을 때 인기
가 좀 많았어."

뭐라고 대꾸해야 좋을지 몰라 입을 다물고 있는 나와 유키야
오빠에게 타마코 할머니는 장난기 가득하게 말하며 웃음을 자
아내려고 했다. 타마코 할머니는 언제나 그런 식으로 쾌활함을
잃지 않는 사람이었다.

수술 장식과 초롱, 별 장식과 은하수. 내가 지금 기억하고 있는 칠석 장식은 모두 타마코 할머니에게 배운 것이다. 아마도 7월에 접어든 지 얼마 안 되었을 때였다고 생각한다. 학교에서 돌아오는 길에 유키야 오빠와 만나 같이 걸어가고 있는데 마침 반대쪽 길을 지나가던 타마코 할머니가 "애들아." 하고 우리를 불렀다.

"칠석날에 이웃 사람들이랑 모여서 다과회를 열기로 했는데 어쩌다 보니 내가 장식 담당이 됐지 뭐니. 괜찮으면 나 좀 도와줄래?"

언제나 가는 그 다다미방에서 타마코 할머니가 사온 색종이로 칠석 장식을 만들었다. 나는 손으로 하는 이런 작업을 좋아하므로 열심히 별과 수술 장식을 만들었다. 반면, 유키야 오빠는 당황한 것처럼 오른손에 든 가위와 왼손에 든 색종이를 번갈아보고 있었는데, 타마코 할머니가 만드는 법을 한 번 가르쳐주니 믿을 수 없을 만큼 아름다운 장식을 하나씩 하나씩 만들어내어 "이거 팔면 잘 팔리겠다……." 하고 타마코 할머니를 전율하게 했다.

"아무리 나이를 먹어도 이런 건 즐겁다니까. 봐, 이렇게 펼치면 은하수가 된단다."

세로로 길게 접은 색종이에 싹둑싹둑 가위집을 넣어 그물 모양의 은하수를 펼쳐 보이는 타마코 할머니의 웃는 얼굴은 마치 쾌활한 소녀 같았다.

"내가 어렸을 때는 칠석날 밤에 친구들이랑 같이 집집마다 돌아다니면서 과자를 받았어. 이런 노래를 부르면서 말이야."

타마코 할머니가 아름다운 목소리로 부른 노래는, '촛불을 내놓아라, 내놓지 않으면 할퀴어주마', 라는 이상한 가사의 노래였다. 칠석날에 과자를 받으며 돌아다닌다니 마치 할로윈 같았다. 칠석에 그런 행사를 한다는 말은 들어본 적이 없었기 때문에 무척 흥미롭고 신선했다.

"그리워라. 벌써 몇 년 전 일인지⋯⋯. 열두 살 정도까지 했으니까⋯⋯ 벌써 70년 전이네?"

"그럼 지금 여든두 살이에요?"

"유키야는 암산이 빠르구나. 하지만 지금은 아직 여든하나야. 다음 달이 돼야 여든둘이거든. 이건 아주 중요한 문제란다. 그런데 너희는 생일이 언제니?"

내가 4월생이라고 대답한 뒤, 유키야 오빠는 아주 오래 뜸을 들였다가 10월에 태어났다고 나직하게 털어놓았다. 나는 이름이 '유키야雪弥'라 당연히 12월이나 1월에 태어났을 것이라고 생각했었고, 타마코 할머니도 마찬가지였는지 "그렇구나⋯⋯." 하고 같이 쳐다보자 유키야 오빠는 기분이 상했는지 무표정해졌다. 아마도 지금까지 누군가에게 생일을 알려줄 때마다 다들 똑같은 반응을 보였을 것이다.

저녁이 되어 나와 유키야 오빠가 그만 돌아가려고 현관에서 신발을 신고 있는데 딩동 하고 현관 초인종이 울렸다. 불투명한 유리 너머로 키가 큰 사람의 그림자가 비쳤다.

"누구세요?"

타마코 할머니가 미닫이문을 열자 현관 앞에 서 있던 초로의 남성이 "응?" 하고 눈썹을 치켜 올렸다.

"카노랑 꼬맹이잖아. 선생님 댁에서 뭐 하니?"

푸른 작업복을 입고 목에 수건을 두른 그 사람은 사다오미 할아버지로, 카게츠 향방의 이웃이다. 직업은 궁궐목수로, 야무지고 남자답게 생긴 상당한 미남이었다.

"사다오미, 오늘은 일 다 끝났니?"

"예, 제 실력이 좋으니 금방 끝났죠. 선생님, 지난번에 부엌문이 잘 안 움직인다고 하셨죠? 상태가 어떤지 좀 보러 왔어요."

"어머 정말? 괜찮겠어?"

"그럼요. 선생님한테 신세진 것만 해도 얼만데요."

사다오미 할아버지는 초등학교 3학년과 4학년 때 타마코 할머니가 담임을 맡은 반에 있었다고 한다. '옛날에는 반에서 대장이었고 지금은 궁궐목수 대장'이라며 웃는 타마코 할머니에게 "도편수라고 해주세요." 하고 사다오미 할아버지가 짐짓 점잔 빼는 표정으로 정정했다.

"너희는 잠깐 기다려. 나도 긴지한테 가봐야 하니 태워주마."

　옛날부터 카게츠 향방 이웃에 사는 사다오미 할아버지는 할아버지와 친해서 때때로 우리 집에 와서 할아버지와 체스를 두곤 했다. 그러니 요즘 들어 카게츠 향방에 드나들게 된 유키야 오빠도 많이 봐왔고 이름도 알 텐데도 어째서인지 늘 '꼬맹이'라고 불렀다.

　부엌의 나무문을 얼마 동안 점검한 사다오미 할아버지는 "준비해서 내일 다시 올게요." 하고 타마코 할머니에게 말하고 조금 떨어진 길가에 세워둔 소형 트럭에 나와 유키야 오빠를 태웠다.

　"어머나, 불량 목수잖아. 오늘은 무슨 일로 왔대?"

　"불량 목수가 아니라 궁궐목수야. 너한테는 볼일 없으니까 긴지나 불러와."

　카게츠 향방에 도착하자 가게를 보고 있던 할머니가 "이제 오니, 카노? 어머, 유키야도 왔구나." 하고 웃으며 맞아주었다. 하지만 뒤따라 들어온 사다오미 할아버지와 눈이 마주치자마자 전투가 벌어졌다. 사다오미 할아버지와 할아버지는 친했지만 어째서인지 할머니와는 사이가 좋지 않았다.

　"뭐가 예쁘다고 너한테 긴을 불러다주겠어? 그냥 향로에 지펴서 태워줄까?"

　"이 할망구가 뭐라는 거야? 그 모난 성격이야말로 대패로 판판하게 갈아주랴?"

서로 으르렁거리는 두 사람을 보며 나와 유키야 오빠가 쩔쩔 매고 있는데 가게 안쪽에서 작업복 차림으로 할아버지가 나왔 다.

"어쩐지 가게가 떠들썩하다 싶더니 사다오미였구나. 어서 오 게."

할아버지가 태평하게 웃자 할머니와 사다오미 할아버지는 독 기가 빠진 것처럼 입을 다물었다.

"차 내올 테니까 일단 앉아. 하루도 좀 쉬고."

할아버지의 한마디에 두 사람 다 얌전히 의자에 앉았다. 뭐랄 까, 할아버지에게는 맹수 조련사 같은 부분이 있었다. 그런 할 아버지를 보는 초등학생 유키야 오빠의 눈동자는 존경의 빛으 로 반짝반짝했다.

사다오미 할아버지는 선향을 사러 온 듯했다. 사다오미 할아 버지는 1년 전에 부인을 여의고 홀아비 손으로 딸을 키우고 있 다. 향을 산 뒤 차가운 보리차를 마시며 사다오미 할아버지는 의자에 오도카니 앉아 있는 나와 유키야 오빠를 돌아보았다.

"너희는 예전부터 선생님이랑 친했냐?"

유키야 오빠는 사다오미 할아버지가 불편한지 사다오미 할아 버지 앞에서는 말수가 없어지므로 내가 대답했다. 타마코 할머 니를 알게 된 것은 6월 중순으로, 지금은 이미 보름이 넘었다. 그때 할머니가 한쪽 눈썹을 치켜 올리며 사다오미 할아버지를 가볍게 노려보았다.

"예전부터 생각했는데, 넌 유난히 타마코 씨한테 관심이 많더라? 설마 타마코 씨를 노리고 있는 건 아니겠지? 내가 동경하는 사람한테 그랬다간 가만 안 둘 거야."

"뭐야? 이 할망구가 드디어 노망이 났나? 난 은사님을 공경하는 것뿐이야. 애당초 선생님이 남자를 가까이 할 리 없잖아. 전쟁터에 나간 남편을 여전히 기다리고 계신데."

"뭐?"

할머니가 놀라고, 보리차를 마시던 나와 옆에 있는 유키야 오빠, 그리고 할아버지까지 움직임을 멈추고 일제히 사다오미 할아버지를 보았다. 모두의 반응에 사다오미 할아버지는 눈을 동그랗게 떴다.

"……아. 뭐야, 다들 몰랐구나."

아차 싶었는지 떨떠름한 표정을 지었다. 하지만 한 번 들은 이야기를 없었던 일로 취소할 수는 없다. 계속 쳐다보고 있는 우리를 보더니 사다오미 할아버지는 한숨을 내쉬고 이야기해주었다.

타마코 할머니에게는 거의 친남매처럼 자란 소꿉친구가 있었다. 두 사람이 얼마나 친한지는 온 동네에 소문이 자자했고, 서로에게 끌린 두 사람은 아주 자연스럽게 결혼했다.

하지만 당시에는 태평양전쟁이 한창이었고, 게다가 전황이 악화되어 가던 말기이다 보니 결혼한 지 얼마 되지 않은 젊은 신혼부부의 집에도 관청 직원이 찾아왔다. 빨간 딱지<sub></sub>예전 일본의 제국육해군 육군성에서 보낸 소집영장. - 역자 주를 가지고 온 것이다.

남편이 징집된 날짜는 아이러니하게도 타마코 할머니의 생일인 칠석날이었다. 참지 못하고 끝내 울음을 터뜨린 타마코 할머니에게 남편은 말했다. 좋은 날 출발하게 돼서 다행이라고. 지금은 서로 헤어져야 하지만 견우와 직녀 부부처럼 틀림없이 다시 만날 수 있다고. 그러니 그 날까지 기다려 달라고.

기다리겠다고 타마코 할머니는 대답했다.

이윽고 약 1년이 지난 8월, 마침내 전쟁이 끝났다. 타마코 할머니는 남편이 돌아오리라고 믿고 기다렸다. 1년이 더 지난 2년째 봄에, 남편의 전사 통지서가 도착했다.

하지만 통지서와 같이 온 나무함에는 유해 대신 모래만 들어 있었다. 사망한 정황도 거의 불명이었다. 당시에는 해외 각지로 파병된 모든 일본군의 소식을 파악하기가 도저히 불가능한 상황이었으므로 행방불명자도 전사로 간주되는 경우가 많았다. 실제로 전사 인정을 받은 사람이 나중에 돌아온 사례도 있었다.

아직 살아 있을지도 모른다. 아니, 틀림없이 살아 있다. 타마코 할머니는 희망을 버리지 않고 남편이 돌아오기만을 계속 기다렸다. 몇 년이고 몇 십 년이고, 한결같이.

"……전혀 몰랐어. 타마코 씨는 그래서 계속 혼자 사시는 거야?"

사다오미 할아버지의 이야기가 끝나자 입을 연 할머니는 눈가가 조금 빨개져 있었다.

"아마 그렇지 않을까? 선생님은 미인이고 인기도 많았으니까 마음만 있었으면 재혼도 얼마든지 할 수 있었을 거야."

"그런데 자넨 어떻게 그렇게 잘 아나?"

"나뿐만이 아니야. 어디서 퍼지기 시작했는지는 몰라도 초등학교에서 선생님의 이야기는 유명했어."

과거를 돌이켜보듯이 허공을 응시하던 사다오미 할아버지는 "훔쳐본 게 아니라 정말로 우연히 보게 됐는데 말이야." 하고 운을 떼고 이런 이야기를 해주었다.

"조금 전에도 말했지만 선생님은 미인이었거든. 우리 반 담임을 맡았을 때는 이미 서른이 넘었었지만 그래도 학교에서 인기가 가장 많았어. 그러다 보니 들이대는 놈들도 차고 넘치게 많았지. 특히 젊은 교사 중에 끈질기게 선생님을 따라다니는 놈이 있었는데, 학교가 끝나고 돌아가는 길에 우연히 그 놈이랑 선생님이 같이 있는 걸 봤어."

남편 이야기는 알고 있다. 하지만 당신은 충분히 기다렸다. 이제 그만해도 되지 않겠는가. 남편은 죽었다, 당신은 그 사실을 받아들이고 지금부터라도 행복하게 살아야 한다. 내가 남편을 잊게 해주겠다, 라며 젊은 교사는 정열적으로 떠들어대더니 타마코 할머니를 벽으로 밀어붙이고 어깨를 붙잡고 있었다고 한다.

"꼬시는 것까지는 자유야. 하지만 손을 대면 안 되지. 내가 던질 만한 돌멩이를 찾고 있는데 짝 하는 소리가 났어. 선생님이 그 녀석의 뺨을 후려친 거야."

얼굴을 감싸 쥐고 비틀거리는 젊은 교사에게 타마코 할머니는 말했다고 한다.

'그이는 살아있어요.'

나직하고 조용하게, 남편에 대해 이 이상 어떠한 모독도 용서하지 않겠다는 눈빛으로.

"선생님의 그런 얼굴은 처음 봤어. 아무리 좋아했대도 전쟁이 끝나고 십 몇 년이나 흘렀고, 더군다나 전사했다는 통지서까지 날아왔으니 역시 더는 이 세상 사람이 아닐지도 모른다고 생각할 법도 하잖아? 하지만 선생님은 그렇지 않았어. 선생님은, ……진심이었어. 그때는 초등학생이었는데도 압도됐지. 사람은 저렇게나 누군가를 사랑할 수 있구나 하고."

나는 타마코 할머니네 집에서 본 빛바랜 사진을 떠올렸다. 줄기가 길쭉한 식물에 발밑이 가려 보이지도 않는 정원에서 남편과 나란히 서 있는 젊은 타마코 할머니. 타마코 할머니는 지금도 여전히 남편을 기다리고 있는지도 모른다. 내가 봤을 때 타마코 할머니의 집에는 남편의 위패를 모신 불단이 없었다.

"그러니까 너희가 앞으로도 선생님 댁에 자주 놀러도 가고 해. 선생님은 애들을 좋아하시고, 또 혼자 계시면 쓸쓸하실 테니까 말이야."

나는 알았다고 고개를 끄덕였지만 유키야 오빠는 아무런 반응도 보이지 않았다. 하얀 옆얼굴에는 어쩐지 석연치 않은 표정이 떠올라 있었고, 손끝만 바라보며 생각에 잠겨 있었다.

"유키야?"

내가 작은 목소리로 부르자 그제야 고개를 들고 유키야 오빠가 사다오미 할아버지에게 물었다.

"타마코 할머니의 고향이 어딘지 아세요?"

사다오미 할아버지는 눈을 휘둥그렇게 뜨고 유키야 오빠에게 얼굴을 바짝 들이댔다.

"너 말 할 줄 알았던 거냐? 목소리를 오늘 처음 들었어. 뭐라고 좀 더 말해 봐."

"사다오미, 그러지 마. 유키가 긴장하잖아."

할아버지가 쓴웃음을 지으며 굳어 있는 유키야 오빠의 머리를 헝클듯 쓰다듬었다. 그제야 마비에서 풀려난 듯이 유키야 오빠의 뺨이 살짝 붉어졌다.

"선생님 고향은…… 물어본 적이 없는데, 이 근처가 아닐까? 초등학교 교사를 하는 사람들은 대체로 그 지역 출신들이니까."

"뭐야? 우리 선생님, 우리 선생님 하고 노래를 부르면서 그런 것도 몰라?"

"전사한 남편을 하염없이 기다리는 사람한데 가볍게 이것저것 물어볼 수 있을 리가 없잖아. 그 뭐냐, 잘못해서 상처를 건드리기라도 하면 죄송하잖아."

"사다는 의외로 생각이 깊다니까. 아, 유키, 슬슬 버스 올 시간이구나. 이거 가지고 가서 배고프면 먹거라."

할아버지가 다과를 봉투에 넣어주자 유키야 오빠는 황급히 고개를 가로저었다. 하지만 "사양은 어른이나 하는 거야." 하고 할아버지는 뜻 모를 말과 함께 눈썹을 치켜 올리며 억지로 손에 들려주었다. 나도 버스 정류장까지 배웅하기 위해 유키야 오빠와 같이 가게를 나섰다.

"유키야, 왜 그래?"

가게 밖으로 나오자 무더운 공기가 훅 덮쳐오고 저물어가는 태양의 눈부신 빛이 눈을 찌르는 듯했다. 생각에 잠긴 표정이 신경 쓰여 물어보니 유키야 오빠는 검은 책가방 끈을 잡으며 그냥, 하고 중얼거렸다.

"모순되는 것 같아서."

"모순?"

"하지만 아직 분명한 건 아니라서……, 아."

카마쿠라 역으로 가는 버스가 도로 저편에서 모습을 나타내자 유키야 오빠가 말을 끊었다.

"조사할 것도 좀 있으니까 조금 더 생각해 보고 내일 얘기해 줄게."

"내일도 올 거야?"

"응. ……카노가 싫지 않으면."

정말이지 왜 이런 이상한 말을 하는 걸까. 나는 대답 대신 환하게 웃으며 손을 크게 흔들었다. 유키야 오빠는 어쩐지 낯간지러운 표정으로 어색하게 손을 흔들었다. 유키야 오빠는 손을 흔드는 것이 익숙하지 않은 듯했다.

그리고 이튿날 다시 학교가 끝나고 오는 길에 만난 유키야 오빠에게서 나는 놀라운 이야기를 들었다.


# 3


"어제 사다오미 할아버지의 이야기를 들으면서 이상하다고 생각한 점이 두 가지 있었어."

카게츠 향방이 있는 카나자와 가도 중간에는 붉은 도리이가 세워져 있다. 에가라텐 신사의 참배길이 시작되는 곳을 표시하는 것으로, 나와 유키야 오빠는 그 도리이 앞의 돌계단에 나란히 앉았다.

"어제 했던 타마코 할머니 이야기 기억나?"

"아, 아마도."

"그럼 중요한 내용만 알기 쉽게 적어볼게."

유키야 오빠는 검은색 책가방에서 노트를 꺼내고 반팔 셔츠의 가슴 호주머니에서 검은 만년필을 쑥 꺼냈다. 유키야 오빠는 만년필 같은 것을 가지고 다니는 독특한 초등학생이었다. 검은 뚜껑의 금색 장식과 날카로운 펜촉에 유럽 귀족의 문장 같은 각인이 새겨져 있어서 "예쁘다." 하고 넋을 잃고 보는 나에게 "초등학교에 입학했을 때 선물로 받았어." 하고 쑥스러운지 작은 목소리로 가르쳐주었다.


● 타마코 할머니와 남편은 거의 친남매처럼 자란 소꿉친구였다.

● 두 사람이 살던 집에 관청 직원이 빨간 딱지를 가지고 왔다.

● 타마코 할머니의 남편은 타마코 할머니의 생일인 칠석날에 출발했다.

● 타마코 할머니는 남편이 살아 있다고 믿고 계속 기다리고 있다.

만년필의 새카맣고 아름다운 선으로(그리고 상당히 개성적인 글자로) 조목조목 노트에 적어 내려가더니 유키야 오빠가 갑자기 물었다.

"카노, 칠석이 언제인지 알아?"

나는 너무나 당연한 것을 묻는 바람에 어리둥절했다.

"7월 7일."

"맞아. 그럼 어제 타마코 할머니네 집에서 칠석 장식을 만들었을 때 했던 얘기 기억해? 생일 이야기가 나왔잖아? 카노는 4월생, 나는 10월생. 타마코 할머니는……."

──다음 달에 여든두 살.

대답하려던 나는 위화감을 느끼고 눈썹을 찡그렸다. 그리고 유키야 오빠가 말한 모순의 의미를 깨달았다. 눈이 동그래진 나를 보고 유키야 오빠는 고개를 끄덕였다.

"지금이 벌써 7월이니까 그때 타마코 할머니가 말한 '다음 달'은 8월이어야 해. 하지만 사다오미 할아버지는 타마코 할머니의 생일이 '칠석'이라고 했어."

타마코 할머니의 생일은 8월. 타마코 할머니의 생일은 칠석날. 그것은 절대 겹쳐질 수 없는 모순이다. 그렇다면 타마코 할머니가 거짓말을 한 걸까? 무엇 때문에? 아니면 사다오미 할아버지가 말한 내용이 잘못된 걸까? 혼란스러워서 눈이 빙글빙글

돌 것 같은 나에게 진정하라는 듯이 유키야 오빠가 작게 손을 들었다.

"평범하게 생각하면 타마코 할머니의 생일에 관한 그 두 가지 정보는 모순이야. 하지만 모순되지 않는 경우도 있어. **칠석은 7월 7일이 아닌 경우도 있거든.**"

얼빠진 표정으로 멀뚱멀뚱 쳐다보는 나에게 유키야 오빠는 차분하게 설명해주었다.

"우리가 지금 사용하는 달력은 메이지 시대에 새로 만들어진 거야. 그 전까지 사용했던 옛날 달력이랑 우리가 쓰는 요즘 달력은 대략 한 달 정도 차이가 나. 예를 들어 정월을 '신춘'이라고 하잖아? 아직 겨울인데 봄이라고 하는 게 이상하다고 느낀 적 없어?"

"있어."

"옛날 달력, 음력이라고 하는데, 음력으로는 요즘 달력의 2월 즈음이 정월이었어. 2월은 카마쿠라에서도 매화가 피는 시기잖아? 그래서 '신춘'이라고 하는 거야."

감동해서 입을 반쯤 헤벌리고 있는 나를 보고 유키야 오빠가 작게 웃었다.

"그리고 칠석도 마찬가지야. 칠석은 여름 행사처럼 보이지만 사실은 가을 행사야. 예를 들면, 하이쿠일본의 5·7·5의 3구 17음으로 이루어진 짧은 시. – 역자 주에서도 칠석은 가을의 계절어로 분류되어 있거든. 확실히 칠석은 7월 7일이지만, 그건 음력 7월 7일이라 본래는 지금의 8월 정도의 계절에 했던 행사이기 때문이야.”

“하지만 8월도 전혀 가을이 아닌데……?”

“맞아, 오히려 7월보다도 더 덥지……. 하지만 어쨌든 칠석을 7월 7일에 맞추려고 하면 사실은 가을의 계절 행사인데 여름에 하는 게 돼버려. 그래서 한 달 늦춰서 본래 계절과 가까운 시기에 칠석을 기념하자고 주장하는 사람들도 있어. 칠석을 7월 7일이 아니라 **한 달 늦춰서 8월 7일에 하는 지역이 있거든.**”

타마코 할머니의 생일은 8월. 타마코 할머니의 생일은 칠석—이 ‘칠석’이 한 달 늦은 8월 7일이라고 생각하면 모순은 사라진다. 놀라는 나에게 유키야 오빠는 계속해서 말을 이었다.

“기억나? 타마코 할머니네 집에서 칠석 장식을 만들 때 타마코 할머니가 어릴 때 이야기를 해줬었잖아? 칠석날 밤에 아이들이 모여서 노래를 부르면서 동네를 돌며 과자를 받았다고.”

나는 고개를 끄덕였다. 마치 할로윈 같은 이벤트라 칠석에 그런 것을 한다는 이야기는 들어본 적이 없었으므로 똑똑히 기억하고 있었다.

“알아봤는데 그건 아마 ‘촛불 받기’라는 행사일 거야. 홋카이도에 그런 독특한 전통 행사가 있나봐. 타마코 할머니가 불러줬던 노래 가사도 ‘촛불 받기’랑 거의 같았어. 게다가 지역에 따라 차이는 있지만 홋카이도에서는 칠석을 한 달 늦춰 8월 7일에 기녑하는 곳이 많아."

조용한 목소리로 유키야 오빠는 결론을 말했다.

"타마코 할머니의 고향은 아마도 홋카이도가 아닐까 싶어."

홋카이도?

몇 초 전까지는 전혀 생각도 못했던 뜻밖의 지명에 나는 어리둥절하기만 했다. 그러고 보니 유키야 오빠는 어제도 타마코 할머니의 고향을 신경 썼었다. 어째서 타마코 할머니의 고향이 문제가 되는 걸까. 그 의문이 내 안에 떠오른 것을 짐작했는지 유키야 오빠가 다시 입을 열었다.

"타마코 할머니는 전쟁터에 나간 남편이 여전히 살아 있다고 믿고 기다리고 계셔. 하지만 그렇다면 어째서 타마코 할머니는 카마쿠라에 계신 걸까? 만약 정말로 남편이 살아 있다면 타마코 할머니랑 같이 살았던 집으로 돌아오지 않겠어? 그곳을 떠나면 남편이 돌아왔을 때 서로 엇갈리고 말잖아."

나는 타마코 할머니가 홋카이도 출신이라는 시점에서 이미 이해력이 따라가지 못했으므로 유키야 오빠가 새로이 제기한 의문을 이해하기까지 시간이 걸렸다.

"그러니까……, 그럼 남편이랑 같이 카마쿠라로 이사 온 게 아닐까?"

"아니야. 아마도 그렇지는 않을 거야. 여길 봐."

유키야 오빠는 만년필의 아름답고 뾰족한 펜촉으로 노트에 적은 글을 가리켰다.

"이 빨간 딱지―소집영장은 본적지로 보내나봐. 본적지라는
건 호적에 등록된 주소를 말하는데, 지금은 태어난 곳이라고
생각하면 될 거야. 사다오미 할아버지는 타마코 할머니랑 남편
이 살았던 집으로 관청 직원이 소집영장을 가지고 왔다고 했어.
그렇다면 틀림없이 두 사람은 남편이 태어난 고향의 본가에 살
고 있었던 거야. 그리고 남편이 태어난 고향은 '친남매처럼 같이
자란 소꿉친구'인 타마코 할머니가 태어난 고향이기도 해. 두 사
람이 태어난 고향에서는 칠석날 저녁에 아이들이 촛불 노래를
부르면서 집집마다 돌아다니며 과자를 받는 풍습이 있었어. 하
지만 그런 풍습은 카마쿠라에는 없어."

그러므로 타마코 할머니는 처음부터 카마쿠라에 살았을 리
가 없다. 유키야 오빠의 추측이 옳다면 남편이 소집된 후 홋카
이도의 어딘가에서 이리로 이사 온 것이다. 유키야 오빠 말처럼
만약 정말로 남편이 살아 있다면 그가 돌아왔을 때 만나지 못
하게 되는데도.

살면서 점점 그렇게 믿는 데에 지쳐 역시 남편은 이미 이 세
상 사람이 아니라고 포기하고 새로운 삶을 살기 위해 카마쿠라
로 온 것일까. ―아니, 그렇지 않다. 그런 일은 있을 수 없다.

카마쿠라의 초등학교에서 사다오미 할아버지네 반 담임을 맡
았을 때 타마코 할머니는 구애를 하는 젊은 교사에게 말했다.

'그이는 살아 있어요.'

전쟁이 끝난 지 십 몇 년이 지난 무렵에도 타마코 할머니는 남편이 살아 있다고 믿었다.

"모순된다고 느낀 건 그 부분이야."

남편을 기다리고 있다면 타마코 할머니는 고향에 있어야 한다. 하지만 남편을 기다리고 있을 타마코 할머니는 어째서인지 카마쿠라에 있다.

확실히 그 점은 이해가 되지 않았고, 그렇다고 해서 그 '왜'라는 물음에 대한 해답이 바로 떠오를 리도 없으니 나와 유키야 오빠는 말없이 노트에 적어놓은 항목들만 바라보고 있었다. 최고기온 시간대가 지났는데도 여전히 기온은 높았고, 석양볕을 받고 있는 목덜미와 팔꿈치 근처가 따끔따끔했다.

바로 그때, 젊은 남자가 필사적인 표정으로 우리 눈앞을 달려갔다.

카나자와 가도의 좁은 길을 그렇게 맹렬한 속도로 달려가는 사람은 거의 없으므로 나와 유키야 오빠는 깜짝 놀라 자리에서 일어났다. 그 젊은 남자는 머리카락을 갈색으로 염색했고 회색 폴로셔츠에 면바지를 입고 있었다. 정말로 곰에게 쫓기기라도 하는 것처럼 온 힘을 다해 달아나고 있었다.

하지만 그를 뒤쫓아 오는 상대는 곰이 아니라 궁궐목수였다.

"기다려, 이놈아! 왜 달아나는 거야!"

사다오미 할아버지?! 더욱 놀라서 일어난 우리를 사다오미 할아버지도 알아채고 "아, 너희들이구나." 하고 도리이 앞에서 발을 멈췄다. 그 틈에 쫓기던 갈색 머리의 젊은 남자는 멀리 달아났고, 사다오미 할아버지는 작게 혀를 찼다.

"이런 데서 뭐 하는 거야? 그러다 일사병 걸릴라. 놀려거든 긴지네에 가서 놀아."

"아까 그 사람은 왜 쫓아가고 있었어요?"

유키야 오빠가 묻자 사다오미 할아버지가 잘생긴 얼굴을 찡그렸다.

"부엌문을 고치러 선생님 댁에 갔더니 저 젊은 놈이 밖에서 정원을 들여다보고 있더라고. 뭐 하냐고 물었더니 아무것도 아니라는 둥 우물우물하면서 달아나잖아. 이 근방에서도 혼자 사는 고령자를 노리고 빈집털이가 출몰하곤 하니까. 게다가……."

말을 하다 말고 사다오미 할아버지는 입을 다물었다. 게다가, 뭘까? 나와 유키야 오빠가 나란히 고개를 갸웃거리자 사다오미 할아버지는 눈을 감으며 목덜미를 긁적거렸다.

"선생님이 우리 반 담임이었을 때 선생님한테 이상한 남자가 추근댄 적이 있었거든. 마흔 즈음의 남자였는데 날마다 교문 앞에서 계속 선생님을 기다리고 있었어. 선생님이랑 이야기할 때도 화를 내는 것 같았고 분위기가 좋지 않아서……, 어제 너희들한테 이런저런 이야기를 했던 탓인지 갑자기 떠올라서 어쩐지 신경이 쓰여서 말이야."

하지만 이미 몇 십 년이나 전의 일이니 상관은 없겠지.

사다오미 할아버지는 걱정이 되니 타마코 할머니 집으로 돌아가겠다고 했다. 나와 유키야 오빠도 같은 방향이라 뒤를 따라갔다. 그러자 마침 근처 빵집 봉투를 든 타마코 할머니가 집 현관문을 열려고 하는 중이었고, 우리를 보더니 "어머나." 하고 환하게 웃었다.

"다 같이 어쩐 일이야? 특히 사다오미는 왜 그렇게 표정이 험악해?"

"선생님, 조금 전에 이상한 녀석이 선생님 댁을 훔쳐보고 있었어요. 뭐 하냐고 물었더니 뒤도 안 돌아보고 한달음에 줄행랑을 치더라고요."

"정말이야? 어쩜, 무서워라……."

난처해하며 눈살을 찡그리는 타마코 할머니. 나는 그녀의 향기를 느끼고 당황했다.

먼저 흠칫 놀랐다가 그 감정을 우리에게 들키지 않으려고 힘껏 억눌렀다. 말과는 어울리지 않는 향기가 났다.

타마코 할머니는 그 젊은 남자의 정체를 짐작하고 있는 걸까……?

"문단속 잘하세요. ……그럼 부엌문 봐드릴게요."

"그래, 고마워."

사다오미 할아버지가 현관으로 들어갔다. 나는 유키야 오빠의 셔츠 자락을 꼭 잡았다.

"카노?"

"……타마코 할머니는 그 사람이 누군지 아는 거 같아……."

유키야 오빠가 눈살을 찡그렸다. 당연한 반응이었다. 하지만 나도 혼란스러워서 말하지 않고는 배길 수가 없었다. 집 안을 훔쳐보는 수상한 청년. 타마코 할머니는 그 사람을 알고 있거나 아니면 어떤 관계가 있는 듯한데 우리에게는 그 사실을 숨기고 있었다. 도대체 왜일까?

"너희도 놀다 갈래? 갓 구운 애플파이를 사왔는데."

종이봉투를 들어 보이며 미소 짓는 타마코 할머니의 향기는 부드러웠고 평소와 다름없이 진심으로 우리를 환영해주었다. 셔츠 자락을 움켜잡고 놓지 않는 나와 타마코 할머니를 번갈아보던 유키야 오빠가 입을 열었다.

"할머니, 조금 전에 집 안을 훔쳐보던 남자가 누군지 짐작 가는 사람이 있어요?"

바람에 날리는 촛불의 불꽃처럼 타마코 할머니의 향기가 일렁거렸다. 하지만 미소는 흔들리지 않았다.

"아니……, 없는데. 그건 왜 묻니?"

"조금 전에 사다오미 할아버지한테 들었거든요. 할아버지가 초등학생 때 어떤 남자가 할머니를 따라다녔다고요. 어쩌면 그 사람이랑 관계가 있는 게 아닌가 싶어서 걱정이 된다고 하셨어요.”

“사다오미는 그런 옛날 일을 아직도 기억하고 있었던 거야……? 그때는 아는 사람이랑 사소한 다툼이 있었던 것뿐이야. 이미 예전에 해결됐어. 무엇보다 그건 몇 십 년도 더 지난 일인걸. 그 사람은 아직 태어나기도 전일 텐데 어떻게 상관이 있겠니?”

유키야 오빠가 갑자기 숨을 죽이는 게 느껴졌다.

“……그래요? 그렇다면 다행이고요. 그럼 저흰 이만 가볼게요.”

“그럴래? 다음에 또 놀러오렴.”

타마코 할머니는 아쉬운 듯이 미소 지으며 우리에게 손을 흔들었다.

자동차가 지나가기 쉽지 않은 좁다란 길을 되돌아가며 유키야 오빠는 한동안 아무 말도 하지 않았다. 자동차 통행량이 많은 카나자와 가도로 나왔을 무렵 나직한 목소리로 중얼거렸다.

“……카노 말대로 할머니는 그 사람이 누군지 아시는지도 몰라.”

나는 책가방 끈을 잡으며 작게 끄덕였다.

그 사람은 아직 태어나기도 전일 것이다. 추측하는 말투이기는 했지만 타마코 할머니는 집 안을 훔쳐보던 사람의 나이를 알고 있는 것처럼 말했다. 나와 유키야 오빠는 '남자'라고만 얘기했고, 사다오미 할아버지도 '이상한 녀석'이라고만 했는데 말이다.

"그런데 어떻게 타마코 할머니가 그 남자랑 아는 사이인 걸 알았어?"

유키야 오빠가 걸음을 멈추고 가느다란 눈썹을 찡그렸다. 인도 바로 너머로 자동차가 지나가며 맵싸하고 후끈한 바람이 우리를 향해 불어왔다.

타마코 할머니는 그 남자를 알고 있다. 나는 마음속으로는 유키야 오빠가 어떻게 알았느냐고 물어주기를 바라는 마음에서 일부러 그런 부주의한 발언을 한 것이 아니었을까.

억누를 수 없는 어떤 충동에 휩쓸려, 정신이 들고 보니 나는 이미 다 얘기하고 있었다. 초목, 동물, 사람, 이 세상의 온갖 것들은 저마다 고유한 향기를 가지고 있다는 점. 그뿐만이 아니라 몸 상태나 감정, 다양한 요인에 의해 그 향기가 끊임없이 변화한다는 점. 이유는 모르지만 나는 그 향기를 맡을 수 있다는 점.

내가 말을 이어갈 때마다 유키야 오빠의 얼굴에 떠오른 당혹감과 혼란은 점점 더 짙어져갔다. 나는 눈물이 쏟아질 것 같았지만 필사적으로 호소했다.

"거짓말이 아니야."

내가 어떤 사람인지를 부디 알아주기를 바랐다.

그리고 이런 나라도 받아주기를 바랐다.

만난 지 이제 석 달째고 키시다 유키야라는 이름 말고는 거의 아무것도 모른다. 그런 남자애를 어째서 이렇게나 특별하게 생각하는지 이유는 몰랐다. 내가 아는 것이라고는 미움 받고 싶지 않다는 마음과 떠나지 말았으면 하는 마음뿐이었다. 게다가 내가 다른 사람의 감정을 엿보는 사람이라는 점을 알고도 그래주기를 바랐다. 분에 넘치는 바람이라는 것은 알고 있었다. 하지만 그래도 나는 그 누구도 아닌 이 사람이 받아주기를 바랐다.

유키야 오빠는 어째야 좋을지 모르겠다는 얼굴을 하고 있었다.

카마쿠라 역으로 가는 버스가 도로에 모습을 나타냈다. 서둘러 버스 정류장까지 가지 않으면 버스를 놓치고 만다. 정신이 퍼뜩 든 것처럼 유키야 오빠는 걸음을 돌렸다.

"내일 보자."

나는 그 자리에 꼼짝도 못하고 멈춰 서서 유키야 오빠가 버스를 타는 것을 지켜보고 있었다.

그날 저녁은 밥이 넘어가지 않았다.

*

유키야 오빠에게 이야기하고 나서 나는 잠도 이루지 못할 만큼 후회했다. 그런 이야기를 했으니 유키야 오빠는 영문을 몰라서 분명히 이상한 애라고 생각할 것이 틀림없다. 이해했다고 하더라도 기분 나쁜 애라고 멀리할 게 틀림없다. 우리 아빠와 엄마가 그랬듯이.

다음 날, 나는 유키야 오빠를 만나기가 두려워서 학교를 나오고 나서도 의미 없이 자꾸만 먼 길로 둘러서 갔다. 카게츠 향방에 도착했을 때는 평소보다 한 시간 정도 늦은 시각이었다.

"칠석과 향이 연관이 있어요?"

"그럼. 칠석은 중국에서 전래된 '걸교전'이라는, 별에게 소원을 비는 풍습에서 유래했거든. 일본에서는 '오리히메'랑 '히코보시'라고 부르는 경우가 많지만 중국에서는 '직녀'랑 '견우'라고 하는데, 부부가 천제의 분노를 사서 은하수 동쪽과 서쪽으로 멀리 헤어지게 되었고 1년에 딱 한 번 만날 수 있다는 줄거리는 똑같아. '걸교전'은 기예의 숙달을 빌며 공물을 바치고 저녁부터 이튿날 아침까지 밤새 향을 피운단다. 이게 점점 칠석 행사로 이어진 거야. 옛날 사람들이 지은 와카和歌 5·7·5·7·7의 5구 31음으로 이루어진 일본 고유 형식의 시. − 역자 주에도 '하늘강 가로지르는 구름 칠석날 공훈 연기려니'——저 은하수에 걸려 있는 구름은 칠석날 피운 향의 연기일 테지, 하는 시가 있단다."

"몰랐어요……."

"몇 년 전에 타마코 씨한테도 이 이야기를 해줬더니 너무 근사하다고 좋아하면서 그 뒤로 해마다 칠석용 향을 사러 오셔. 칠석날 다과회에서 쓰신다고. 그 자리에는 당연히 우리 하루도 있겠지만. 부인네들은 왜 그렇게 차를 좋아하는지 원. 아아, 카노, 이제 오니? 오늘은 늦었구나."

미닫이문을 연 채 그대로 서 있는 나를 할아버지가 알아챘고, 동시에 계산대 옆의 의자에 앉아 있던 유키야 오빠도 돌아보았다. 눈을 마주보기가 무서워서 나는 책가방 끈을 움켜쥔 채 바닥만 내려다보았다.

"거실에 과자가 있으니까 가서 먹거라."

할아버지의 말대로 거실 탁자에는 과자 접시에 도라야키가 담겨 있었다. 하지만 나는 도라야키를 먹을 기분이 아니었으므로 탁자 앞에 앉아서도 여전히 계속 고개를 숙이고 있었다.

한편 유키야 오빠는 어째선지 검은색 책가방을 뒤적뒤적하더니 두꺼운 책을 꺼냈다.

"있잖아, 카노."

책의 페이지 군데군데에 하늘색 포스트잇이 수두룩하게 붙어 있었다.

"냄새에 대한 책이 별로 없어서 조금밖에 알아보지 못했지만 이 책에 재미있는 내용이 나와 있었어. 이 책을 쓴 사람은 조향사라고 향수 같은 걸 연구하는 사람인데 사람의 체취를 구별할 수가 있대. 게다가 사람에 따라서는 경계하거나 스트레스를 받거나 하는 등의 상황에 따라 체취 성분의 질과 양이 달라진대. 어제 카노가 말한 거랑 똑같지? 그러니까……."

갑작스러운 강의에 당황한 나를 유키야 오빠는 새카맣고 투명한 눈동자로 바라보았다.

"거짓말이 아닌 거 알아."

아마도 유키야 오빠는 이 한마디를 나에게 하기 위해서 오랜 시간과 노력을 기울였을 것이다. 나의 이상한 이야기를 무조건 부정하지 않고, 그렇다고 아무런 근거도 없이 무작정 믿지도 않고, 나를 이해하기 위해 스스로 실마리를 찾고 시간을 들여 공부해 얻은 해답을 여기까지 전하러 와준 것이다.

나는 펑펑 울었다. 그러면 유키야 오빠가 난감해할 줄 알면서도 울먹이며 참회했다. 이 체질을 이용해 내가 한 여자애를 고발했다고. 그 아이는 다른 학교로 전학 갔고 나는 한 사람의 마음에 큰 상처를 남기고 말았다고. 유키야 오빠는 나를 위로해주지 않았다. 끝까지 묵묵히 내 이야기에 귀를 기울이고 눈물과 콧물로 얼굴이 엉망이 된 나에게 티슈를 건네주고, 부엌에서 보리차를 가지고 와서 흐느껴 우는 나의 등을 쓰다듬으며 수분을 보충하게 했다.

"나한테 왜 그렇게 슬퍼하느냐고 물었을 때에도 냄새가 났어?"

내가 어느 정도 진정되자 유키야 오빠가 조용히 물었다. 나는 고개를 끄덕였다.

"슬픔은 어떤 냄새야?"

그것은 박하처럼 조금 싸한 느낌이다. 가슴속이 서늘하게 비어가는 듯한 향기다. 그렇구나, 하고 유키야 오빠는 나직하게 말했다.

"그때 너무 놀라서 혹시 초능력자인가 하고 사실은 계속 두근두근했었어."

아주 진지한 얼굴로 말하는 유키야 오빠를 보고 나는 얼이 빠져서 사레들린 것처럼 웃음을 터뜨리고 말았다. 왜 웃는지 모르겠다는 표정을 짓고 있던 유키야 오빠도 다정하게 미소 지었다.


"타마코 할머니 일 말인데."

얼마 동안 간식을 먹으면서 휴식을 취한 뒤 유키야 오빠가 본론을 꺼냈다.

"어쩌면 타마코 할머니는……, 어떤 문제가 있어서 도망쳐온 게 아닐까?"

"도망……?!"

"단서가 얼마 없으니까 정말로 내 상상일 뿐이야. 하지만 사다오미 할아버지가 그랬잖아? 옛날에 이상한 남자가 학교까지 찾아와서 할머니한테 뭐라고 했다고. 그 사람이랑 관련된 어떤 일이 일어나서 사실은 고향에서 남편을 기다리고 싶었는데도 카마쿠라까지 도망쳐온 게 아닐까?”

그것은 유키야 오빠 스스로도 인정했듯이 어디까지나 상상일 뿐이고 비약이 지나친 느낌도 있었지만 우리는 어제 직접 보았다. 타마코 할머니의 집을 엿보고 있었다는 그 갈색 머리의 수상한 젊은 남자. 그리고 그를 알고 있는 것 같은데도 모른다고 거짓말을 한 타마코 할머니.

그러한 몇 가지 증거와 걱정이 유키야 오빠에게 안 좋은 상상을 하게 만들었을 것이다. 남편은 살아 있다고 단언하면서도 타마코 할머니가 카마쿠라에 있는 것은 고향에서 도망쳐왔기 때문이 아닐까. 옛날에 타마코 할머니를 괴롭혔다는 그 남자는 할머니를 뒤쫓아 온 인물이고, 그게 그 갈색 머리 청년이라는 모습으로 지금도 계속되고 있는 것이 아닐까.

아무튼 타마코 할머니가 걱정이 되어 가만히 있을 수가 없었으므로 나와 유키야 오빠는 덴가쿠즈시의 길에 있는 작고 하얀 집으로 향했다. 모든 것이 착각이라면 그것도 좋은 일이다. 아무튼 타마코 할머니에게 한번 확인해 보자고 생각했다.

그리고 전혀 예상치 못했지만 우리는 그곳에서 모든 사실을 알게 되었다.

“이미 결정했어요. 그만 돌아가요.”

나와 유키야 오빠가 도착했을 때 타마코 할머니는 하얀 집 문 앞에서 젊은 남자와 마주보고 있었다. 하얀 셔츠에 청바지 차림은 어제와 달랐지만 갈색 머리카락과 옆얼굴은 어제 사다오미 할아버지에게 쫓겨 달아나던 그 남자였다.

젊은 남자는 애원하는 표정으로 타마코 할머니를 바라보다 결국 아주 낙담한 표정으로 살짝 고개를 떨어뜨리고 우리가 있는 방향으로 발길을 돌렸다. 타마코 할머니도 그때 나와 유키야 오빠를 발견했다. 남자가 떠난 뒤 타마코 할머니는 슬픈 듯이 웃었다.

"다 봤구나? ……미안해. 저 애에 대해 설명하려면 이야기가 복잡해져서 어제는 모른다고 해버렸단다."

"타마코 할머니의 남편분 이야기는 사다오미 할아버지한테서 들었어요. 멋대로 들어서 죄송해요."

유키야 오빠는 차분한 말투로 이야기를 꺼냈다.

"하지만 그 이야기를 듣다 보니 몇 가지 걸리는 부분이 있어서요. 타마코 할머니, 고향이 홋카이도예요?"

타마코 할머니는 눈을 동그랗게 뜨고 짙게 미소 지었다.

"맞아, 아사히카와야. 아주 드넓고, 겨울에는 카마쿠라와는 비교도 되지 않을 만큼 눈이 많이 내리는 곳이란다."

"그런데 어째서 카마쿠라에서 사세요? 남편을 기다리려면 아사히카와의 집에 남아 있었어야 하는 거 아니에요?"

입술을 꽉 다무는 타마코 할머니에게, 죄송해요, 하고 유키야 오빠는 작게 말했다.

"말씀하고 싶지 않으시면 괜찮아요. 하지만 그냥…… 무언가 어려운 일이 있지 않나요?"

몇 초 동안 침묵이 흘렀다.

문득 생각난 것처럼 갑자기 매미가 울어댔다. 어쩐지 구슬픈 저녁매미의 울음소리였다.

타마코 할머니가 온몸의 힘을 빼듯이 천천히 숨을 내쉬었다.

"그걸 이야기하려면 전부 다 얘기해야 해. 길기만 하고 재미도 전혀 없을 거야. ……그래도 괜찮겠니?"

나와 유키야 오빠는 동시에 고개를 끄덕였다.


*


다다미방은 바람이 잘 통해서인지 그다지 덥지 않았고, 불어오는 바람에서는 라벤더 향기가 났다.

타마코 할머니는 처음 만난 날 나와 유키야 오빠를 매료시킨 그 수박 주스를 내주었다. "어쩐지 갑자기 생각나서 오늘 만들어뒀어."라며 웃던 타마코 할머니는 서랍장 위에 놓여 있는 빛바랜 사진으로 눈을 돌렸다. 발밑에 줄기가 가느다란 식물이 한가득 피어 있는 정원에서 어깨를 맞대고 있는 소녀 같은 타마코 할머니와 남편.

"그이는 내 본가 바로 근처에 살았는데 언제나 나를 잘 돌봐 주는 오빠 같은 사람이었어. 회화랑 조각을 좋아하고 무척 섬세해서 쉽게 상처받고 조금 걱정스러울 만큼 다정한 사람이었어. 좋아하는 일에 몰두하면서 조용하게 살아가는 스타일이 어울리는 사람이었지만 그럴 수 없는 세상이었지."

타마코 할머니는 수박 주스를 한 모금 마시고 우리에게 물었다.

"사다오미가 어떻게 얘기했니?"

유키야 오빠가 사다오미 할아버지에게서 들은 이야기를 다시 이야기했다. 사이좋은 젊은 부부. 그들의 집에 도착한 빨간 딱지. 타마코 할머니의 생일인 한 달 늦은 칠석에 집을 나선 남편. 견우와 직녀 부부처럼 다시 만나자고 굳게 맺은 약속. 이윽고 날아온 남편의 전사 통지서. 하지만 남편은 살아 있다고 굳게 믿고 계속 기다리는 타마코 할머니. 유키야 오빠가 설명을 마치자 타마코 할머니가 미소 지었다.

"넌 요점을 파악하는 능력이 아주 뛰어나구나. 그리고 사다오미도 아주 자세한 부분까지 기억하고 있고."

"초등학교에서는 유명한 이야기라 다들 알고 있었다고 말씀하셨어요."

"그랬지. 내가 의도적으로 그 이야기를 주변 사람들에게 하고 다니던 시기가 있었거든. 카마쿠라에 정착하고 교사가 된 뒤로 직장 사람들이 자꾸만 재혼하라고 권하는 바람에 차라리 사정을 알리는 게 낫겠다고 싶었거든. 이야기해도 지장이 없는 범위 내에서만."

의미심장한 마지막 한마디에 나와 유키야 오빠는 눈썹을 찡그렸다.

"사다오미가 너희한테 해준 이야기는 전부 사실이지만 그게 다는 아니야."

여든이 넘어서도 힘을 잃지 않은 목소리로 타마코 할머니는 천천히 이야기했다.

"나는 물론 전사 통지서를 받고 난 뒤에도 남편은 살아 있다고 생각했지만 그렇다고 사랑 때문에 무작정 믿은 건 아니야. 나름의 근거가 있었거든. 남편은 아사히카와 부대에 소속돼서 과달카날섬, 어딘지 아니? 세계지도에서 보면 호주 대륙 오른쪽 위에 있는 남국의 섬인데 그곳으로 파견됐어. 그 섬에서 치러진 전투가 가혹하기도 했지만 무엇보다 굶주림이 심각해서 남편이 있던 부대 사람들 중 80퍼센트 가량이 목숨을 잃었다고 해."

당시의 나에게 전쟁은 아득한 옛날 바다 밑으로 가라앉은 아틀란티스 대륙처럼 존재를 알고는 있어도 너무나 멀어서 실감이 나지 않는 것이었다. 그것은 그저 끔찍하고 비참해서 결코 되풀이해서는 안 되는 것이란 정도의 무서운 이미지가 있을 뿐이었다. 하지만 타마코 할머니는 실제로 그 가혹한 시대를 하루하루 살아왔다. 그것을 몸으로 느끼게 하는 무게가 할머니의 말투에서 고스란히 느껴졌다.

"남편의 전사 통지서를 받고 조금 지났을 때 어떤 소문을 들었어. 이웃 마을에서 전사했다는 통지를 받은 남자가 살아서 집으로 돌아왔다더라고. 나는 당장 달려가서 그 사람을 만났어. 이야기를 듣고 얼마나 놀랐는지 몰라. 그 사람은 남편이랑 같은 부대에 있었거든. 남편에 대해서도 잘 알고 있었어. 남편이 말라리아라는 열병에 걸려서 부상을 당했던 그 사람이랑 같은 야전병원에 있었다지 뭐니. 하지만 남편이랑 그 사람처럼 움직이지 못하는 사람들을 버리고 부대가 섬에서 철수해버렸어. 그때 남겨진 사람들은 사망한 걸로 간주됐고, 그래서 본인이 살아 있는데도 가족에게는 전사 통지서가 보내진 거야."

타마코 할머니는 잠깐 이야기를 멈추고 걱정스럽게 나를 보았다. 먼 남국의 섬에서 굶주림에 시달리다 죽어간 사람들과 병이나 부상으로 움직이지 못해서 버려진 사람들을 생각하니 가슴이 너무 아파 숨이 잘 쉬어지지 않았는데, 그 감정이 표정에 고스란히 드러났나 보다. 나는 괜찮다는 뜻으로 타마코 할머니에게 작게 고개를 끄덕여 보였다.

"그 뒤에 그 사람은 병원에서 퇴원했고 남편과는 그때 헤어진 모양이야. 그리고 미국 병사들에게 붙잡혀 수용소라는 곳에서 얼마 동안 있다가 전쟁이 끝나고 나서 2년 정도 지났을 때 간신히 일본으로 돌아올 수가 있었어. 그 사람의 이야기를 듣고 생각했어. 그때까지 남편과 같은 장소에 있던 그가 이렇게 돌아올 수 있었으니 남편이 살아 있어도 이상할 것이 없다고. 게다가 난 남편이 전사했다는 통지를 받았을 때, 스스로도 신기할 만큼 전혀 슬프지 않았어. 어떻게 해도 남편이 죽었다는 생각이 들지가 않았거든. 난 그 뒤로 필사적으로 남편을 찾았어. 남편이랑 같은 부대에 있었던 그 사람에게도 도움을 청해서, 정말로 생각할 수 있는 온갖 방법을 모두 동원했고……, 마침내 **찾아냈어.**"

네? 하고 동시에 소리를 낸 나와 유키야 오빠에게 타마코 할머니는 분명하게 다시 말했다.

"남편은 정말로 살아 있었고, 나는 몇 년이 걸렸지만 남편과 다시 만날 수 있었어."

창문에서 미지근한 바람이 불어오면서 하얀 레이스 커튼이 부풀어 올랐다. 모두가 손을 대는 것조차 잊고 있던 수박 주스가 담긴 유리컵에서 물방울이 혜성처럼 떨어졌다.

"남편이 있던 곳은 너희도 잘 아는, 여기서 멀지 않은 요코스카 시였어. 남편도 역시 포로로 잡혀서 뉴질랜드에 있는 수용소에 수용되어 있었대. 그리고 전쟁이 끝나고 나서 배를 타고 요코스카 항구로 돌아온 거야."

나는 사다오미 할아버지의 이야기를 떠올렸다. 미인이라 인기가 많았던 타마코 할머니에게 젊은 남자 교사가 고백한 적이 있는데, 전사한 남편은 이제 그만 잊으라고 하는 그에게 딱 잘라 말했었다.

'그이는 살아 있어요.'

타마코 할머니는 그때 남편이 살아 있다고 믿었던 것이 아니라 알고 있었던 것이다.

"……하지만, 그렇다면 어째서요? 살아 있다면 왜 남편분은 타마코 할머니에게로 돌아오지 않았어요?"

내가 생각한 것과 똑같은 내용을 이해가 되지 않는다는 표정으로 유키야 오빠가 물었다.

그때 타마코 할머니가 지은 엷은 미소와 할머니에게서 피어오르던 향기를 나는 지금도 잊지 못한다. 나는 그런 향기를 그전에는 느껴본 적이 없었다. 사람의 가슴속 깊은 곳에 퍼져 있는 오싹할 만큼 깊은 어둠을 본 느낌이었다. 슬픔이나 괴로움이라고 이름을 붙일 수 없는 아주 황량한 향기였다.

"남편은 자신이 돌아갈 곳을 알지 못했어. 그래서 돌아올 수가 없었어."

먼 과거를 거슬러 올라가는 눈빛으로 타마코 할머니는 빛바랜 사진을 바라보았다.

"요코스카의 병원에 있던 남편은 **기억을 잃어버린 상태였어.**

아마도 포로로 잡히기 전에 전투에 휘말렸던 거겠지. 머리에 총탄을 맞은 흔적이 있는데 그때의 충격으로 기억을 잃었을 거라더구나. 그이는 정말로 다른 사람이 되어 있었어. 내가 아무리 불러도 모르는 사람을 보는 것처럼 난감한 얼굴로 쩔쩔매기만 했지.”

나는 하얀 병실의 이미지가 떠올랐다. 침대에서 몸을 일으킨 남편과 그에게 매달리는 타마코 할머니. 필사적으로 나라고 매달리는 타마코 할머니를 그는 단지 어리둥절해서 멍하니 쳐다보기만 할 뿐이다.

“하지만…… 그런 기억상실은 시간이 지나면 회복될 수 있다고 들었어요.”

“그래, 의사 선생님도 그렇게 말씀하셨어. 나 역시 설령 시간이 얼마나 걸리든 반드시 그의 기억을 되살려줄 거라고 마음속으로 결심했지. 그렇게 끔찍한 환경 속에서 살아남아서 또다시 만나게 됐으니 전부 되찾아서 행복하게 살아야 한다고 생각했어. 그때는 진심으로 그렇게 생각했단다.”

타마코 할머니의 눈가가 파르르 떨리면서 향기도 일렁였다.

“그이는 회화랑 조각을 좋아하는 사람이었어. 시간만 나면 화집이며 작품집을 들여다봤고 자기가 직접 그림을 그리기도 했어. 그 화집과 조각 작품집은 내가 유품으로 간직하고 있었기 때문에 곧장 병원에 있는 그이한테 가지고 갔지. 그걸 보면 무언가 떠올리지 않을까 하고 기대했거든. 하지만……, 조각 작품집을 보여주니까 그이는 갑자기 하얗게 질리면서 호흡곤란을 일으켰어. 그 뒤로는 책을 보여주기만 해도 겁을 집어먹고 내가 가까이 가는 것조차 싫어하게 됐어. 처음에는 도통 영문을 알 수가 없었어. 그냥 작품집을 보여줬을 뿐인데. 그것도 그이가 가장 좋아했던 기도하는 손 조각상이 있는 페이지였는데."

나도 이해가 되지 않았다. 타마코 할머니의 남편은 대체 무엇에 겁에 질린 것일까.

턱을 당기고 곰곰이 생각하던 유키야 오빠가 순간 안색이 새파래졌다.

"……조각상이 토막 난 시체로 보였던 걸까요……?"

나는 목소리가 나오지 않았다.

타마코 할머니는 애잔한 미소를 머금었다.

"나는 어떻게 해야 좋을지 더는 모르겠더라. 기억을 되찾는 것과 지금의 상태로 있는 것. 남편에게는 어느 쪽이 더 나을까. 그이는 섬세하고 여리고, 마음씨가 무척이나 고운 사람이었어. 그런 사람이 적군을 죽이라는 명령을 받고 지옥과 같은 곳으로 보내져서 틀림없이 나는 상상도 하기 힘든 지독하게 비참한 광경을 수도 없이 봤을 거야. 기억이 돌아오지 않는 건 그렇게라도 하지 않으면 그이가 도저히 살아갈 수 없었기 때문이었는지도 몰라. 그것을 떠올려달라고 애원하고, 그리고 정말로 기억해

냈을 때, 그이는 어떻게 되고 말까.”

느릿하게 나부끼는 하얀 커튼이 마치 왈츠를 추는 것 같았다. 누군가에게 공격을 받지도 않고 배고픔에 굶주리지도 않고 너무나도 평온하게 날이 저물고 있었다.

“게다가 문제는 한 가지 더 있었어. 일본으로 돌아온 남편을 내가 찾아내기까지 몇 년이 걸렸는데, 그 동안…… 그를 돌봐주던 여성이 있었어. 그가 이송된 병원 간호사였는데, 그 사람도 전쟁으로 가족을 잃었기 때문에 혼자인 그를 내버려둘 수가 없었다고 하더라. 그이도…… 그녀에게 마음을 주고 있다는 걸 한눈에 알 수 있었어. ……어쩐지 모든 것이 와르르 무너져 내리는 기분이었어. 지금까지 필사적으로 남편을 찾아온 시간은 무엇이었는지, 남편한테 나라는 사람은 무엇이었는지, 정말로 아무것도 모르겠더라.”

타마코 할머니의 마음을 상상하자 나는 내장이 꼬이는 것처럼 괴로웠다.

그리고 타마코 할머니는 물방울이 똑 떨어지는 듯한 목소리로 말했다.

“계속해서 정신없이 뒤쫓던 목표를 잃고 말았지만, 그런데도 남편이랑 헤어지기는 싫어서 상당히 오랫동안 질질 끌면서 남편 곁에 있었어. 전쟁이 끝난 뒤라 일본 곳곳의 학교에 선생님이 부족한 힘든 상황이었기 때문에 운 좋게 교사 자리를 구할 수가 있었지. 1년 정도 일하면서 계속 고민했고, 정말로 이러다 뇌가 닳아서 사라지는 게 아닌가 싶을 정도로 고민하고 또 고민하다……, 나는 그녀에게 그이를 데리고 아사히카와에 한번 다녀오라고 했어. 어쨌거나 사망자로 처리된 그의 호적을 부활시키지 않으면 그이가 앞으로 일자리를 구하기도 어렵고 그녀와 결혼하지도 못하니까."

혼란스러워하는 내 옆에서 유키야 오빠도 눈이 동그래져 있었다. 타마코 할머니는 그때까지 딱딱하게 굳어 있던 향기를 서서히 풀며 수박 주스를 한 모금 마셨다. 마음속의 고비는 넘겼는지 다시 이야기를 시작하는 목소리는 부드러웠다.

"사다오미가 너희한테 얘기한 옛날에 나를 귀찮게 했다던 남자는 그이의 형이야. 나한테는 아주버니였던 사람이지. 전사한 줄로만 알았던 동생이 모르는 여자랑 돌아온 데다, 그것도 모자라 내 편지까지 가지고 왔으니 어떻게 된 일인지 알아보려고 카마쿠라까지 한달음에 달려온 거야. 무뚝뚝하고 조금 성마른 사람이라 오해를 불러일으킨 모양이지만 나를 걱정해서 와준 거였어. 그이가 살아 있다면 내가 다시 그이랑 같이 살아야 한다고 말해줬어."

"……그래야 한다고 생각하지 않으셨어요?"

안 그러면 할머니만 너무 불쌍하다는 표정으로 묻는 유키야 오빠를 보고 타마코 할머니는 미소를 지었다.

"왜 그러셨어요……?"

이번에는 나직하게 말하는 나에게로 눈길을 돌리고, 왜 그랬을까, 하고 타마코 할머니는 중얼거렸다.

"지금도 제대로 대답하긴 힘들어. 계속 고민하던 1년 동안 나를 잊은 그이를 원망하기도 했고, 내가 필사적으로 그를 찾아 헤매는 사이에 그를 빼앗아간 그녀를 미워하기도 했어. 그냥 모든 것이 다 망가져버리면 좋겠다고 생각한 적도 있었어. 하지만 그런 폭풍과도 같은 감정이 지나간 뒤에 남아 있던 건 **그것**이었어. 그이가 진심으로 평온을 느끼고 남은 인생을 행복하게 살아가는 것. 그러기 위해서는 그녀가 필요하다는 것. 그러기 위해서 내가 할 수 있는 것."

그 결단을 내리기 위해 타마코 할머니의 마음은 얼마나 많은 피를 흘렸을까.

그 아픔을 오직 혼자서 참고 견디며, 그러면서도 여전히 웃는 얼굴로 누군가를 도와주려고 한다.

그것은, 그런 인생은, 얼마나…….

"카노……."

눈썹을 찡그린 유키야 오빠가 나를 들여다보고 있었다. 그런 유키야 오빠의 모습이 흐릿하게 번지며 열기를 머금은 눈물이 뺨을 타고 흘러내리자 눈앞이 다시 선명해졌다. 하지만 다시 바로 차오른 눈물에 유키야 오빠의 얼굴이 흐릿해졌고 그것이 몇

번이나 되풀이되었다. 테이블 너머에서 뻗어온 주름이 자글자글
한 손이 내 뺨을 살짝 만졌다.

"미안하구나."

나는 고개를 휙휙 가로저었다. 미안하다고 말하게 하고 싶지
않아서 빨리 울음을 그치려고 입술을 깨물었지만 눈물은 멈추
지 않았다. 타마코 할머니가 준 티슈를 몇 장이나 쓰면서 코를
풀었고, 옆에서 유키야 오빠도 티슈로 뺨을 닦아주었다.

"조금 전의 남자는 누구였어요?"

내가 어느 정도 진정되자 유키야 오빠가 물었고, 타마코 할머
니는 그날 처음으로 마음에서 우러난 미소를 지었다.

"그이의 손자야."

타마코 할머니는 서랍장에서 꺼낸 나무 상자를 우리에게 보
여주었다. 안에는 편지가 빼곡하게 들어 있었다. 하나같이 고운
글씨로 '나미시마 타마코 귀하'라고 이름이 적혀 있었다.

"그이의 부인이 보낸 편지야. 지난 50년 동안 1년에 한 통씩
한 해도 빠짐없이 그이의 상태를 가르쳐줬어. 그이의 기억이 돌
아오는 일은 없었지만 사고를 당하거나 큰 병에 걸리는 일도 없
이 잘 살아와서 지금은 아흔이 다 돼가는 할아버지야."

나는 멋대로 이미 그 사람은 돌아가셨다고 생각하고 있었으
므로 아흔을 앞둔 고령으로 여전히 살아 있다는 말에 깜짝 놀
라고 말았다. 오호호 하고 타마코 할머니는 젊은 처녀처럼 웃고

천천히 눈을 내리깔았다.

"하지만 아무래도 나이가 있으니……, 얼마 전에 도착한 부인의 편지에는 그이가 입원했다고 쓰어 있었어. 한 달도 안 남은 것 같으니 나한테 그이를 만나줬으면 한다고."

그 편지에 타마코 할머니가 뭐라고 대답을 했는지는 듣지 않아도 알 수 있었다. 낙담한 모습으로 돌아간 그 청년은 아마도 대신 설득하러 온 것이라는 사실도.

"정말로 만나지 않아도 괜찮아요?"

나직이 묻는 유키야 오빠에게 타마코 할머니는 조용히 미소 지었다.

"그 할아버지가 무서운 기억을 떠올리지 않게 하려고요……?"

또다시 눈물이 차오르는 나의 머리카락을 타마코 할머니는 주름이 깊게 잡힌 손으로 다정하게 쓰다듬어주었다.

"징집된 날 그이가, 오늘이 마침 칠석날이니 직녀와 견우처럼 다시 만날 수 있다고 했을 때 난 울면서 웃고 말았어. 도무지 어울리지 않는 김빠지는 소리를 하잖아. 그이도 나를 웃게 하려고 그런 말을 했을 거야. 지금부터 언제 목숨을 잃어도 이상하지 않은 곳으로 떠나는데도 그이는 자기보다 나를 먼저 생각해줬어. 그리고 그날 약속한 대로 틀림없이 살아 돌아와줬어. 난 그것만으로도 그이한테서 이미 평생의 행복을 받았어. 이 이상은 필요 없어. 남은 소원은 그이가 사랑하는 사람들이 지켜보는 가운데 어떤 일에도 마음 아파하지 말고 편안하게 눈을 감으면 그 걸로 충분해."

빛바랜 사진을 보며 타마코 할머니가 지은 미소는 슬프도록 아름다웠다.


# 4

타마코 할머니의 긴 이야기를 듣고 유키야 오빠와 헤어져 카 게츠 향방으로 돌아온 뒤 나는 열이 났다. 나는 그 전날에도 저 녁을 거의 먹지 않았기 때문에(유키야 오빠가 기분 나쁘다고 할 까봐 불안했기 때문이지만) 할머니와 할아버지는 감기나 다른 병에 걸린 줄 알고 몹시 당황해서 나에게 죽과 복숭아 통조림을 먹이고는 아직 하늘이 희미하게 밝은 시간대인데도 할머니 할 아버지가 쓰는 다다미방에 이불을 깔고 나를 밀어 넣었다.

그래도 약 때문인지 나는 금방 잠에 빠져들었고 꿈을 꾸었다. 타마코 할머니와 남편이 집 앞에서 사진을 찍는 꿈이었다. 나는 두 사람의 고향 풍경을 모르니 배경은 흐릿했고, 가까이 기대 선 젊은 두 사람의 모습과 두 사람의 발밑에 가득 피어 있는 꽃 만 선명하게 보였다. 가느다란 줄기가 길게 뻗어 있는 벼 이삭과 도 비슷하게 생긴 보라색 꽃. ……아아, 그렇구나.

사진이 흑백이라 잘 몰랐지만 젊은 부부의 발밑을 가득 채우고 있는 식물은 라벤더였다.

타마코 할머니의 작고 하얀 집에서 달콤한 향기를 퍼뜨리던 그 꽃이다.

눈가를 손가락으로 닦아주는 감촉에 눈을 뜨자 할아버지의 얼굴이 보였다.

"조금 전에 타마코 선생님한테서 전화가 왔어. 남편분의 이야기를 유키랑 둘이서 들었다지? 지금까지 아무한테도 얘기 안 하고 묻어두었던 터라 그만 너희한테 전부 얘기해버리고 말았다고, 너한테 부담을 준 게 아닌가 하고 걱정하셨어. 아가, 그래서 열이 난 거니?"

"타마코 할머니한테는 말하지 마……."

"아무 말도 안 했으니까 안심하렴."

꿈에서 깨어나니 한층 더 안타까워서 나는 또다시 훌쩍훌쩍 울었다. 할아버지는 마법처럼 섬세한 작업을 하는 손으로 내 머리를 쓰다듬어주었다.

"모레 타마코 선생님이 칠석날 쓸 향을 사러 오시니까 그때까지는 나아서 건강한 얼굴 보여드리려무나."

"칠석날 쓸 향……?"

"그래. 부탁받은 게 있거든. 부인들끼리의 다과회에서 피울 거라고 하셨어."

"타마코 할머니 남편의 냄새가 나는 향이 있으면 좋을 텐데……."

이불 가에서 가부좌를 틀고 있던 할아버지는 눈이 동그래졌다.

"남편의 냄새가 나는 향이라고? ……요즘 애들의 발상은 깜짝 놀랄 만큼 참신하다니까."

"그러면 타마코 할머니는 만나지 못해도 같이 있을 수 있는데……."

졸려서 목소리가 흐늘흐늘해졌다. 아아, 그렇구나. 그랬던 거야.

"그래서 타마코 할머니, 라벤더, 집에 심은 걸까……."

"뭐?"

"남편이랑 같이 살았던 곳에 피어 있던 꽃이니까……."

다시는 만나지 못하는, 만나지 않겠다고 결심한 사람을 추억하는 실마리로 삼고자 둘이서 살았던 고향집에 피어 있던 그 꽃을 혼자 사는 집에도 심었던 것일까. 여름이 되어 아름다운 보라색 꽃이 피고 바람이 은은한 향기를 머금고 불어오면 타마코 할머니는 그 빛바랜 사진을 바라보며 둘이서 같이 지냈던 나날을 추억하는 것일까.

이튿날 아침이 되자 열은 내려 있었다. 하지만 어째서인지 이번에는 할아버지가 열이 나서 자리에 드러눕는 바람에 "나이 생각도 못하고 밤샘 작업 같은 걸 하니까 그렇지!” 하고 할머니에게 야단을 맞았다.

그리고 그 이튿날인 7월 6일. 그날 오전 수업 시간에 선생님이 색종이를 나눠주며 소원을 적어보라고 했다.

나는 잠깐 고민하다 ‘만나게 해주세요.’라고 적었다. “누굴 만나고 싶은데?” 하고 아이들의 책상 사이를 돌아다니던 선생님이 물었지만 제대로 대답하지 못했다.

“카노.”

학교에서 돌아오는 길에 츠루가오카 하치만구 신사 방향에서 걸어오는 유키야 오빠를 만났다. 괜찮아? 하고 묻는 눈빛으로 유키야 오빠가 나를 보았다. 나는 고개를 끄덕이고 웃어 보였다. 타마코 할머니가 향을 사러 온다고 할아버지가 가르쳐준 날이라 활기찬 얼굴로 있고 싶었다.

“어머나, 둘 다 이제 오니?”

카게츠 향방의 미닫이문을 열자 타마코 할머니가 계산대 옆의 의자에 앉아 있었다. 보리차가 담긴 컵을 양손으로 감싸들고 할아버지와 이야기를 나누던 중인 듯했다.

“엊그제는 여러 모로 미안했어.”

타마코 할머니는 우리에게 그 말이 하고 싶어서 기다리고 있었던 걸까. 얌전히 고개를 가로젓는 나와 유키야 오빠를 보며 타마코 할머니는 살포시 웃었다.

"그럼 이만 갈게요……. 향 고마워요, 긴지 씨."

"선생님, 잠깐만 기다리세요. 괜찮으시면 이것도 한번 보실래요?"

할아버지가 계산대에 연보라색의 작은 첩지疊紙를 내려놓았다. 자잘한 금박이 뿌려진 그 종이는 향목을 잘라서 팔거나 할 때 사용하는 향싸개다. 단, 카게츠 향방에서 취급하는 향에는 모두 할아버지가 붙인 이름이 적혀 있지만 연보라색 첩지에는 그것이 없었다. 이게 뭐예요? 하고 놀란 타마코 할머니가 눈짓으로 할아버지에게 물었다.

"카노가 그러더라고요. 선생님 남편분의 냄새가 나는 향이 있으면 좋을 것 같다고. 그러면 만나지 못해도 같이 있을 수 있을 거라고요."

타마코 할머니가 눈을 동그랗게 뜨며 나를 보았다. 유키야 오빠까지도 깜짝 놀란 얼굴로 쳐다보는 바람에 나는 당황해서 얼굴이 새빨개지고 말았다.

"시간이 별로 없어서 완성도가 어떨지는 잘 모르겠지만요."

"어머나, 하지만 그렇게까지 해주지 않아도 되는데."

"뭘요, 그냥 손녀딸한테 약해서 그래요. 마음에 드시면 한 달 이르지만 생일 선물로 드릴게요."

할아버지는 연보라색 첩지를 펼쳐 인향 하나를 꺼냈다.

인향은 향 중에서 가장 눈을 즐겁게 해주는 종류다. 다양한 향료를 혼합하여 반죽한 향을 매화나 국화, 단풍잎이나 부채 같은 모양으로 찍어서 건조시킨다. 크기는 대체로 1센티미터 정도로 틀만 바꾸면 어떤 모양으로도 만들 수 있으며 색깔도 빨간색과 분홍색, 녹색, 노란색 등 종류가 다양하다. 향은 얕고 가벼워 요즘처럼 더운 계절에 딱 맞는 향이다.

할아버지가 손바닥 위에 올린 인향은 셔츠 단추 정도 크기밖에 되지 않았지만, 그런데도 정말로 하늘에서 떨어졌나 싶을 만큼 정교한 별 모양을 하고 있었다. 색깔은 향 꾸러미와 똑같은 아름다운 연보라색이었다.

"예뻐라."

타마코 할머니가 한숨을 내쉬듯 속삭였다.

"무슨 모양으로 만들지 고민했는데 칠석 하면 역시 별 아니겠어요? 헤어진 견우와 직녀가 은하수를 건너 하룻밤 동안 만나는 날이니까요."

할아버지는 계산대 안쪽에서 전기 향로를 꺼냈다. 차통 같은 원통형에 전기 코드가 달려 있는 것이었다. 인향은 직접 불을 붙이는 것이 아니라 향목과 마찬가지로 향로 같은 간접 열기로 향기가 피어오르게 한다.

"하루한테는 정취가 없다고 혼나지만 이게 더 간단하거든요."

할아버지는 웃으며 전기 향로의 스위치를 넣고 연보라색 별을 올렸다.

그 향기는 천천히, 천천히, 은근하게 피어올랐다.

맨 처음 콧속에 닿은 것은 마음 깊은 곳에 잠들어 있는 향수를 살그머니 흔들어 깨우는, 마치 사람의 살갗과도 비슷한 온기가 감도는 향이었다. 그 깊은 향기에 취해 있으면 그 너머에서 은은하게 다른 방향이 올라오는 것을 깨닫는다. 원색이 어울리는 듯한 선명한 꽃향기. 아아.

라벤더다.

그날 젊은 부부의 발밑에서 흔들리던 꽃향기가 추억 너머에서 건너왔다.

팔을 잡아끄는 바람에 나는 정신이 들었다. 유키야 오빠가 눈빛으로 가리키는 곳을 보고 깜짝 놀랐다.

눈을 감은 타마코 할머니의 뺨에 가느다랗게 젖은 자국이 있었다. 그리고 또 한 줄기, 별이 떨어지듯이, 가느다란 강줄기를 그리듯이 눈물이 흘러내렸다.

"……정말로 받아도 돼요?"

쑥스러운 듯이 눈가를 닦으며 속삭이는 타마코 할머니에게 할아버지는 미소 지었다.

"당연하죠. 다음달, 선생님의 진짜 칠석에 피워주세요."

주문해두었던 향 봉투에 연보라색 첩지도 넣고 할아버지에게 감사 인사를 한 타마코 할머니는 나와 유키야를 돌아보며 아직 남아 있는 물방울의 자취가 반짝이는 눈동자로 미소를 지었다.

"정말로 고마워, 작은 까치들아."

까치? 어리둥절한 나와 유키야 오빠에게 한 번 더 웃어 보이고 타마코 할머니는 카게츠 향방을 나섰다.

"남편의 냄새가 나는 향은 어떻게 만들었어요?"

초등학교 6학년인 유키야 오빠는 아무튼 그 점이 궁금한 모양이었다. 초등학교 3학년인 나도 고개를 끄덕끄덕 끄덕였다.

"음." 하고 할아버지는 목덜미를 만지며 계산대에서 나오더니 말했다.

"남자랑 여자는 체취 성분이 달라. 여자는 달콤한 향기가 나고 남자는 사향…… 머스크라고 하면 더 알기 쉬울까? 머스크 같은 냄새가 섞여 있어. 그러니 머스크랑 백단을 섞으면 이렇게 적당히 사람 같은 온기가 느껴지는 향기가 나는 거야. 그걸 베이스로 라벤더 향료를 섞었어. 타마코 선생님한테는 추억의 꽃인 듯하니까 말이야."

대수롭지 않은 듯이 말하면서 엄청난 일을 해내는 할아버지를 나와 유키야 오빠는 존경이 가득 담긴 뜨거운 눈길로 우러러보았다.

"그래서 타마코 할머니는 그렇게 기뻐하셨군요?"

"아니, 그렇진 않아."

헛웃음을 지으며 할아버지가 단박에 손을 젓자, 두 초등학생은 이번에는 멍하니 얼빠진 얼굴이 되었다.

"사람의 체취는 고유한 특징이 있어서, 급하게 부린 잔재주로 진짜 남편의 냄새를 만들 수는 없어. 뭐, 조금은 도움이 됐을지도 모르지만 내 향으로만 얻은 공이 아니야. 타마코 선생님도 그러셨잖아? 너희는 '까치'라고."

지식이 부족하던 당시의 나는 그것이 새의 이름이라는 것밖엔 몰랐고, 유키야 오빠도 타마코 할머니가 한 말이 무슨 뜻인지는 몰랐던 듯했다. 아리송한 얼굴로 쳐다보는 초등학생들을 보며 할아버지는 미소를 지었다.

"칠석날 내리는 비를 '칠석물'이라고 한단다. 비가 내리면 은하수의 물이 불어나서 강을 건너지 못하는 견우와 직녀가 흘리는 눈물이라는 말이 있지. 하지만 여기에는 뒷이야기도 있는데, 비가 오는 칠석날에 두 사람이 울고 있자 어디선가 까치라는 새가 수도 없이 날아와. 그리고 날개를 이어 다리를 만들어서 헤어져 있던 두 사람을 만나게 해준단다."

할아버지는 오른손을 내 머리에, 왼손을 유키야 오빠의 머리에 얹었다.

"너희는 선생님의 이야기를 듣고 지금까지 그분이 계속 혼자 안고 있던 짐을 나눠 들어주었잖아? 선생님한테 뭔가 해줄 수 없을까 하고 선생님을 생각해줬고. 그 마음이 있었기 때문에 오늘 타마코 선생님은 마음속에서 남편을 만날 수 있었던 거야. 그러니까 너희한테 고맙다고 하신 거고."

착하구나. 할아버지는 눈물을 글썽이는 나와 눈을 내리깔고 있는 유키야 오빠의 머리를 마구 헝클며 쓰다듬었다.

＊

완성된 색종이 은하수를 조릿대 가지에 실로 엮어 걸었다. 유키야 오빠는 마찬가지로 별 장식을 매달았다. 타마코 할머니의 이야기를 하는 사이에 이제 그만 방으로 돌아가서 공부하라는 잔소리는 하지 않게 되었다. 대신 장식이 끝나자 불쑥 물었다.

"제대로 물어본 적이 없었는데 타마코 할머니는⋯⋯."

그러고 보니 유키야 오빠는 모르고 있었다. 아마도 어렴풋이 짐작은 하고 있겠지만 그 무렵 유키야 오빠는 카마쿠라에 없었기 때문이다.

"⋯⋯내가 중학교에 올라간 해 초여름에⋯⋯."

그해 봄부터 건강이 안 좋아져 입원한 타마코 할머니의 병문안을 가면서 나는 갓 입학한 중학교 교복을 입고 갔었다. 타마코 할머니는 마치 친손자가 처음 교복을 입은 모습을 보는 것처럼 기뻐해주었다. 장례식에는 놀랄 만큼 많은 조문객들로 장사진을 이루었다. 사다오미 할아버지를 비롯한 제자들과 예전에 같이 교사로 일했던 사람들, 그리고 타마코 할머니의 집에 왔던 그 갈색 머리 청년과 그의 부축을 받으며 온 상당히 고령의 여성도 있었다.

이야기를 들은 유키야 오빠는 그랬군요, 하고 조용히 말했다.

장식을 마친 커다란 조릿대는 지나가는 사람들의 눈에 잘 보이도록 가게 밖에 내놓기로 했다. 유키야 오빠와 둘이서 미닫이문 양쪽에 조릿대를 장식하고 있는데 관광객으로 보이는 젊은 여성 셋이 가게에 들어오고 싶어 하는 눈치를 보이며 다가왔다. 곧바로 유키야 오빠가 천상의 미소로 "괜찮으시면 안에 들어와서 둘러보세요." 하고 말을 걸자 꺄 하고 즐거운 듯이 '향'이라고 붓글씨가 쓰인 하얀 포렴을 걷고 들어왔다. 그 틈에 섞여 나도 가게로 돌아가려고 하자, 빙글 돌아선 유키야 오빠가 내 코앞에 손바닥을 쑥 들이밀었다.

"혼자서도 충분해요."

그러고는 아주 싸늘한 눈길로 가게 오른쪽 뒤에 있는 본채를 가리켰다. 가게에는 들어오지 말고 본채로 돌아가 공부하라는 뜻이다. 나 따위가 이 냉동 레이저빔에 맞설 수 있는 방법은 없으므로 울상을 지으며 힘없이 돌아가는 수밖에 없었다.

문득 불어온 바람이 장난치듯이 머리카락을 흔들었다.

나는 날리는 머리카락을 붙잡으며 하늘을 올려다보다 태양이 너무나 눈부셔서 눈을 감았다. 한없이 푸르른 하늘. 오늘은 밤까지 쾌청할 것 같다.

틀림없이 오늘밤 수많은 사람들이 오색 종이에 소원을 적을 것이다. 자신을 위해, 누군가를 위해 기도하는 마음을 담아 별이 가득 박힌 하늘을 올려다볼 것이다.

그렇다면 나도 기도하자.

시대의 격류에 휩쓸려 헤어진 두 사람이 오늘 밤 별의 강을 건너 다시 만나기를.

제 2 화

# 당신과
# 영원히

# 1

달콤한 향기가 밤의 어둠 사이로 가느다랗게 흘러왔다.

금요일 저녁, 젖은 머리카락을 닦으며 욕실에서 나오다 그 향기를 맡았다. 나는 그 향기를 알고 있다. 수십 종류나 되는 천연향료를 저울로 잴 수 없을 만큼 미세한 단위로 조합하여 장인의 손길로 정성껏 개어 숙성시켜 만든 깊고 복잡하고 향긋한 향기.

이 향을 가진 사람은 세상에서 단 한 사람, 할머니뿐이다.

할머니 방은 본채 1층의 동쪽 끝에 있다. 맨발에 슬리퍼를 신고 어두운 복도를 지나가는데 앞쪽 장지문에서 새어나오는 하얀 형광등 불빛이 보였다.

할머니는 마치 표백한 것처럼 하얀 불빛이 네모나게 쏟아지는 툇마루에 앉아 있었다.

보이지 않는 누군가와 이야기를 나누는 것처럼 파르스름한 잔무늬 기모노를 입은 등을 꼿꼿하게 세우고 어둠에 잠긴 정원을 바라보고 있었다. 언제나 쾌활한 할머니와는 사뭇 다른 딱딱한 표정이었다. 그런 할머니 옆에 있는 청자 향로에서 달콤하고 화려한 향기가 하늘하늘 솟아오르고 있었다.

"……할머니?"

살그머니 불러보자 할머니는 꿈에서 깬 듯한 표정으로 돌아보며 생긋 웃었다.

"목욕 다 끝났니? 그럼 할머니도 씻어야겠다."

"응……. 아, 할머니 샴푸 좀 썼어. 일반 샴푸는 향이 강해서 내일 있을 향회에 지장을 줄 것 같아서."

"어머나, 어쩜 이렇게 세심하니? 역시 이 할머니 손녀는 다르다니까."

"그리고 저기……."

내겐 할머니와 같이 살기 위해 스스로 정한 규칙이 있다. 비록 할머니에게서 어떤 향기를 느끼더라도 할머니가 직접 이야기를 꺼내거나 명백히 알아주기를 바라는 눈치를 보이지 않는 한 내가 먼저 언급하지 않는다는 규칙이다.

사람에게서 풍기는 감정의 향기는 원래는 누구에게도 들키지 않아도 되는 것이다. 하지만 체질 때문에 어쩔 수 없이 그 향기를 느끼고 마는 내가 드러낸 것도 아니고 단지 마음속을 스치고 갔을 뿐인 기분까지 일일이 참견한다면 그것은, 예를 들자면 남의 일기를 멋대로 읽는 것으로도 모자라 감상문까지 쓰는 침해 행위가 된다. 그래서 나는 주변 사람들, 그중에서도 단둘이 사는 할머니를 상대로는 특히 더 신중하게 그 규칙을 지켜왔다.

"왜 그러니, 카노?"

그러므로 설령 할머니의 미소와 느껴지는 향기가 서로 다르다 하더라도, 그 향기가 마음에 묵직한 짐을 지고 있는 것처럼 가라앉아 있다고 하더라도 나는 그 부분을 건드려서는 안 된다. 나의 체질을 잘 알고 있는 할머니는 정말로 무언가 들어주기를 바라는 일이 있으면 직접 이야기한다.

"차가운 레몬 우유 만들 건데 할머니도 마실래?"

"어머, 맛있겠다. 좋아, 할머니도 얼른 목욕하고 나와야지."

움직이는 것을 좋아하여 다리와 허리가 튼튼한 할머니는 동작도 빠릿빠릿했다. 미소를 지으며 청자 향로를 소중하게 들고 다다미방 안으로 가지고 갔다. 향로 안에는 재가 단정한 산 모양으로 솟아 있고, 그 산 꼭대기에 1센티미터 정도의 검은 환약 모양의 알갱이—연향練香이 묻혀 있었다.

연향은 침향이나 백단을 비롯한 몇 십 종류의 향료를 분말로 만든 것에 질 좋은 매실 과육이나 꿀을 넣어 개어 만든 향이다. 헤이안 시대 귀족이 옷에 향내를 입혔던 '훈의薰衣'는 이 연향을 사용한 것으로, 직접 불을 붙이는 스틱 타입의 선향 등과는 달리 향로를 사용한 간접열로 데워 향기를 즐긴다. 향장香匠이던 할아버지는 이 연향을 특히 잘 만들었다.

할머니가 피우던 연향은 2년 전에 돌아가신 할아버지가 할머니를 위해 특별히 만든 것이다.

할아버지만이 만들 수 있는 이 향은 이제는 더 이상 구할 수도 없는 물건이므로 할머니는 정말로 소중히 아껴서 어지간해서는 피우지 않는다. 내가 기억하는 한 할머니가 이 향을 마지막으로 피운 것은 할아버지의 장례식이 끝난 날 밤이었다. 그날 밤에도 할머니는 아까처럼 향로를 옆에 두고 혼자 밤하늘을 바라보고 있었다.

할머니는 어째서 그 귀한 향을 오늘밤 피우고 있었던 것일까. 오늘은 딱히 특별할 것도 없는 평범한 금요일인데.

"……어? 이 상자는 뭐야?"

할머니의 뒷모습을 보고 있다가 할머니 방 한쪽 구석에 큼직한 박스가 놓여 있는 것을 알았다. 할머니 앞으로 된 택배회사 송장이 붙어 있는 것으로 보아 누가 보낸 물건임을 알 수 있었다. 박스테이프 포장은 아직 뜯지 않은 상태였다. 여전히 붙어 있는 송장에 적힌 보낸 사람의 이름을 보고 나는 너무 의외라 깜짝 놀랐다.

【야나기 이츠키】

"이츠키 언니가 보낸 거야?"

"응, 맞아. 내일 향회에 쓰려고 이것저것 보내달라고 했어."

이츠키 언니는 나랑 육촌뻘인 대학생 언니다. '야나기'는 할머니의 본가로, 향도 야나기 유파의 종가이기도 하다. 이츠키 언니는 할머니 남동생의 손녀다.

내일 토요일에 야나기 본가에서 열리는 향회에 할머니와 내가 초대를 받았고, 그리고 일주일 정도 전에 유키야 오빠도 긴급 참전하기로 결정되었다.

"그럼 할머니는 목욕하고 올게. 레몬 우유 잘 부탁해. 우유는 넉넉히 넣어줘."

"응, 알았어."

잠옷인 유카타를 안고 할머니는 경쾌한 발걸음으로 욕실로 향했다. 나는 젖은 머리카락의 물기를 닦으며 이츠키 언니가 할머니에게 보낸 상자를 보았다. 해외여행용 캐리어도 거뜬히 들어갈 것 같은 크기였다. 할머니는 내일 향회와 관련된 것이라고 말했지만 이츠키 언니는 무엇을 이렇게 많이 보냈을까? 그리고 향회는 내일인데 어째서 할머니는 아직 그 상자를 열어보지도 않은 것일까?

신경이 쓰이기는 했지만 그 뒤에 나는 부엌에서 레몬 우유를 만드는 데에 몰두하느라 할머니 방에 놓인 커다란 상자는 까맣게 잊고 말았다.


이야기는 약 일주일 전의 토요일로 거슬러 올라간다. 막 기말고사를 마친 나는 방심했다가는 깡충깡충 뛸 것처럼 마음이 가벼워서, 그날 저녁은 평소 기름이 튀는 게 싫어서 꺼리던 튀김에도 과감히 도전했다. 바삭하게 튀긴 새우튀김을 보고 승리의 미소를 짓는 내 옆에서 소면에 고명으로 올릴 파를 썰고 있던 유키야 오빠가 "다음 주 월요일에 받을 성적표가 기대되네요." 하고 군소리를 덧붙였지만 그때는 카마쿠라에서도 다섯 손가락 안에 들 만큼 마음이 관대했던 나는 그런 심술에도 흔들리지 않았다.

"에휴."

하지만 식탁 앞에 앉자 할머니가 어쩐지 여봐란 듯이 한숨을 자꾸 내쉬었다. 나와 유키야 오빠는 차갑게 식힌 소면을 후루룩거리며 눈짓으로, 여기서는 역시 카노가 나서야죠, 유키야 오빠가 있는데 그럴 수는 없죠, 하며 말없이 서로 양보하다가 결국 유키야 오빠가 젓가락과 찍어먹는 장국 그릇을 내려놓고 조심스럽게 할머니에게 물었다.

"미하루 씨, 무슨 일 있었어요?"

"어머나, 유키야, 어떻게 알았어?"

호들갑스럽게 가슴을 누르며 눈을 동그랗게 뜬 할머니는 "사실은 말이야……." 하고 곧바로 이야기를 시작했다. 요컨대, 야나기 가에서 개최하는 향회 때문이었다.

"다음 주에 본가에서 열리는 향회에 초대를 받았다고 했잖아? 그 향회에서 집필 역할을 하기로 한 사람이 아무래도 못 올 것 같다지 뭐니.”

향목을 태워 향기를 즐기는 것을 ‘문향聞香’이라고 하는데, 할머니의 생가에서 개최하는 향회에서는 문향에 재미 요소를 곁들인 ‘조향組香’이라는 것을 한다. 조향은 쉽게 말하면 향 맞추기 게임으로, 할머니가 말한 ‘집필’은 이 향 놀이에서 서기에 해당하는 역할이다.

“몸이 안 좋아서 병원에 갔더니 독감이더래.”

“뭐? 독감이라고? 여름인데?”

“여름에는 대규모로 유행하는 경우가 드물 뿐이지 바이러스가 사라지는 건 아니에요. 실제로 오키나와 같은 곳에서는 여름에도 독감이 유행하기도 한대요.”

“그렇구나……”

“몸은 나았다고는 하는데 다른 것도 아닌 독감이잖아? 겨우 나은 상태로 참석했다가 다른 손님들한테 옮기기라도 하면 미안하니까 불참하기로 했대. 그래서 내가 갑작스럽게 대타로 집필을 맡게 됐거든.”

할머니는 야나기 유파 사범 자격을 가지고 있으면서 동시에 서도書道 유단자이기도 하다. 향회 경험도 풍부해서 갑작스러운 상황에도 대응할 수 있는 전문가라서 대리를 부탁받았을 것이다.

“그런데 그 향회는 예정된 인원이 열 명이거든. 한 사람이 불참하면 아홉 명이 되니까 좀 그렇잖아? 다른 사람을 부르려고 해도 이렇게 갑작스럽게 초대할 수 있는 사람은 얼마 되지도 않고, 불렀다가 상대가 혹시나 '처음에는 안 불렀으면서 왜 이제 와서 부르는 거야.' 하고 기분 나쁘게 받아들이기라도 하면 야나기 가의 사교 활동에 지장이 생길 수도 있고……. 아아, 누가 대신 와줄 사람이 없을까? 야나기 집안과는 그다지 관계가 없고 기본적으로 향회에 대한 지식을 가지고 있고, 그리고 자리를 환하게 빛내줘서 눈 보신이 되는 젊고 활기찬 사람이 좋은데."

할머니는 유키야 오빠에게 어필하는 시선을 흘긋흘긋 보냈다. 유키야 오빠는 그 눈길을 피하듯이 접시에 누워 있는 새우 튀김과 눈싸움을 하고 있었다.

"……혹시 만에 하나라도 저를 생각하고 계신다면 저는 무리예요. 조향은 붓으로 답을 적어야 하잖아요? 저는 붓과 먹을 사용하는 필기 방법하고는 상성이 아주 안 좋아서 가봐야 웃음거리만 될 거예요."

"어머나, 어쩜 귀여운 소리를 다 하네. 괜찮아. 글씨 못 쓴다고 웃을 사람은 아무도 없으니까."

"정말로 남들 앞에 못 내놓을 수준이에요."

"고마워, 역시 유키야가 최고야! 특별수당 두둑이 쳐줄게!"

억지로 밀어붙인 할머니는 소면을 후루룩거리며 "맛있다." 하고 웃었다. 나는 새우튀김을 장국에 콕콕 찍었다. 날개옷 같은 얇은 기름막이 수면에 스르륵 퍼져나갔다. 이렇게 감칠맛이 더해진 장국에 소면을 찍어 먹으면 훨씬 맛있다. 테이블 맞은편을 슬쩍 보자 유키야 오빠는 묵직한 공기에 짓눌린 모습으로 파를 장국에 찔끔찔끔 넣고 있었다.

"솔직히 카노랑 유키야가 같이 가준다니 얼마나 든든한지 몰라. 난 친정이 별로 편하지 않아서 혼자 가면 외부인 같은 느낌이 장난 아니거든. ……둘 다 잘 부탁해."

마지막 한마디에는 할머니답지 않게 우울함이 깃들어 있었다. 그 분위기에 휩쓸려 유키야 오빠가 "아뇨……, 저야말로 잘 부탁드려요." 하고 대답해버려서 향회 참석을 완전히 수락한 셈이 되었다. 유키야 오빠는 그 누구 앞에서도 주눅 들지 않는 강철 같은 사람이지만 할머니에게는 약했다.

"미하루 씨는 본가랑 무슨 일이 있었어요?"

유키야 오빠가 부엌에서 저녁 먹은 뒷정리를 하면서 목소리를 낮추고 물어보았다. 행주로 그릇을 닦는 유키야 오빠에게 나도 접시를 헹구며 작은 목소리로 대답했다.

"나도 자세한 사정은 모르지만 옛날부터 서로 소원한 것 같아요. 새해 인사도 할머니 본가에는 할아버지 혼자 다녀오셨거든요."

"긴지 씨 혼자요?"

유키야 오빠는 의아한 표정이었다. 물론 나도 아내의 친정에 남편 혼자 인사하러 가는 것은 조금 이상하다고 생각한다.

"그래서 다음 주 향회에 간다는 말을 처음 들었을 때는 조금 놀랐어요. 정말로 그 전까지는 야나기 가와 할머니는 전혀 왕래가 없었거든요. 게다가 어째선지 나한테까지 초대장이 오고……."

"카노는 그 댁 사람들과 안면이 있어요?"

"재를 지낼 때 잠깐 얼굴을 마주한 정도예요. 그리고 할머니 동생인 아키마사 할아버지……, 야나기 유파의 당주인데 그분과는 몇 번 만난 적이 있어요. 할아버지가 지인의 향석에 데려가줬을 때 몇 번 그 할아버지도 같이 계셨거든요. 대개 할아버지랑 그 할아버지만 말씀을 나누서서 나는 잠깐 이야기해본 게 다지만요."

나의 진외종조부인 아키마사 할아버지는 할머니와는 정반대로 조용하신 분이라는 인상이 있다. 언젠가의 향회에서 조향의 정답을 맞춘 나에게 "너는 후각이 정말로 날카롭구나." 하고 차분한 목소리로 말씀하신 적이 있었다.

"그러고 보니 다음 주 향회에서는 조향을 한다고 했는데 테마가 뭐예요?"

"'아야메 향菖蒲香'이래요."

학구파인 유키야 오빠는 카게츠 향방에서 아르바이트를 시작한 뒤부터 늘 향에 대한 전반적인 지식을 공부해 지금은 "나보다 더 잘 아네!" 하고 할머니에게 인정을 받을 정도로 성장했다. 이때도 바로 머릿속의 데이터베이스에서 정보를 찾아내어 "아아." 하고 미소 지었다.

"「장맛비에 차오른 못가 줄인지 창포창포를 일본어로 아야메라고 한다. – 역자 주인지 모르겠구나」를 증가証歌·조향의 주제를 나타내는 와카 – 역자 주로 쓰는 그것 말이죠?"

"맞아요. 미나모토노 요리마사에게 토바 상황上皇이 짓궂게 장난치며 아야메고젠菖蒲御前을 찾아보라고 한 그거요. 그 이야기는 재미있어서 나도 좋아하는……, 꺅!"

느닷없이 길고 가느다란 손가락이 앞머리를 슥 쓸어 올리는 바람에 나는 장국 그릇을 든 채 그대로 굳어버리고 말았다. 유키야 오빠는 나의 과잉 반응에 눈이 동그래지며 설명했다.

"앞머리에 세제 거품이 묻어서요."

거품이요? 아, 그렇구나, 친절하기도 하지, 하고 웅얼웅얼하며 앞머리를 마구 쓸어내리는 나를 유키야 오빠는 찬찬히 쳐다보고 있었다. 키시다 유키야 오빠의 눈길에는 내 얼굴의 난감한 기능을 증폭시키는 성가신 기능이 있다 보니 나는 황급히 고개를 돌려 외면했다.

"왜, 왜요, 아직도 거품이 묻어 있어요?"

"아뇨, 얼굴이 새빨갛구나 싶어서요."

"나, 나머지는 나 혼자 정리할 테니까 유키야 오빠는 이제 그만 돌아가요! 집에 가서 붓글씨 연습이라도 하는 게 어때요?”

“좋아요, 그렇게 나온다 이거죠? 실망하지 않을 테니 기대해요.”

사실은 지기 싫어하는 성격인 유키야 오빠는 할머니에게 붓글씨 세트와 교본을 빌려서 돌아갔다. 그리고 연습한 성과를 발휘할 7일 뒤, 할머니와 나와 유키야 오빠는 나란히 할머니의 본가를 방문했다.

# 2

할머니의 생가인 야나기 가는 오기가야츠에 있다. 오기가야츠는 카마쿠라의 중심인 츠루가오카 하치만구 신사와 카마쿠라 역에서 북서쪽으로 걸어서 20분 정도 걸리는 곳이다. 관광 포인트가 밀집해 있어서 언제나 사람들로 북적거리는 번화가와는 달리 언덕이 주변을 에워싼 조용한 지역으로, 야나기 가는 그 오기가야츠에서도 가장 안쪽에 자리 잡고 있다. 근처에는 카이조지 절이 있는데, 4계절 내내 해당화와 능소화, 싸리 꽃 등을 감상할 수 있는 꽃놀이 명소로 유명한 절이다.

“이것 참.”

택시에서 내린 유키야 오빠는 요즘 시대에 태어난 남자 대학생치고는 조금 젊은이다운 맛이 부족한 감탄사를 중얼거렸다.

카마쿠라에는 오랜 세월을 견뎌온 고풍스러운 저택이 많은데 야나기 가도 그 중 하나다. 기와를 인 하얀 담장이 부지를 에워싸고 있고, 그 위로 고개를 내민 정원수의 가지와 이파리 너머로 보이는 기와지붕으로 된 본채가 마치 종이로 오려놓은 그림 같았다. 친척이기는 해도 나 역시 야나기 가에는 처음 와보므로 마치 사찰의 바깥문 같은 중후한 대문을 보고 살짝 감동했다.

"부동산 세금이 많이 나올 것 같네요."

"청소하기도 힘들 것 같아요."

으리으리한 대문을 올려다보며 유키야 오빠와 주고받듯 이야기하고 있는데 즐거운 대화 소리와 카메라 셔터 소리가 들려왔다. 관광객으로 보이는 젊은 여자 셋이 디지털카메라로 야나기 가를 찍고 있었다. 예스러운 저택의 모습에 마음을 빼앗긴 듯했다. 그 밖에도 한 남자 관광객이 하얀 담장 앞을 왔다 갔다 하고 있었다. 그 남자는 오늘도 최고기온이 30도를 웃돌며 푹푹 찌는데도 새카만 니트 모자를 머리에 푹 눌러쓰고 얼굴을 절반이나 가리는 커다란 선글라스를 쓰고 있었다.

세 여자 중 한 명이 나와 유키야 오빠를 알아채고 친구들의 팔을 잡아끌었다. 어쩐지 이쪽을 가리키며 "촬영 나왔나? 연예인 아냐?" 하고 자기들끼리 속닥거렸다.

오늘은 격식 있는 자리라 나는 하나마루 문양꽃들이 동글동글하게 무늬를 이룬 문양. – 역자 주의 호몬기여성용 약식 예복에 해당하는 기모노. 외출복이나 격식을 차려야 하는 자리에서 입는다. – 역자 주를 입었고, 유키야 오빠도 시원스러운 청색의 여직물얇고 비치는 견직물의 하나. – 역자 주로 된 무지 명주에 하카마겉에 입는 주름 잡힌 하의. – 역자 주를 입은 정장 차림으로 왔다. 한 여자가 슬그머니 카메라로 우리, 더 정확히는 유키야 오빠를 찰칵 찍었다. 유키야 오빠는 대문 처마널의 짜맞춤 구조를 흥미진진하게 보고 있느라 알아채지 못했다. 이건 좀 아니지 않나. 내가 긴장 때문에 배어나온 손바닥 땀과 싸우며 한 걸음 내디뎠을 때 조리풀이나 목면, 또는 가죽으로 만든 일본의 전통 샌들. – 역자 주 뒤축을 울리며 거침없이 끼어든 분이 있었다.

“미안하지만 난 이 애들의 매니저인데 촬영은 사무소를 통해 먼저 허락받지 않으면 곤란해. 그리고 남을 멋대로 찍으면 안 되지. 똑같은 일을 당하면 아가씨도 싫잖아?”

택시 요금을 지불하고 온 매니저는 여자들을 향해 단호하게 손바닥을 내밀었다. 여름에 어울리는 하얀 바탕에 금실로 길상 무늬를 수놓은 호몬기를 입은 할머니는 아름답다기보다 멋있었고, 쩔쩔매면서 사과하는 여자들에게 “알면 됐어.” 하고 너그럽게 웃으며 고개를 끄덕였다.

“이쪽으로 들어가자.”

할머니는 할아버지와 결혼하기 전까지 이 집에서 살았으므로 과연 익숙하게 정문에서 조금 떨어진 곳에 있는 통용문으로 들어갔다.

　구석구석 잘 손질된 정원은 햇살에 반짝이는 짙은 녹음이 눈부셨다. 향도가의 집은 배우러 오는 문하생이나 향회에 초대를 받은 손님 등 아무튼 사람들의 출입이 잦은 곳이다. 그래서인지 공공시설이나 절과 마찬가지로 보는 눈을 의식하여 꾸민 아름다운 정원이었다.

　나는 앞서 가는 할머니의 향기가 본채에 가까워질수록 점점 긴장되는 것이 걱정스러웠다. 그 정도로 본가의 문턱을 넘기가 거북한 걸까. 할머니와 야나기 집안 사이에 대체 무슨 일이 있었던 걸까. 이윽고 지붕에 기와를 인 위풍당당한 본채에 도착하자 할머니가 초인종을 누르려는 것과 거의 동시에 현관 미닫이문이 열렸다.

　"고모할머니, 기다리고 있었어요."

　환하게 웃으며 진심으로 환영한 그녀는 어깨에서 손목까지 비치는 소매의 보라색 원피스를 입고 있었다. 내 기억 속의 그녀는 몇 년이나 전에 친척의 재를 지낼 때 보았던 고등학생의 모습 그대로 멈추어 있었으므로 아름답게 변모한 모습에 무심코 넋을 잃고 말았다.

　"잘 지냈니, 이츠키? 원피스가 정말 잘 어울리네."

　"고맙습니다. 고모할머니의 호몬기도 무척 근사해요. ……오늘은 갑작스럽게 무리한 부탁을 드려서 정말로 죄송해요. 잘 부탁드립니다."

"어머, 애는. 남도 아닌데 뭘 그러니."

유키야 오빠가 나에게 '누구예요?' 하고 눈길로 물었다. "야나기 이츠키 언니예요." 나는 목소리를 낮춰 속삭이며 설명했다. 할머니 남동생의 아들의 딸로, 이츠키 언니는 나보다 네 살 많았다. 지금은 대학교 3학년일 터였다.

"카노도 오랜만이야. 몰라보게 어른스러워져서 깜짝 놀랐어."

할머니의 어깨 너머로 고개를 불쑥 내민 이츠키 언니가 웃어서 나는 얼굴이 빨개졌다. 지금까지 언니와는 고작해야 두세 번밖에 만난 적이 없다 보니 낯을 많이 가리는 나는 속으로 제법 긴장하고 있었는데, 이츠키 언니의 미소는 그런 기분을 부드럽게 누그러뜨릴 만큼 스스럼없고 환했다. 게다가 '어른스러워졌다'는, 죽을 때까지 몇 번이나 들을 수 있을지 모르는 감동적인 말까지 해줘서 눈물이 날 것 같았다.

"그리고 그쪽이 키시다 씨죠?"

"맞아. 내 젊은 애인."

"애인이요……?"

"애인인 키시다 유키야입니다. 오늘은 이렇게 초대해주셔서 정말 감사합니다."

진지한 얼굴로 인사하는 유키야 오빠에게 이츠키 언니는 웃어 보이고 우리를 현관 안으로 들였다.

"바로 차 내올게요. 그리고 고모할머니, 할 얘기가 좀 있는
데……."

"이츠키."

중후하게 울리는 목소리가 말을 끊자 이츠키 언니의 표정이
굳어졌다.

현관 왼쪽 복도에서 쉰 정도의 남자가 발소리도 내지 않고 걸
어왔다. 어깨가 떡 벌어진 다부진 체격에 짙은 보라색의 나가기



- 역자 주와 엷은 쥐색 하카마를 입고 있었다. 신발을 벗고 이제
막 복도로 올라선 우리를 둘러보는 눈길은 빈말로라도 우호적
이라고는 하기 힘들었다.

"젊은 선생님, 오랜만이네. 초대해줘서 고마워."

웃으며 인사하는 할머니에게 요시아키 당숙은 웃음기라고는
전혀 없는 얼굴로 인사했다. 당숙은 할머니의 조카이자 이츠키
언니의 아버지다. 언젠가는 야나기 종가를 이을 사람이므로 '젊
은 선생님'이라고 불린다.

"이츠키, 다른 손님들도 와 계시니 넌 돌아가서 어머니를 거
들어드리거라."

"난 고모할머니랑 할 얘기가……."

"고모님은 지금부터 나와 의논할 일이 있어. 갑작스럽게 집필
을 대신해달라고 부탁드렸으니 말이다."

나는 내장이 오그라드는 심정으로 부녀의 대화를 지켜보았
다. 말대꾸는 허용하지 않겠다는 당숙의 눈빛과 맞받아치는 이
츠키 언니의 반발심 가득한 표정. 두 사람에게서 뿜어져 나오는
향기는 겉으로 보이는 모습보다도 훨씬 험악했다. 심상치 않을
정도였다. 어떻게 된 일일까. 내 기억으로는 당숙과 외동딸인 이
츠키 언니는 사이가 무척 좋았었는데 말이다.

입술을 꽉 다문 이츠키 언니가 할머니에게 고개를 꾸벅 숙이
고 복도 안쪽으로 들어갔다.

그 모습을 지켜보던 당숙이 할머니를 돌아보았다.

"이츠키와 무슨 얘기를 하시려고요?"

"그냥 인사지. 아주 오랜만에 만났잖니. 예뻐져서 놀랐어."

탐색하듯이 할머니를 쳐다보는 당숙에게서 콧속을 찌르는 날
카로운 향기가 났다. 다양하게 뒤섞인 할머니에 대한 부정적인
감정. 그 중에서도 가장 강렬한 이 냄새는……, 경계였다.

이해가 되지 않았다. 할머니를 오늘 향회에 초대한 사람은 주
최자인 당숙일 터였다. 어째서 자기가 직접 초대한 할머니를 경
계하는 것일까.

"이츠키가 뭔가 의논할 게 있다고 하지 않던가요?"

"의논? 무슨 의논?"

"……아무 말도 못 들으셨으면 그만이고요. 단, 앞으로도 부
탁이니 그 애를 이상한 말로 꼬드기거나 하진 말아주세요."

사실대로 말하면 나는 당숙이 인사도 하지 않고 할머니를 날카롭게 노려본 뒤부터 조금씩 불쾌한 감정이 쌓이고 있었으므로 이쯤 되자 주먹을 꽉 움켜쥐었다. 당숙의 말과 행동이 왜 그러는지 도통 알 수가 없으니 뭔가 착각하고 있다고밖에 생각되지 않았고, 꼬드긴다든가 하는 표현은 남에게 함부로 할 말이 아닐 뿐더러 무엇보다 할머니에게 그런 태도를 취하는 것을 그냥 두고 볼 수가 없었다. 뭐라고 하면서 둘 사이에 끼어들까 생각하면서 문득 옆을 흘긋 본 나는 헉 하고 숨을 삼켰다.

유키야 오빠의 미간에 새겨진 주름의 깊이가 긴급 경보 발령 수준에 달해 있었고, 안경알 너머로 당숙을 쳐다보는 눈동자는 마치 표적을 조준하는 일류 스나이퍼처럼 매서웠다. 제발 진정해요……! 양손을 들고 필사적으로 기도했지만 소름 끼치도록 고요하게 분노를 뿜어내는 유키야 오빠는 하얀 옆얼굴에 어렴풋이 사신 같은 미소를 띠고 있었다. ……키시다 유키야, 언어 미사일 발사 태세에 돌입했다!

유키야 오빠의 위험한 입술이 벌어지려는 찰나, 뒤통수에 눈이 달렸나 싶은 타이밍으로 할머니가 어깨 너머로 가볍게 손을 흔들었다. 중지 명령을 받은 유키야 오빠는 작게 어깨를 흔들며 입을 다물었다. 할머니는 우리에게 등을 돌리고 있었지만 부드러운 목소리의 울림을 통해 당숙에게 웃어 보였다는 것을 알 수 있었다.

“꼬드기다니 무슨 그런 말을 하니? 이상한 말이 뭔데?”

“잘 아시잖아요. ……소네자키든, 시나가와든.”

소네자키? 시나가와?

“아무튼 고모님은 이미 야나기 가문에서 출가하신 분이니 절대 그 애한테 쓸데없는 얘기는 하지 말아주세요. 이츠키는 야나기 가의 유일한 후계자니까요.”

그럼, 가시죠. 당숙은 말투를 정중하게 바꾸고 할머니를 왼쪽 복도로 안내했다. 나와 유키야 오빠에겐 오른쪽 복도로 가면 대기실이 있으니 거기서 시간이 될 때까지 쉬고 있으라고 했다. 할머니는 오늘 향회에서 손님이 아니라 운영자 입장이므로 미리 상의해둘 일이 있을 것이다.

“방금 ‘소네자키든 시나가와든’이라고 하신 건 무슨 뜻일까요……?”

이해를 하지 못했던 나는 평소와 다름없이 대답을 바라며 유키야 오빠를 올려다보았다.

유키야 오빠는 매서운 눈길로 정면의 공간을 바라보며 무언가 생각에 잠겨 있었다.

“……왜 그래요?”

깜짝 놀란 듯이 유키야 오빠가 나를 보고 “아뇨.” 하고 중얼거렸다.

“아무것도 아니에요.”

"하지만 아무것도 아닌 느낌이……."

"정말로 아무 일도 없어요."

손을 뿌리치듯이 분명한 거절이었다.

어색함을 없애려는 듯 유키야 오빠는 "갈까요?" 하고 오른쪽 복도로 걸음을 옮겼다. 나는 순간적으로 움직일 수가 없어서 한 발 늦게 뒤를 따랐다.

나는 유키야 오빠의 향기를 맡지 못한다.

강렬한 감정의 움직임이 있을 때에는 조금 느낄 수 있다. 하지만 원래 냉정한 유키야 오빠의 향기는 모를 때가 대부분이고, 모른다는 사실에 안심이 되었다. 만약 유키야 오빠에게서 나를 불쾌하게 여기는 향기를 맡는다면 틀림없이 다시는 회복하지 못할 테니 말이다.

하지만 방금 처음으로 유키야 오빠의 향기를 느끼고 싶다고 생각했다. 지금 어떤 기분일까. 내가 무슨 실수를 한 걸까. 내가 싫어진 걸까.

당신의 태도 하나에 나는 이토록 쉽게 세상이 끝난 것 같은 기분이 든다.


대기실인 16제곱미터 정도의 다다미방은 에어컨이 켜져 있어 푹푹 찌는 바깥과는 다른 세계처럼 시원했다.

방석이 네 장씩 나란히 마주보고 놓여 있는 그 방에는 이미 아름다운 기모노 차림의 노부인 세 명, 멋스러운 줄무늬의 에도 코몬에도시대에 기모노에 사용한 치밀한 무늬의 염색. – 역자 주 기모노를 입은 중년 남성 한 명이 살갑게 담소를 나누고 있었다. 모두 이런 자리가 익숙한 분위기였고 나와 유키야 오빠에게 편안하게 인사를 해주었다. 할머니의 이야기에 따르면 오늘 향회에 참석하는 사람은 열 명이다. 그 중 다섯 명은 당숙과 이츠키 언니, 할머니와 나와 유키야 오빠이므로 한 사람을 제외하면 초대 손님과는 모두 인사를 나눈 셈이다.

"드세요."

우아한 미소와 함께 차를 가져다준 사람은 이츠키 언니의 어머니인 카즈코 당숙모였다. 버드나무색의 무늬 없는 기모노를 입었는데 오늘 향회에는 참석하지 않고 뒤에서 보조만 한다고 했다.

그리고 곧이어 초대 받은 나머지 한 사람이 나타났다.

"이츠키 씨는 고양이를 좋아하세요?"

"네……. 하지만 굳이 고르자면 강아지가 더 좋아요."

"저도 개는 고양이 다음으로 좋아해요. 이츠키 씨, 좋아하는 음식은 맨 먼저 먹어요, 마지막에 먹어요? 저는 언제나 마지막 즐거움으로 남겨뒀다가 맨 나중에 먹어요."

"저는 좋아하는 것부터 먼저 먹어요."

그런 이야기를 나누며 양복 차림의 청년과 보라색 원피스를 입은 이츠키 언니가 대기실로 들어왔다. 양복을 입은 청년은 이츠키 언니보다 조금 나이가 많은 20대 중반으로 보였다. 눈이 가늘고 온화해 보이는, 마치 헤이안 시대 귀족처럼 귀티가 나는 얼굴을 한 사람이었다.

한편, 이츠키 언니는 매력적인 미소를 짓고는 있어도 속으로는 그를 짜증스럽게 생각한다는 것을 향기로 알 수 있었다. 이츠키 언니는 방석 위에 앉아 있는 나와 눈이 마주치자 휴 하고 안도의 향기를 뿜으며 잰걸음으로 나에게 다가왔다.

"기다리게 해서 미안해, 카노. 아까 약속했던 잉어 보러 가자."

나는 그야말로 입만 뻐끔거리는 잉어 같은 얼굴로 있다가, 아, 하고 깨닫고 인간으로 돌아왔다.

"아, 응. 잉어 구경 정말로 기대하고 있었거든……. 잉어, 정말 좋아해서…… 잉어 사진집도 가지고 있는데……."

"미안해요, 사가미 씨. 좀처럼 만나기 힘든 육촌 동생이 와서 이야기 좀 나누고 올게요."

사가미라는 청년은 이츠키 언니가 웃으며 말하자 "아, 그래요……." 하고 풀죽은 모습으로 고개를 끄덕였다. 보아하니 그는 이츠키 언니에게 호의를, 그것도 상당히 열렬한 호의를 품고 있는 듯했다. 유키야 오빠는 나와 이츠키 언니를 조금 어리둥절한 표정으로 보고 있었지만 "왜 안 일어나요?" 하고 묻듯이 이츠키 언니가 눈을 동그랗게 뜨자 서둘러 내 뒤를 따라 왔다.

대기실에서 나와 얼마 지나자 이츠키 언니는 진이 빠지는지 한숨을 내쉬었다.

"미안해, 카노. 아까 그 사람이랑 대화를 하면 공연히 따귀를 때리고 싶은 기분이 들어서……. 갑자기 잉어가 어쩌고 해서 당황했지?"

"아냐, 괜찮아. 잉어는 정말로 좋아하니까……, 사진집은 가지고 있지 않지만……."

"정말? 그럼 나온 김에 보러 갈까? 하지만 이 시간엔 좀 더우려나……."

그런 이야기를 나누며 이츠키 언니와 나와 유키야 오빠는 조금 전에 지났던 복도를 다시 지나 현관으로 향했다.

"이츠키."

그때 매서운 목소리가 발을 붙잡았다. 이츠키 언니의 어머니인 당숙모가 잔달음에 가까운 잰걸음으로 뒤쫓아 왔다.

"어디 가니?"

당숙모가 물으며 이츠키 언니의 앞으로 돌아 나왔다. 길을 막은 것으로밖에 보이지 않았다.

"이미 손님들이 다 오셨는데 네가 어슬렁어슬렁 돌아다니면 어떡하니?"

"하지만 정말로 바로 요 앞의 연못……."

"밖으로는 나가면 안 된다고 몇 번을 말해야 알아들을래? 아버지 명령이잖아."

입을 다문 이츠키 언니에게서 분노와 분함과 슬픔……, 온갖 감정이 복잡하게 뒤얽힌 향기가 피어올랐다. 손을 꾹 움켜쥐었다.

"정원이 무척 아름다워서 제가 좀 보여 달라고 부탁드렸어요."

유키야 오빠의 말투는 카게츠 향방에서 손님을 응대할 때처럼 부드러웠다. 이츠키 언니가 돌아보았고, 순간 눈이 휘둥그레진 당숙모도 빈틈없는 미소를 지으며 응수했다.

"그랬어요? 하지만 이제 곧 향회가 시작되는데……."

"그렇군요. 생각 없이 얘기를 꺼내서 정말 죄송합니다. 밖으로는 나가지 않을 테니 여기서 좀 있어도 괜찮을까요? 사실 이런 모임은 처음이라 이츠키 씨에게 예법을 좀 물어보고 싶은데 다들 분들도 계신 데에서는 물어보기가 좀 부끄러워서요."

"어머나, 그러셨어요? 밖으로만 안 나가신다면 괜찮아요. 그럼 시간이 되면 부르러 올게요."

유키야 오빠의 사근사근한 미소에 당숙모도 마음이 누그러진 듯했다. 당숙모가 복도를 되돌아가자 이츠키 언니가 한숨을 내쉬고는 유키야 오빠에게 머리를 숙였다.

"고마워요."

"뭘요. 외출을 금지 당했어요?"

그 점은 나도 신경이 쓰이는 부분이었다. 하지만 이츠키 언니는 그저 모호하게 쓴웃음을 지을 뿐이었다. 한 가지 더 묻고 싶은 게 있는데요, 하고 유키야 오빠가 덧붙였다.

"미하루 씨를 오늘 향회에 초대하신 분은 요시아키 씨인가요?"

"네?"

"카노에게서 들었는데, 미하루 씨는 이 댁과는 관계가 소원하다지요? 게다가 요시아키 씨는 미하루 씨에게 그다지 호의를 가지고 있지 않은 것처럼 보였어요. 그런데도 오늘 향회에 미하루 씨를 초대하는 건 아무래도 부자연스러워 보여서요."

"……저는 잘 몰라요. 죄송해요."

"아닙니다. 그냥 궁금해서 물어본 것뿐이니 사과하실 필요는 없어요."

유키야 오빠가 분명하게 물어봐준 덕분에 나도 속으로 그 점이 이상하다고 생각했던 것을 깨달았다. 할머니를 맞이했을 때 공격적이라고도 할 수 있는 태도를 보인 당숙. 할머니의 방문을 환영하지 않는다면 어째서 굳이 할머니를 향회에 초대했을까.

그리고 지금 이츠키 언니의 모습을 보고 나니 신경 쓰이는 일이 더욱 늘었다.

고모할머니, 기다리고 있었어요. 이츠키 언니는 조금 전에 그렇게 말하며 할머니를 맞이했다. 하지만 할머니는 본가와는 소원하게 지내왔으므로 할머니와 이츠키 언니 사이에도 지금까지 그다지 친밀한 교류는 없었을 것이다. 이츠키 언니는 대체 언제 할머니와 그렇게 친해진 것일까.

그리고 눈앞의 이츠키 언니에게서 피어오르는, 술렁이는 마음을 억누르는 향기는 무엇일까.

"그것보다 말이야."

이츠키 언니가 조금 과장스럽게 명랑한 미소를 지으며 물었다.

"두 사람은 어떻게 알게 된 사이야?"

"응?"

"사회인이랑 고등학생은 접점이 거의 없잖아? 누가 소개해줬어?"

나는 머뭇거리며 '사회인'을 쳐다보았다. 유키야 오빠는 고요하고 흔들림 없는 태도로 미소 지었다.

"기대에 부응하지 못해 미안하지만 전 현재 대학교 2학년이고 올해 스무 살이에요."

"뭐, 나보다 어리다고?! 노……, 어른스럽네?"

"방금 노숙해 보인다고 하려고 했어요? 아니면 노안이라고 하고 싶었어요?"

"아니, 그런 게 아니라 말투라든가 예스러워서 틀림없이 나보다 나이가 많은 줄……."

“노숙해 보이는 게 아니라 노티 난다는 거군요. 아뇨, 신경 안 써도 돼요. 그 정도로 상처 받을 만큼 정신이 유약하지는 않으니까요.”

싸늘하게 웃는 유키야 오빠에게 쩔쩔매는 이츠키 언니. 평소의 나라면 허둥지둥 유키야 오빠를 달래주었을 테지만 오늘은 유키야 오빠가 매몰차게 밀어냈을 때의 꽁한 감정이 아직 남아 있어서 조금 시비를 걸고 싶은 기분이었다.

“유키야 오빠는 대학생이라기보다는 서생이라는 호칭이 어울릴 것 같은 고풍스러운 관록이 있으니까요.”

유키야 오빠는 곧바로 의기양양한 미소를 지으며 맞받아쳤다.

“카노야말로 여고생이라기보단 여학생이라는 수식어가 어울리는 예스러운 풍모가 있는걸요.”

“무슨 말인지 모르겠는데요?”

“가끔 머리를 땋아 내릴 때도 가랑머리라고 부르는 편이 더 잘 어울린다고 늘 생각했어요.”

“무엇보다 요즘 남자 대학생은 ‘유약’이라는 단어를 일상 회화에서 쓰지 않는다고요!”

“카노는 이상한 소리를 하네요. 요즘이든 아니든 유약은 어엿하게 존재하는 말인데 내가 사용하는 게 무슨 문제가 있다는 거죠? 애당초 요즘 남자 대학생이 안 쓴다는 주장은 정식 조사나 통계에 근거한 말이에요? 반론이 있으면 100자 이내로 서술해봐요."

내가 필사적으로 100자 이내의 반론을 생각하고 있는데 "와하하." 하고 웃는 소리가 들렸다. 지금까지 아가씨처럼 조신하게 행동하던 이츠키 언니가 있는 대로 입을 벌리고 크게 웃는 모습을 보자 나와 유키야 오빠는 전투 의욕이 사그라지고 말았다.

"카노는 그런 식으로 싸우는구나. 제법 어른스럽다고 생각했던 터라 깜짝 놀랐어."

"아……, 그게……, 꼴사나운 모습을……."

"너도 어른스러운 척하는 것치고는 어른스럽지 못하네."

대뜸 너라고 부른 데다 어른스럽지 못하다는 말까지 들은 유키야 오빠는 충격을 받은 듯했다. 나는 이츠키 언니도 할머니를 낳은 혈족의 일원이 틀림없음을 여실히 실감했다.

"좋겠다, 사이좋아서. 정말 부러워."

속삭이듯이 말한 이츠키 언니는 내 눈을 똑바로 바라보았다.

"헤어지면 안 돼. 소중한 사람이랑은 같이 있어야 해."

미소 짓는 언니에게서 향기가 났다. 예사롭지 않은 절박함과 지금 이 순간에 마음을 굳힌 듯한 단호한 결의.

하지만 내가 느낄 수 있는 것은 그 사람이 지금 느끼는 감정일 뿐 생각이나 의지가 아니다. 이츠키 언니가 어째서 그렇게

비장한 마음으로 있는지 아무것도 모르는 나는 말없이 언니의
눈동자를 마주보는 수밖에 없었다.


# 3

향회는 오후 두 시부터 시작되었다.

"준비가 다 되었으니 이쪽으로 오십시오."

당숙모가 초대 손님들—향도에서는 '연중連衆'이라고 한다—을
안쪽의 향실로 안내했다.

16제곱미터 크기의 다다미방에는 ㄷ자 형태로 검은색 깔개가
깔려 있었고, 깔개가 없는 한쪽에만 키가 낮고 작은 탁자가 놓
여 있었다. 이곳은 주최자인 '향원香元'과 '집필'이 착석하는 곳이
므로 연중은 가까이 가지 않는다. 족자가 걸려 있는 도코노마일

본식 방의 상좌에 한 단 높게 만든 곳으로 벽에는 족자를 걸고 바닥에는 꽃을 장식한다. –

역자 주의 맞은편 왼쪽에는 '향 장식장'이라는 향도 전용 장식장
이 있고, 거기에는 향도구 세트가 들어 있는 호화로운 마키에옻

칠을 한 바탕에 금이나 은가루를 뿌려 문양을 그리는 일본 전통 칠공예. – 역자 주 함이

놓여 있었다.

다른 연중은 익숙하게 검은 깔개 위에 앉았지만 양복을 입은
사가미 씨는 향회가 처음인지 이츠키 언니에게 계속해서 "아무

데나 앉아도 돼요?", "옆에 앉아도 돼요?" 하고 자꾸 물어보았다. 향회가 시작되면 잡담은 삼가야 하지만 다른 손님들은 흐뭇하게 쳐다보기만 할 뿐 기분이 상한 것 같지는 않았다. 아무래도 우리를 제외하고 오늘 초대 받은 손님들은 모두 사가미 씨와 아는 사이인 듯했다.

이어서 '향원'인 당숙과 '집필'인 할머니가 나란히 입실했다.

당숙은 검은 깔개가 깔려 있지 않은 곳에 단정하게 앉았고, 할머니는 작은 탁자 앞에 조용히 앉았다. 그리하여 열 명이 모두 얼굴을 마주보며 둥글게 둘러앉자 당숙이 인사하더니 상냥하게 오늘의 조향인 '아야메 향'을 설명했다. 아마도 향회가 처음인 사가미 씨를 위해서일 것이다. 상당히 자세히 알기 쉽게 설명해주었다.

"'아야메 향'은 헤이안 시대 말기에 누에 퇴치로도 유명한 미나모토노 요리마사가 읊은 「장맛비에 차오른 못가 줄인지 창포인지 모르겠구나」를 증가, 즉 테마로 하는 것입니다."

문무를 두루 갖춘 귀공자인 미나모토노 요리마사는 어느 날 토바 상황을 모시는 아름다운 궁녀를 보고 첫눈에 반한다. 그녀는 '아야메고젠'이라고 불렸고, 요리마사는 아야메고젠에게 열심히 연가를 보냈다. 그렇게 아야메고젠을 연모하기를 몇 년, 궁중을 소란스럽게 만든 누에라는 괴조를 토벌한 요리마사는 상을 내리겠다는 토바 상황의 부름을 받았다.

　요리마사가 궁으로 가자 눈부시게 아름다운 미녀들이 비슷비슷한 옷을 입고 죽 늘어앉아 있었다. 어찌된 일인가. 놀란 요리마사에게 토바 상황은 싱긋 웃으며 말씀하셨다.

　"이번에 그대가 큰 공을 세웠도다. 듣자하니 그대는 아야메를 좋아한다지? 상으로 그대에게 아야메를 아내로 줄 테니 이 중에서 찾아 보거라."

　이것은 당연히 토바 상황의 심술이다. 요리마사는 당황했다. 왜냐하면 요리마사는 사실 아야메고젠의 얼굴을 잘 몰랐기 때문이다. 옛날 고귀한 여성은 사람들 앞에 얼굴을 내놓지 않았고 그 아름다운 얼굴을 우연히 한 번 본 것도 몇 년 전의 일이다 보니 슬슬 기억도 어렴풋했다. 여기서 실수하면 후세에까지 치욕으로 남는다. 이러지도 저러지도 못하고 가만히 있자 토바 상황이 또다시 심술을 부렸다.

　"무엇 하느냐? 사양할 것 없으니 얼른 찾아 보거라."

　난처해진 요리마사가 순간적으로 읊은 것이 이 노래이다.

　「장맛비에 차오른 못가 줄인지 창포인지 모르겠구나.」

　'줄'은 못가에 자라는 풀로, 창포와 이파리 모양이 비슷하다. 이것이 연일 내린 장맛비 때문에 물속에 잠기면 어느 것이 줄이고 어느 것이 창포인지 구별이 되지 않아 뽑을 수가 없다. 이렇게 요리마사가 재치 있게 시를 읊자 토바 상황은 '오호라' 하고 감탄했다.

"좋다, 이자가 아야메니 데리고 가거라."

토바 상황이 직접 아야메고젠의 손을 잡아 끌어주어 요리마사는 애타게 연모하던 사람과 맺어질 수 있었다. 참고로 이 일화는 '어느 것이 붓꽃이고 제비붓꽃인가'라는 속담의 유래가 되었다고도 한다.

"이 이야기에 따라 조향組香을 하겠습니다. 먼저 '시향試香'—요리마사가 사랑한 〈아야메〉에 해당하는 향을 듣겠습니다. 그 향을 잘 기억해 두십시오. 이어지는 '본향本香'에서는 다섯 가지 향을 들어보겠습니다. 그 중 하나가 〈아야메〉, 나머지 네 가지가 토바 상황이 요리마사를 헷갈리게 하기 위해 내세운 미녀들입니다. 그 색향에 현혹되지 말고 요리마사가 된 기분으로 오로지 〈아야메〉의 향기를 찾아 꼭 맞춰 보십시오."

당숙의 이야기는 템포가 좋고 재미있어서 내용을 알고 있는 나도 빠져들며 들었다. 사가미 씨도 크게 흥미가 생겼는지 "그렇구나." 하고 몇 번이나 고개를 주억거리더니 무슨 생각을 했는지 옆에 앉아 있는 이츠키 언니를 웃으며 돌아보고 말했다.

"나의 아야메를 반드시 찾아낼게요."

보라색 원피스를 입은 이츠키 언니는 다소곳하게 미소를 지어 보였지만 동시에 화가 울컥 치미는 향기를 뿜어내 나는 심장이 조마조마했다.

"그럼 지금부터 '아야메 향'을 시작하겠습니다."

당숙은 향 장식장에서 향도구가 들어 있는 뚜껑 없는 함을 가지고 온 뒤, 무릎 앞의 다다미에 '부지敷紙'라는 가로 60센티미터, 세로 30센티미터 정도의 두꺼운 종이 깔개를 펼쳤다.

금색 바탕에 흐르는 물과 꽃이 그려진 종이 위에 당숙이 함에서 꺼낸 향도구를 꺼내어 늘어놓자 연중으로부터 탄성이 새어나왔다. 하얀 바탕에 청색으로 그림을 넣어 시원해 보이는 향로. 마키에로 만들어진 받침에 남양진주조개로 만든 국화꽃이 나란히 늘어서 있는 은엽반. 휘황찬란한 마키에로 세공한 각종 화도구火道具. 향도구는 하나같이 마치 인형놀이 장난감처럼 작고 숨이 멎을 만큼 섬세하고 정교했다.

화려한 도구의 미술성. 와카와 고전을 주제로 하는 문학성. 주최자의 유려한 솜씨, 집필에 의한 아름다운 문학, 그리고 자연의 신비가 천 년에 걸쳐 만들어낸 향목의 향기. 조향은 향기뿐만 아니라 일본에 전해져 내려오는 모든 문화와 정신을 총집합한 풍요롭고 호사스러운 놀이다.

"먼저 '시향'을 하겠습니다. 〈아야메〉의 향기로, 이 향목은 가라伽羅입니다."

당숙은 숯을 묻은 향로의 재를 모아 완만한 산 모양으로 다듬고 꼭대기에 열을 전하기 위한 '화창火窓'이라는 구멍을 낸 뒤 그곳에 '은엽銀葉'이라는 아주 얇은 운모편을 올렸다. 그리고 〈아야메〉라고 붓글씨로 쓰여 있는 향포香包에서 꺼낸 마이크로칩처럼 작은 향목을 은엽 위에 올렸다. 나는 아까 할머니 일로 당숙에게 좋지 않은 감정을 가지고 있었지만, 그것도 잊고 넋을 잃고 볼 만큼 일련의 동작은 아름다웠다. 한편, 작은 탁자 앞에 앉은 할머니는 화지和紙로 된 기록지에 붓을 막힘없이 움직이며 날짜와 연중의 이름 등을 적어나갔다.

이번에 〈아야메〉 역할을 맡게 된 가라는 향목 중에서도 최상품으로 분류된다. 상석의 손님부터 차례로 향로를 돌리는데 나는 당숙의 손끝에서 작은 가라 조각이 서서히 데워지는 시점에서 이미 그 향기를 느꼈다.

나뭇조각에서 나는 향기라고는 믿을 수 없을 만큼 부드럽고 고상한 향기였다. 향기에 반짝반짝 빛나는 것 같은 화려함이 있어 요리마사가 한눈에 반한 아야메고젠도 이렇게 환하고 사랑스러운 사람이었는지도 모른다는 기분이 들었다. 다른 사람들도 왼손으로 든 향로를 오른손으로 뚜껑을 덮듯이 감싸고 손가락 사이로 코를 대 향기를 들이마시고는 황홀한 듯이 눈을 감았다.

"이어서 '본향'으로 들어가겠습니다. 편히 계십시오."

시향을 위한 향로가 연중을 한 바퀴 돌아 다시 돌아오자 당숙은 본향 준비에 들어갔다. 당숙의 앞에는 지금부터 태울 다섯 가지 향목을 싼 향포가 있었다.

연보라색 화지로 싼 다섯 개의 향포는 색깔과 모양이 완전히 똑같아 전혀 구별이 되지 않았고, 더구나 당숙은 그 향목을 잘 섞었다. 각각의 꾸러미 안쪽에는 향목의 이름이 적혀 있지만 이 시점에서 몇 번째에 〈아야메〉가 나올지는 주최자인 당숙도 모른다.

그 동안 연중은 각자 받은 벼루에 먹을 갈아 '수기록'이라는 답안 용지에 이름을 적었다. 수기록은 화지를 두 번 접은 것으로 성을 제외하고 이름만 적으면 된다. 이름을 다 적고 옆을 돌아보니 유키야 오빠는 진지한 표정으로 가느다란 붓을 움직이고 있었다. 상당히 독특한 글씨였지만 내가 좋아하는 모양이었다. 열심히 연습했구나 하고 상상하자 귀여워서 쌓여 있던 앙금도 사르르 녹듯이 사라졌다. 그런 기분이 든 것은 공간을 천천히 채워가는 좋은 향기 덕도 있었는지도 모른다.

"본향 첫 번째 향로입니다."

첫 번째 향로의 향목은 매우 요염한 향이었다. 남자를 유혹하는 관능적인 미녀 같은 느낌이었다. 멋진 향기지만 시향에서 들은 〈아야메〉는 아니었다. 아직 향로는 나에게까지 돌아오지 않았지만 방 안에 퍼지는 향기를 느끼고 짐작하고 있는데 이츠키 언니에게서 향로를 건네받고 향기를 확인한 사가미 씨가 자신만만하게 말했다.

"아, 이게 〈아야메〉예요."

이츠키 언니가 입술 앞에 집게손가락을 세워 주의를 주자 그 동작에 가슴이 찡해졌는지 사가미 씨의 얼굴에 웃음이 번졌다. 이츠키 언니의 짜증스러운 향기는 태풍처럼 위력을 확장하여 나는 금방이라도 이츠키 언니가 그의 뺨을 올려붙일까봐 조마조마했다.

두 번째, 세 번째 향로가 연중을 따라 돌았다. 두 번째 향로의 향기는 매운맛이 강해 교태를 부리지 않는 고고한 미녀의 이미지였다. 세 번째 향로는 부드럽고 가련한 향기로 〈아야메〉와 상당히 비슷했지만 시향 때 들은 〈아야메〉의 향기가 훨씬 더 화려했다. 이처럼 향기를 음미해 가자 요리마사의 눈을 속인 미녀들이 정말로 눈앞에서 일어서는 것 같아서 나는 무척 즐거워졌다. 싱글벙글하고 있는데 당숙과 눈이 마주쳤다. 신기한 생물을 보는 표정이었다. 나는 울상을 지으며 고개를 숙였다.

유키야 오빠에게서 받아든 네 번째 향로의 향기를 음미하고 나는 내 대답을 정했다.

네 번째 향로는 분명 〈아야메〉와 같은 가라였다. 완벽한 재녀와 같은 고아한 향기가 났다. 하지만 너무 빈틈이 없었다. 시향 때 들은 〈아야메〉는 훨씬 더 생기발랄하고 사랑스러운 향기였다. 첫 번째부터 네 번째 향로까지 전부 〈아야메〉가 아니었으므로 정답은 마지막 다섯 번째 향로밖에 남지 않았다.

따라서 당숙이 다섯 번째 향로의 준비를 시작했을 때 나는 한층 더 신경을 집중했다. 당숙은 단정한 동작으로 재를 다듬고 화창에 올린 얇은 은엽 가운데에 마지막 향목을 올렸다. 천천히, 천천히 열을 머금은 향목이 아무도 모르게 감추고 있던 향긋한 향기를 둥실 뿜어내기 시작했다.

나는 그 향기를 깊이 들이마시고 위화감을 느꼈고, 마지막에는 혼란스러웠다.

——어떻게 된 거지?

당숙이 왼손으로 든 향로를 오른손으로 감싸 덮고 코끝을 가져다댔다. 향원은 향로를 연중에게 건네기 전에 향이 피어오르는 정도를 직접 확인한다.

감겨 있던 당숙의 눈꺼풀이 순간적으로 떠지며 표정이 얼어붙었다.

땀이 쫙 배어나올 것 같은 충격과 혼란과 초조함이 당숙에게서 강하게 풍겼다.

가장 먼저 향로를 받아드는 당숙의 오른쪽에 앉은 노부인—'정객正客'이라고 한다—이 향로를 손에 든 채 움직이지 않는 당숙을 어리둥절한 표정으로 쳐다보았다. 당숙은 당황하지는 않았다. 조용히 향로를 내려놓고 등을 곧게 폈다.

"죄송합니다."

당숙은 어렸을 때부터 철저히 익혔을 예법에 맞게 아름다운 움직임으로 연중에게 머리를 숙였다.

"부끄러운 일이지만 실수가 있었습니다. 대단히 송구스럽지만 시간을 조금 주시면 한 번 더 향을 조합하도록 하겠습니다. —
이츠키, 손님들을 방으로 모시거라."

가슴속의 동요를 전혀 드러내지 않고 깨끗이 사죄하고 군더
더기 없이 대처하는 당숙의 모습은 거의 감동에 가까웠다. 이츠
키 언니도 곧바로 일어나 연중에게 공손히 말했다.

오늘 모인 연중은 이러한 사태에도 놀랄 사람들이 아니어서
"젊은 선생님도 실수를 하실 때가 있네요.", "홍법 대사<sup>일본 진언종
의 토대를 만든 헤이안 시대의 승려로, 서예에도 조예가 깊었다. – 역자 주</sup>도 글자를
틀릴 때가 있다고 하잖아요." 하고 오히려 먼저 분위기를 누그러
뜨리며 이츠키 언니를 따라 방에서 나갔다. 하지만 역시나 다들
속으로는 무슨 일이 일어났는지 몰라 당황하는 향기를 풍기고
있었다.

두 사람을 제외하고는.


"무슨 일이에요?"

대기실로 향하는 도중에 유키야 오빠가 목소리를 낮춰 물었
다. 다른 사람들에게 들리면 좋지 않을 것 같아서 나는 복도 모
퉁이로 유키야 오빠를 데리고 가 사실대로 말했다.

"본향의 다섯 향로 중 어디에도 〈아야메〉가 들어 있지 않았어
요."

말뜻을 음미하며 짬을 둔 뒤 유키야 오빠는 이해가 안 된다

는 듯이 미간을 찡그렸다. 나도 솔직히 영문을 알 수 없었다. 하지만 그랬다.

본향의 첫 번째부터 네 번째 향로는 모두 〈아야메〉가 아니었다. 물론 나의 개인적인 생각이지만 자신은 있었다. 그러므로 본향의 마지막 향로는 〈아야메〉가 아니면 이상하다. 하지만 당숙이 마지막 향목을 태웠을 때 내가 느낀 향기는 다른 것이었다. 어쩐지 수심에 잠긴 가녀린 미녀의 이미지. 밝고 사랑스러운 소녀 같은 〈아야메〉와는 달랐다.

당숙도 향을 확인했을 때 그 사실을 알아챘고 그래서 향회를 중단한 것이다. 〈아야메〉의 향기를 알아맞히는 놀이인데 정작 중요한 〈아야메〉가 없으면 조향이 성립되지 않기 때문이다.

이렇게 이야기하자 유키야 오빠도 "그랬군요." 하고 납득했다.

"하지만…… 어떻게 그런 일이 일어났을까요? 요시아키 씨가 실수로 향목을 잘못 가져왔을 리는 없을 테고."

나도 고개를 끄덕이며 동의했다. 향목의 성질상 무심코 실수하는 일은 없을 터였다.

문향에 사용하는 향목은 대체로 가로세로 5밀리미터, 두께가 1밀리미터 정도로, 아무튼 조각이 작다. 향목이 금보다도 비싼 귀중품이기 때문에, 주최자는 향회를 열면 그때그때 필요한 양만큼을 향목 덩어리에서 잘라낸다. 이번에는 당숙이 그 작업을 했을 것이다.

오늘 조향에서 사용될 향목은 본래대로라면 먼저 시향할 〈아야메 ①〉과 본향의 〈아야메 ②〉, 그리고 본향에 쓸 나머지 〈A〉, 〈B〉, 〈C〉, 〈D〉로 총 다섯 종류였다.

그러므로 당숙은 〈아야메〉를 두 조각, 그리고 〈A〉, 〈B〉, 〈C〉, 〈D〉 네 종류를 한 조각씩 신중하게 향목 덩어리에서 잘라내 준비했을 것이다.

하지만 조금 전의 본향에서는 〈아야메 ②〉가 사라지고 대신 〈E〉라고 할 수 있는 여섯 번째 향목이 등장했다.

향목은 보물이나 다름없다. 그러므로 주최자는 언제나 필요한 양만큼만 향목을 자른다. 따라서 본래의 예정에는 없었던 〈E〉를 당숙이 준비했을 리는 없다. 〈E〉와 〈아야메 ②〉가 실수로 뒤바뀌는 일은 절대 일어날 리가 없는 것이다. 하지만 그런 일이 일어났다면?

"역시 누군가가 일부러 향목을 바꿔치기했다고 보는 것이 자연스러울까요?"

유키야 오빠의 추측에 나도 믿기 힘든 심정이었지만 고개를 끄덕였다.

"누가 무슨 목적으로 그런 짓을 했을까요?"

유키야 오빠는 손가락을 턱에 대고 생각에 잠겼다. 나는 망설였지만 말해보기로 했다.

"저기, 조금 전에 아저씨가 '아야메 향'을 중단하자 다들 놀랐잖아요?"

"그랬죠. 나도 무슨 일이 일어났는지 도무지 알 수가 없었는 걸요."

"하지만 놀라지 않은 사람이 있었어요."

유키야 오빠가 살짝 눈살을 찌푸리고, 누구예요? 하고 눈짓으로 뒷말을 재촉했다.

"할머니랑…… 이츠키 언니예요."

할머니는 배포가 큰 사람이니 나름대로 이해가 된다. 하지만 이츠키 언니는 어떻게 그럴 수 있었을까.

당숙이 향회를 중단했을 때 언니는 긴장한 향기를 풍겼지만 놀라거나 어리둥절한 느낌은 아니었다. 당숙이 초대 손님을 모시라고 지시했을 때에도 당황하지 않고 곧바로 대응했다. 마치 무슨 일이 일어날지 미리 알고 있었던 것처럼.

"다시 말해 이츠키 씨가 향목을 바꿔치기한 것 같다는 뜻이에요?"

"아뇨, 그건 아니고……. 할머니가 말씀하셨는데, 향목을 자르는 일은 상당히 어렵대요. 먼저 버리는 부분이 없도록 나무를 읽을 줄 알아야 하고, 향로에 올렸을 때 손님들의 눈에 들게 되니 나뭇결도 고와야 해서 경험이 필요하대요. 그리고 오늘 향로에 올라온 향목은 하나같이 형태가 무척 아름다웠어요."

본향의 다섯 향로 어디에도 〈아야메〉가 없었으니 누군가가 〈

아야메〉를 〈E〉와 바꿔치기했을 것이다.

다섯 번째 향로의 〈E〉를 향포에서 꺼내어 눈으로 본 시점에 서는 요시아키 씨도 향목이 바뀐 것을 알아채지 못했고 향기를 확인하고 나서야 비로소 사태를 파악했다. 다시 말해 누군가가 바꿔치기한 향목 〈E〉는 그만큼 반듯하게 잘려 있었다는 뜻이 다.

"그렇군요……. 그럼 향목을 바꿔치기한 인물은 상당한 실력 자란 말이네요?"

당숙의 외동딸인 이츠키 언니도 언젠가는 야나기 유파를 이 을 사람이다. 수련을 하고 있겠지만 과연 차기 당주인 당숙의 눈을 속일 수 있을 정도일까. 애당초 이츠키 언니가 아버지의 향회를 망치는 짓을 하리라고는 생각되지 않는다. 하지만 그렇 다면 누가 바꿔치기했느냐는 물음에는 전혀 짐작도 되지 않아 "결론이 없는 이야기라 미안해요……." 하고 침울해지자 유키야 오빠는 "딱히 결론을 요구하는 건 아니에요." 하고 피식 웃었다.

"일단 다른 사람들이 있는 곳으로 돌아가요. 너무 벗어나 있 으면 실례니까요."

나와 유키야 오빠는 대기실로 향했다. 당숙모와 마주친 것은 그 직후였다.

"혹시 이츠키 못 봤니?!"

나는 당숙모의 표정과 당황한 향기에 정신이 팔려 얼어붙어버렸고 유키야 오빠가 차분한 목소리로 대답했다.

"우리는 줄곧 저쪽에서 이야기를 나누고 있었는데 그 동안에는 못 봤어요."

입을 가리고 하얗게 질린 당숙모가 몸을 돌렸다. 거의 달리듯이 향한 곳은 조금 전까지 우리가 있던 향실 방향이었다. 나와 유키야 오빠는 신호도 없이 동시에 당숙모를 따라갔다. 아무튼 당숙모의 상태가 심상치 않았다.

"젊은 선생님, 여보!"

역시나 향실로 간 당숙모가 비명에 가까운 소리를 지르자 곧바로 장지문이 열리며 눈썹을 치켜 올린 당숙이 나타났다. 향회를 재개할 준비를 하던 중이었을 것이다.

"무슨 일인데 그렇게 큰 소리를 내는 거야."

"이게, 이게 이츠키의 방에 있었어요!"

당숙모는 나와 유키야 오빠의 존재도 잊은 것처럼 필사적으로 품에서 꺼낸 편지지를 당숙에게 내밀었다. 당숙은 딱딱한 표정으로 하얀 편지지를 펼쳤고, 거기에 적혀 있는 내용을 읽자 더욱 표정이 굳어지더니 마지막에는 창백해졌다.

"이츠키는……."

"어디에도 없어요. 사가미 씨가 이츠키랑 정원을 거닐고 싶다고 해서 향회가 시작되기 전까지는 괜찮겠다 싶어서 내보냈더니 사가미 씨를 내버려두고 사라져버렸다고……, 그래서 방에 찾으러 가봤더니 깨끗이 정리돼 있고 이 편지가……."

당숙모가 휘청거려서 나는 순간적으로 달려갔다. 거의 동시에 당숙모가 쓰러졌고 내가 미처 받쳐주지 못하고 비틀거리는데 유키야 오빠와 당숙이 재빨리 양쪽에서 어깨를 받쳐주었다. 하지만 그런 당숙도 조금만 긴장을 늦추면 쓰러질 것처럼 보였다. 두 사람에게서 풍겨 나오는 비통한 혼란이 나에게도 전염되어 머리가 어찔했다.

그 뒤로 얼마 지나 당숙이 대기실에서 차를 마시고 있던 사람들에게 머리를 조아리며 오늘의 향회는 여기서 마친다고 전했다. 이유는 이츠키 언니가 갑자기 몸이 안 좋아졌다는 것이었다.

물론 이츠키 언니는 몸 상태가 안 좋아진 것이 아니다. 갑자기 사라진 것이다.

이츠키 언니가 남겼다는 편지에 뭐라고 적혀 있었는지는 당숙모와 당숙이 이야기해주려고 하지 않았다. 그럴 여유도 없었을 것이다. 큰 충격을 받은 당숙모는 자리를 깔고 누웠고 할머니가 당분간 돌봐주기로 했다. 당숙은 당숙대로 중간에 돌아가게 된 초대 손님들에게 사과를 하며 돌아다녔다. 창백해진 얼굴로 미소를 지으려고 애쓰는 모습이 보기 딱했다.

"이츠키 언니는 어디로 가버린 걸까요……?"

 

나와 유키야 오빠는 본채에서 드넓은 정원으로 나왔다. 이츠키 언니는 사가미 씨와 정원을 거니는 사이에 사라졌다고 했으니 무언가 알아낼 수 있을까 싶었기 때문이다. 오후 네 시가 다 되어가는 정원은 강렬한 햇살 때문에 풍경이 하얗게 지워진 것처럼 보였다. 더위 때문에 그다지 오래 머무르고 싶은 생각은 들지 않았다.

"사가미 씨는 이렇게 푹푹 찌는 날씨에 용케 정원을 거닐고 싶은 마음이 생겼네요."

"아마 이츠키 언니랑 단둘이 있고 싶어서 그랬을 거예요. 정말로 좋아하는 것 같았으니까……. 이츠키 언니는 조금 짜증스러운 듯했지만."

"정말로 '조금'인가요?"

"……비, 비교적. 사, 상당히."

이야기를 나누는 사이에 통용문 앞까지 왔다. 밖에 이츠키 언니가 있으리라고는 생각되지 않았지만 일단 나는 하나의 판자로 된 두꺼운 미닫이문을 열었다가,

"꺄악!"

발밑에 웅크리고 있는 누군가를 보고 소스라치게 놀라 퍽 하고 유키야 오빠에게 등을 부딪쳤다.

나에게 등을 돌리고 녹초가 돼서 웅크리고 있는 사람은 하얀 티셔츠에 검은 바지를 입은 남자였다. 머리를 완전히 가리는 새

카만 니트 모자. 순간 무언가가 머릿속에 스쳐가서 앞으로 돌아가 보았다. 생각한 대로였다. 얼굴을 절반이나 가리는 커다란 선글라스. 오늘 우리가 야나기 가를 방문했을 때 담장 앞을 왔다 갔다 하던 그 남자 관광객이었다.

"앗, 저기, 괜찮아요?"

설마 그때부터 몇 시간 동안 계속 밖에 있었던 걸까. 그렇다면 더위를 먹고 몸 상태가 안 좋아지는 것도 당연했다. 당황해서 어쩔 줄을 모르고 있는데 그 남자가 불쑥 일어났다. 크, 크다. 190센티미터쯤 될지도 모른다.

선글라스 때문에 표정을 알 수 없는 그가 물끄러미 나를 내려다보는가 싶더니 느닷없이 큼직한 손으로 내 머리를 쓰다듬었다. "착하지." 하고 어린아이를 칭찬할 때처럼. 내가 완전히 얼어붙어버린 것은 말할 것도 없지만 그러다 깨달았다. 이것은 어쩌면 "괜찮아요?"라는 물음에 대한 대답일까. 남자가 여전히 내 머리를 계속 쓰다듬고 있어서 어떻게 반응해야 좋을지 몰라 망설이고 있는데 팔이 뒤로 휙 잡아당겨지는 바람에 몸이 휘청거렸다.

내 앞을 가로막듯이 앞으로 나온 유키야 오빠는 무서울 만큼 무표정했다.

"실례지만 누구시죠? 여기서 뭘 하고 계시는 겁니까?"

남자는 선글라스 너머로 유키야 오빠를 물끄러미 쳐다보는가 싶더니 이번에는 유키야 오빠의 양쪽 어깨를 토닥토닥 두드렸다. 유키야 오빠의 모든 움직임이 딱 정지된 것은 말할 것도 없었다. 이상야릇하고 친근하게 구는 남자의 태도에 당황한 우리에게 그 순간 더 큰 충격이 덮쳤다.

문 앞으로 택시가 지나갔다. 주택가 도로라 그다지 속도가 빠르지 않았기 때문에 뒷좌석에 앉은 사람이 보였다. 어디서 많이 본 작은 옆얼굴. 나는 내 눈을 의심했다.

"이츠키 언니?!"

동시에 나를 알아본 듯한 이츠키 언니는 재빨리 얼굴을 숨겼다.

충격적인 사건은 그것이 다가 아니었다. 니트 모자와 선글라스를 쓴 남자가 갑자기 달려 나가더니 사냥감을 쫓는 사자처럼 맹렬하게 택시를 따라 가버렸다. 나의 패닉 수준 꺾은선그래프는 오른쪽 위로 끝도 없이 치고 올라갔다.

"어라, 이, 이츠키 언……, 뭐지? 어? 그, 그리고 저 사람은 왜……?!"

"진정해요. 일단 돌아가요. 자동차 번호는 기억해뒀으니 괜찮아요."

유키야 오빠의 뒤를 나도 허둥지둥 따라갔다. 그렇지, 먼저 당숙한테 이츠키 언니를 봤다고 얘기부터 해줘야 한다. 그렇게 생각하고 통용문의 미닫이문을 연 나는 또다시 화들짝 놀랐다.

이번에는 귀티 나게 생긴 사가미 씨가 우두커니 서 있었기 때문이다.

"방금 이츠키 씨의 이름이 들린 것 같아서 달려와봤는데 무슨 일이에요?"

"아, 아뇨, 그건……!"

"우린 아무 소리도 못 들었는데요. 혹시 잘못 들으신 거 아니에요?"

이츠키 언니가 사라진 일은 외부인에게는 비밀로 하고 있었다. 유키야 오빠의 진지한 표정은 거짓말을 하고 있다고는 믿을 수 없을 만큼 완성도가 뛰어났다. "그래요?" 하고 사가미 씨는 고개를 갸웃거리며 한숨을 내쉬었다.

"그쪽은 이츠키 씨의 재종 동생이죠? 이츠키 씨를 만나면 미안했다고 전해주세요. 틀림없이 내가 날씨도 더운데 연약한 이츠키 씨를 정원으로 데리고 나오는 바람에 몸이 안 좋아진 게 분명해요. 할머님이 그러라고 하셔서 그만 솔깃한 바람에."

"할머님?" 한목소리로 되묻는 나와 유키야 오빠에게 "네." 하고 사가미 씨가 고개를 끄덕였다.

"향회에서 서기 같은 역할을 하셨던 그 고우신 할머님 말이에요. '거리를 좁히고 싶으면 단둘이 정원이라도 거닐어보는 게 어때요?' 하고 귀띔해주셔서 좋은 생각이라고 생각했거든요……."

제대로 설명하기 어려운 답답한 무언가가 가슴을 틀어막았

                                                                                제2화

다.

유키야 오빠가 안경 브리지를 손가락으로 밀어 올렸다. 침묵. 그리고 아주 부드러운 목소리로 물었다.

"혼담은 순조롭게 진행되고 있나요?"

"네? 아니, 아직 그렇게까지는…… 이것 참, 혹시 두 분도 이미 알고 계셨어요? 아하하하하."

쑥스럽게 웃는 사가미 씨. 그를 보며 미소 짓는 유키야 오빠. 나는 두 사람이 무슨 이야기를 하는지 알 수 없었지만 유키야 오빠의 눈이 웃고 있지 않다는 것은 알아보았다.

# 4

"어머나, 둘 다 밖에 있었어? 한참 찾았잖아. 조금 전에 택시 불러뒀으니까 돌아갈 준비하렴."

우리가 본채로 돌아오자 할머니가 현관 앞까지 나와 있었다.

"당숙모는?"

"많이 진정된 모양이야."

할머니의 말씀에 안심했다.

아직 조리를 신고 있는 유키야 오빠가 "미하루 씨." 하고 조용히 불렀다.

“방금 이츠키 씨가 택시를 타고 대문 앞을 지나갔어요. 어디로 가는 거예요?”

나는 유키야 오빠가 무슨 이야기를 하는지 잘 이해가 되지 않았다.

반면에 할머니는 전혀 동요하지 않고 유키야 오빠를 보며 생긋 웃었다.

“어머나, 이 앞을 지나갔다고? 좀 다른 길을 골랐으면 좋았을걸. 택시를 타는 데 익숙하지 않은가 보네.”

“궁금한 게 하나 더 있어요. 향목을 바꿔치기한 사람은 미하루 씨세요?”

“아니야. 난 오늘 50년 만에 이 집에 왔는걸. 그럴 여유는 없었어.”

“향회 전에 요시아키 씨와 만나 상의를 하셨을 거잖아요.”

“그랬지. 하지만 요시아키는 날 좋아하지 않으니 소중한 향목을 만지게 해주진 않아.”

“그래요……, 그럼 역시 **세 번째 공범이 있군요.**”

할머니, 유키야 오빠, 할머니, 유키야 오빠 순으로 두 사람을 번갈아 보는 것 외에 내가 무엇을 할 수 있었을까. 제발 부탁이니 패닉 수준 꺾은선그래프의 상승일로를 어떻게 해달라고 울상을 지으며 호소하는 나에게 유키야 오빠가 알아듣기 쉽게 설명해주었다.

"〈아야메 향〉의 향목 바꿔치기와 이츠키 씨의 실종. 이 두 사건은 사실 하나로 이어져 있어요. 다시 말해 이츠키 씨가 모습을 감추기 위해 향목을 바꿔치기한 거죠."

"미, 미안하지만 무슨 뜻인지 잘 모르겠어요……."

"카노, 우리가 이츠키 씨와 정원으로 나가려고 했을 때 카즈코 씨가 뒤쫓아 와 못 가게 막았잖아요? 밖으로 나가지 말라고, 요시아키 씨의 명령을 잊었느냐고 하면서요. 아마도 이츠키 씨는 그런 식으로 늘 행동을 감시당하며 매우 자유롭지 못한 상황에 처해 있었을 거예요. 그래서 실종을, 다시 말하면 **탈출**을 기도했어요. 향목을 바꿔치기하면 향회는 중단되겠죠. 중단되면 요시아키 씨는 재개 준비를 해야 하고 카즈코 씨는 손님 접대를 하느라 바빠 두 분 다 이츠키 씨를 감시할 겨를이 사라지게 되죠. 그 틈을 타 이츠키 씨는 이 집에서 탈출했고……, 미하루 씨도 거기에 협력했어요."

놀라서 할머니를 돌아보자 할머니는 "이힛." 하고 쑥스러운 웃음을 지었다. 이힛, 이라니 그게 뭐야!

"혀, 협력이라니, 응, 협력이라니……?!"

"미하루 씨를 맞이한 요시아키 씨의 태도는 상당히 험악했잖아요? 미하루 씨도 말씀하셨듯이 요시아키 씨는 미하루 씨에게 그다지 좋은 감정을 가지고 있지 않아요. 그런데도 향회에 초대한다는 건 아무래도 부자연스러워요. 혹시 이츠키 씨가 미하루 씨를 초대해달라고 요시아키 씨에게 부탁하거나 한 것 아닌가요?"

그러고 보니 할머니를 초대한 사람이 당숙이냐고 유키야 오빠가 물었을 때 이츠키 언니는 어쩐지 태도가 어색했다. 거기에는 그런 이유가 있어서였을까.

"이츠키 씨가 미하루 씨를 친근하게 대했던 것을 보면 아마도 예전부터 두 분은 연락을 주고받으며 계속 의논을 해왔을 거예요. 그리고 오늘 계획을 결행했죠. 미하루 씨, 향회가 중단된 뒤 사가미 씨에게 이츠키 씨를 정원으로 불러내라고 부추기셨다죠? 그것도 카즈코 씨의 눈앞에서 권하라고 하지 않으셨어요? 그러면 카즈코 씨는 기뻐하며 두 사람을 정원으로 내보내줬겠죠. 하지만 미하루 씨의 속셈은 정원이 아니라 '바깥'으로 이츠키 씨를 내보내는 것이었고, 이츠키 씨는 어떻게든 사가미 씨를 속여 집 밖으로 빠져나갔어요."

"하, 하지만 어째서 당숙모는 사가미 씨랑 이츠키 씨를 정원으로 나가게 허락해줬을까요? 나랑 유키야 오빠가 같이 나가려고 했을 때는 못 가게 막았는데……."

"틀림없이 그게 이츠키 씨가 사라진 원인이에요. 나와 카노는 안 되지만 사가미 씨와 함께라면 밖으로 내보내도 상관없었어요. 그 정도로 그 사람은 이츠키 씨의 부모님에게 이득이 되는 사람이었겠죠. 사가미 씨는 솔직하신 분이라 슬며시 떠보니

다 얘기해 주더군요. 미하루 씨, 그 사람은 이츠키 씨의 약혼자
죠?"

약혼자?

어안이 벙벙한 내 앞에서 할머니는 입꼬리를 올리며 빈정거리
듯이 웃었다.

"아직 약혼자라고 할 정도는 아니야. 요시아키가 억지로 일을
추진하려고 하는 것뿐이지."

"아, 저기……."

"이츠키 씨는 요시아키 씨의 외동딸이죠? 요시아키 씨는 머
지않아 야나기 유파의 당주가 되고 또 언젠가는 이츠키 씨가 그
뒤를 이을 거예요. 그렇다면 장래 그녀의 결혼을 생각해보면 데
릴사위를 들여 이 집에 남게 하겠죠. 사가미 씨는 그 상대 후보
예요."

"그 애는 야나기 집안과 옛날부터 친분이 있는 유서 깊은 집
안의 셋째 아들이야. 무른 면이 있지만 성격도 나쁘지 않고, 그
쪽 부모님도 데릴사위로 보내는 데에 찬성하셔서 요시아키가 마
음에 들어 해 일을 진행시키고 있어."

나는 입을 떡 벌리고 사가미 씨의 귀티 나는 얼굴을 떠올렸
다. 조금 전에 유키야 오빠가 "혼담은 순조롭게 진행되고 있나
요?" 하고 물으니 사가미 씨는 아직 그 정도는 아니라며 쑥스럽
게 웃었는데……. 그것은 사가미 씨와 이츠키 씨를 말하는 것이

었구나.

"오늘의 '아야메 향'도 두 사람의 사이를 좁히기 위해 요시아키 씨가 기획한 이벤트가 아니었나요? 이나모토노 요리마사가 아야메고젠과 사랑에 빠지고 둘이 맺어지는 이야기에 사가미 씨와 이츠키 씨의 관계를 빗댄 거죠. 초대받은 손님도 우리 외에는 다들 그와 관계가 있는 분들인 듯했고요."

"하, 하지만 이츠키 언니는 사가미 씨를……."

"미소 뒤로 상당히 매몰차게 대했죠. 따귀를 때리고 싶어진다고도 했고……, 사가미 씨는 이츠키 씨에게 호감을 보였지만 그녀는 그렇지 않았어요. 분명 사가미 씨와 결혼시키려는 부모님에게 이츠키 씨는 상당한 반감을 가지고 있었을 거예요. 그렇기 때문에 달아나기 위해 이런 방법도 마다하지 않은 거죠."

유키야 오빠의 목소리에 잉크가 퍼져나가듯이 엷은 분노가 섞였다. 할머니를 쳐다보는 눈빛에는 타박하는 듯한 날카로운 빛이 어려 있었는데, 유키야 오빠가 할머니를 그런 눈으로 본 것은 내가 알기로는 처음이었다.

"저는 상황을 보고 추측했을 뿐이에요. 그러니 저마다 제가 모르는 사정을 안고 있겠죠. 하지만 역시 이런 방법은 좋지 않다고 생각해요. 요시아키 씨와 카즈코 씨가 얼마나 큰 충격을 받았는지 미하루 씨도 보셨잖아요? 이런 극단적인 방법을 쓸 게 아니라 좀 더 제대로 이야기를 나눠볼 수는 없었나요?"

　　　　　　　　　　　　　　　　　

"나도 가능하다면 그게 최선이라고 생각했어. 하지만 이츠키와 요시아키 둘 다 감정이 머리끝까지 차오른 상태라 한번쯤 숨을 돌리는 것도 좋겠다 싶었거든."

유키야 오빠가 눈살을 찌푸렸다. 할머니는 미소 지었다.

"네 추측은 거의 맞아. 훌륭해. 하지만 이 문제는 조금 더 뿌리가 깊단다. 내가 볼 때는 오히려 지금부터가 진짜 고비야."

자동차 경적 소리가 들렸다. "왔나 보네." 하고 할머니가 중얼거리자 나는 한 박자 늦게 택시가 왔음을 깨달았다.

할머니는 나와 유키야 오빠를 보며 생긋 웃었다.

"지금부터 이 할머니가 열심히 애써 볼 테니까 너희도 같이 가자꾸나."

*

우리는 택시로 10분 정도 가서 내렸다.

그곳은 민가가 즐비한 한산한 주택가였다. 그 중에 민가인지 아닌지 아리송한, 높다랗고 하얀 담장에 에워싸인 건물이 있었다. 출입구로 보이는 나무문은 투박했고, 문 옆에 달린 사방등처럼 생긴 옥외등이 유일한 장식이었다. 문패도 걸려 있지 않은 나무문 안으로 할머니는 아무런 망설임도 없이 들어갔고, 나도 슬금슬금 그 뒤를 따라 들어갔다가 깜짝 놀랐다. 넋을 잃을 만큼 아름다운 정원이 펼쳐져 있었다. 점점이 이어진 징검돌 너머에는 청아한 목조 단층집이 자리 잡고 있었다. 별세계로 들어온 것 같은 광경이었다.

본채로 들어가자 무늬 없는 남색 기모노를 입은 우아한 초로의 부인이 나왔다.

"기다리고 계십니다."

그녀는 공손하게 인사를 하고 미소를 지으며 조용히 안쪽 방으로 안내했다.

도착한 곳은 10제곱미터 크기의 자그마한 다다미방이었다. 이곳은 아무래도 요정이 아닐까 하고 나는 그제야 깨달았다. 활짝 열린 장지문 너머로 석양빛에 감싸인 정원이 보였다. 다다미방 안쪽으로 눈길을 돌린 나는 무심코 앗 하고 소리를 질렀다.

보라색 원피스를 입은 이츠키 언니가 딱딱하게 굳은 표정으로 정좌하고 있었다.

그리고 그 맞은편에 단정히 앉아 있는 기모노를 입은 노인을 보고 나는 더욱 더 놀랐다.

"저 분은 누구세요?"

유키야 오빠가 귀엣말로 물었다. 나도 동요하며 속삭였다.

"진외할아버지……. 야나기 유파의 당주세요."

진외할아버지가 이쪽으로 고개를 돌렸다. 남매다 보니 단정한 이목구비는 할머니와 닮아 있었다. 하지만 할머니가 쾌활하게 생기를 밖으로 뿜어내는 것과는 대조적으로 진외할아버지는 사려 깊은 힘을 내면 깊숙이 간직하고 있는 조용한 분위기의 소유자였다. 나와 유키야 오빠를 차례로 쳐다본 진외할아버지는 마지막으로 할머니에게 눈길을 고정했다.

"일부러 여기까지 오시라고 해서 죄송해요. 길이 복잡하진 않으셨어요?"

"택시 타고 와서 괜찮았어. 자, 카노랑 유키야도 앉아."

도대체 일이 어떻게 돌아가는지 알 수 없었지만 진외할아버지가 일어나 이츠키 언니의 옆으로 자리를 옮겼으므로 송구스럽지만 나는 할머니의 옆에 정좌하고 앉았다. 이츠키 언니와 할머니가, 나와 진외할아버지가 마주보고 앉았고 내 옆에 유키야 오빠가 앉았다.

자리 이동이 끝나고 몇 초 동안 침묵이 흘렀다. 이츠키 언니의 딱딱한 목소리가 그 침묵을 깼다.

"어떻게 된 거예요?"

할머니를 노려보는 이츠키 언니에게서 배신당했다고 생각하는 분노의 향기가 퍼져 나왔다.

"고모할머니가 시키신 대로 여기로 와보니 할아버지가 계시는데……, 할머니가 연락하셨어요? 절 속이신 거예요?"

속였다는 말에 충격을 받은 내 옆에서 할머니가 시원시원한 얼굴로 말했다.

"뭐, 몇 가지 얘기를 안 한 걸 속였다고 한다면, 맞아."

"너무해요."

무릎 위에서 움켜쥔 이츠키 언니의 손이 가늘게 떨렸다.

"고모할머니라면 제 기분을 이해해줄 줄 알았어요. 그런데 어떻게……. 처음부터 이렇게 할아버지한테 일러서 절 되돌려 보낼 생각이셨어요? 의논 상대가 돼준 건 눈속임이었어요? 혹시 아버지한테도 다 얘기하셨어요?"

"자세한 사정은 모르지만 할아버님은 당신의 협력자라고 생각해요."

점점 높아지는 이츠키 언니의 목소리를 유키야 오빠가 조용한 목소리로 억눌렀다. 유키야 오빠는 눈살을 찡그리는 이츠키 언니에게서 눈을 떼고 단정하게 앉아 있는 진외할아버지를 보았다.

"실례지만 '아야메 향'의 향목을 바꿔놓으신 분은 할아버님이 아니신가요?"

진외할아버지는 유키야 오빠를 쳐다보며 희미하게 미소를 지었다.

나는 무심코 소리를 지를 뻔했다. 향목이 바뀐 것을 당숙은 실제로 향을 태워 향기를 들어보기 전까지는 알아채지 못했다. 향목을 잘라내는 데에는 상당한 기술이 필요하므로 당숙의 눈을 속일 수 있을 정도라면 상당한 실력의 소유자여야 한다.

하지만 야나기 유파의 당주인 진외할아버지라면 충분히 가능할 것이다. 게다가 당주인 할아버지라면 당숙이 준비한 향목을 만질 기회도 얼마든지 있었을 것이다. 오늘 일어난 사건에 관여한 '세 번째 공범'은 진외할아버지였던 것인가.

"할아버지가요? 말도 안 돼, 나는 고모할머니가 하신 줄로만 알았는데……."

"그렇게 나쁜 짓을 한 건 태어나서 처음이었어요."

"후훗, 넌 나와는 달리 착한 아이였으니까."

동생과 태평하게 이야기를 나누는 할머니. 내버려두면 끝도 없이 잡담만 주고받을 것 같아서 나의 패닉 수준 꺾은선그래프가 또다시 슬금슬금 치솟아 오르기 시작했다. 그것이 표정으로 드러났는지 할머니가 눈꼬리를 내리며 웃었다.

"우리 손녀가 놀라서 어쩔 줄 모르는 것 같으니 잠깐 설명해줄래?"

할머니의 말씀에 이츠키 언니는 겸연쩍게 입을 열었다.

"숨겨서 미안해, 카노. 오늘 집에서 도망쳐 나오면 당분간 카게츠 향방에서 신세지다가……, 소동이 가라앉으면 **그 사람**이랑 멀리 떠날 예정이었어."

나는 뺨을 얻어맞은 기분이었다. 그, 그렇다면……?!

"사랑의 도피……?"

"더는 방법이 없었거든. 아무리 설득해도 아버지가 도무지 이해해주지 않으니까."

나는 떠올렸다. 이츠키 언니의 이름으로 카게츠 향방에 보내온 커다란 상자. 할머니는 향회와 관련이 있는 물건이라고 말씀하시면서도 상자를 열어보려고도 하지 않았다. 그것은 이츠키 언니가 카게츠 향방에 숨어 지내는 동안 사용할 생활용품을 보낸 것이 아닐까.

"……언젠가 데릴사위를 들여서 집안의 전통을 이어가야 한다는 말을 어릴 때부터 줄곧 들어왔어요. 저도 특수한 집안에 태어났다는 자각은 있었기 때문에 원래 그런 줄 알고 자랐고요. 전 할아버지가 가르쳐주시는 향도 수련이 좋았고, 엄격하시지만 언제나 안 보이는 곳에서 꾸준히 노력하시는 아버지도 좋아했어요. 저의 미래에 불만은 없었어요. 몇 백 년째 이어져 내려오는 예도 집안에 태어난 걸 자랑스럽게 생각했어요."

이츠키 언니의 얼굴이 아파보일 정도로 일그러지며, 하지만, 하고 목소리가 떨렸다.

"하지만 전 그 사람을 만나고 말았어요."

이츠키 언니에게서 향기가 피어올랐다. 괴로울 정도의 사랑스러움. 나도 그런 감정을 알고 있다. 그 사람을 생각할 때마다 얼마나 가슴이 뛰고 욱신거리고 아픈지, 잘 알고 있다.

"그 사람을 정말로 사랑하는구나."

가만히 말을 걸자 이츠키 언니가 붉게 물들며 촉촉해진 눈을 들었다. "응" 하고 어린아이처럼 순순히 대답하고는 쑥스러운 듯이 글썽이는 눈으로 웃었다.

"그 사람과는 동일본대지진 때 자원봉사를 하러 갔다가 만났어요. 대학교에서 학생 자원봉사자를 모집하기에 나도 뭔가 돕고 싶어서 참가했어요. 그가 속해 있던 팀과 제가 속한 학생 단체는 활동 지역이 겹치는 경우가 많다 보니 자연히 알게 됐는데, 물어보니 그는 대학교를 휴학한 상태였고, 게다가 아주 먼 곳에서 왔더라고요. 어떻게 그렇게까지 할 수 있느냐고 물어보니 재해 지역의 광경을 TV로 보고 가슴이 찢어질 것 같아서 가만히 보고 있을 수가 없었대요. 시간이 날 때마다 그는 이재민들의 이야기를 들으러 다녔어요. 할머니의 손을 꼭 잡고 같이 눈물을 뚝뚝 흘리는 그를 봤을 때 제 안의 무언가가 단숨에 달라져버렸어요. 그 사람과 계속 같이 있고 싶다고 생각했어요."

이츠키 언니는 다시 고개를 숙이고 손을 움켜쥐었다.

"쉽지 않을 거란 건 잘 알고 있었어요. 그래도 인정받고 싶어서 아버지께 그를 한번 만나봐달라고 필사적으로 부탁했어요. 하지만 아버지는 이야기만 듣고도 불같이 화를 내시며 그런 남자와의 결혼은 절대로 인정할 수 없다고……, 설령 언젠가 자식이 태어난다고 하더라도 그 아이를 손자로는 절대 인정하지 않겠다고까지 말씀하셨어요. 너무하잖아요. 아버지가 야나기 집안을 짊어지고 계신 건 잘 알아요. 하지만 그렇다고 그렇게까지 남을 멸시해도 되는 건 아니잖아요?"

"요시아키도 머리에 피가 거꾸로 솟구쳐서 그래."

"그렇다고 하더라도 너무하신 점은 변함이 없어요!"

목구멍이 갈라질 것 같은 목소리에 나는 가슴이 옥죄였다.

"더군다나 그 뒤에 바로 사가미 씨를 소개하더니 아무리 싫다고 해도 들어주지 않고 어머니도 내 편은 들어주지 않아서……. 한 번 달아나려고 했지만 실패하는 바람에 오히려 집 밖으로 나오기조차 어려워졌어요. 그러니 더는 무리예요."

남은 것은 이 방법밖에 없다, 그렇게 생각하고 이츠키 언니는 할머니에게 도움을 청한 것일까.

"향도는 좋아해요. 야나기 집안도. 하지만 그것과 맞바꾸는 대가로 그를 포기해야 한다면 전……."

원피스 옷자락을 꽉 움켜쥐고 고개를 숙인 이츠키 언니의 눈가에서 눈물이 뚝뚝 떨어졌다. 나는 건넬 말이 나오지 않았다. 그녀의 방법이 옳다고 하기는 어렵지만 틀렸다고 부정할 수도 없었다. 그 심정을 가슴이 아리도록 알아버렸기 때문이다.

하지만 할머니는 지극히 냉정했다.

"이츠키, 이제 할아버지랑 집으로 돌아가."

이츠키 언니의 얼굴이 비통하게 일그러졌다.

"돌아가서 어떡하라고요? 그 사람이랑 헤어지고 좋아하지도 않는 사람이랑 결혼하라고요? 왜요? 고모할머니라면 이해해줄

줄 알았는데.”

“이해해. 네 마음도, 네가 궁지에 몰려서 이렇게 할 수밖에 없
었단 것도, 그리고 네가 이대로 모습을 감춰버리면 어떻게 되는
지도. 잘 알기 때문에 네가 나와 같은 실수를 하게 내버려둘 수
없는 거야.”

이츠키 언니가 당혹스러운 표정을 지었다. 나와 같은 실수를
하게 내버려둘 수 없다. 그렇다면 할머니는 예전에 무슨 실수를
했다는 것일까.

“이대로 그 사람이랑 달아나버리면 너와 요시아키의 관계는
두 번 다시 원래대로 회복되지 못해.”

“……각오하고 있어요.”

“만만하게 보지 마, 이츠키. 고작해야 20년 정도 살아온 네가
무슨 각오를 할 수 있다는 거야?”

할머니의 말투는 담담했고, 그렇기 때문에 이츠키 언니는 오
히려 충격을 받은 듯했다.

“네가 진심이라는 건 알아. 하지만 그건 지금의 진심이야. 인
생은 앞으로도 계속 이어지고 네 마음도 달라질 거야. 그 사람
에 대한 사랑이 식을 거라는 뜻이 아니야. 지금은 젊어서 사방
몇 센티미터밖에 보지 못하지만 나이를 먹으면 점점 더 멀리까
지 보이게 돼. 그때 누군가에게 크나큰 상처를 주고 모든 것을
망가뜨려버린 걸 후회해도 망가진 건 다시 원래대로 되돌리지

못해."

할머니는 누군가에게 크나큰 상처를 준 적이 있는 것일까. 모든 것을 망가뜨려버리고 그것을 다시는 돌이키지 못해서 후회했던 것일까.

"돌아가서 한 번 더 요시아키랑 잘 얘기해 봐. 오늘 일로 요시아키도 네가 얼마나 진심이고 얼마나 그를 사랑하는지, 너를 잃는 게 얼마나 가슴 아픈 일인지 절실하게 깨달았을 거야. 너도 복잡하게 꽉 막혀 있던 머리가 지금은 조금 여유가 생겼잖아? 요시아키도 너도 예전과는 다른 기분으로 얘기를 나눌 수 있을 거야. 다시 한 번 끝까지 얘기를 해보렴. 가족을 버린다는 선택을 하지 않아도 네가 행복해질 수 있도록 할 수 있는 건 다 해 봐. 아키마사도 도와줄 테니까."

숨 돌리기, 라고 할머니가 했던 말이 떠올랐다.

이츠키 언니에게 사랑의 도피를 위한 의논 상대로서 협력하면서도 한편으로는 진외할아버지에게 연락해 언니가 가족을 버리지 않도록 막았다. 그것은 서로 계속 팽팽히 맞서며 양쪽 모두 뒤로 물러나기 힘든 상태에 빠진 당숙과 이츠키 언니에게 냉정을 되찾게 해 다시 한 번 대화할 수 있도록 하기 위해서였을 것이다.

이츠키 언니는 눈물이 쏟아질 것 같은 얼굴로 할머니를 보다가 조심스럽게 옆에 있는 진외할아버지를 보았다. 진외할아버지

                                          제2화

는 고요한 눈빛으로 손녀딸을 마주보았다.

"그 사람 얘기는 나도 대충 들었단다. 일단은 얘기를 해보고 싶구나. 지금 이쪽으로 부를 수 있겠니?"

"……할아버지는 그 사람을 인정해주시는 거예요?"

"네가 무슨 일이 있어도 그 사람이 있어야 한다고 하면 그것도 포함해서 먼저 당사자와 이야기를 나눠보고 싶구나. 이리로 부르거라. 요즘 들어 계속 우리 집 주위를 얼쩡거리는 그 남자가 맞지?"

몇 초 지나서 "네?" 하고 이츠키 언니가 눈을 깜빡거렸다. 바로 그때였다.

"어머나 세상에……! 이봐요, 정신 좀 차려봐요!"

다다미방 밖이 어쩐지 소란스러웠다. 먼저 유키야 오빠가 일어나자 나도 반사적으로 뒤따라갔고, 그러자 나머지 사람들도 줄줄이 아까 들어온 현관 쪽으로 향했다.

아마도 요리사인지 하얀 조리복을 입은 남자가 키가 훌쩍 큰 남자의 팔을 둘러메고 현관에서 들어오고 있었다. 조금 전에 우리를 맞아주었던 초로의 부인이 불안한 눈길로 지켜보고 있었다. 팔을 둘러 부축 받으며 축 늘어져 머리를 숙이고 있는 남자. 나는 깜짝 놀랐다.

얼굴을 절반이나 가리는 큰 선글라스와 이 뙤약볕 아래에 머리를 완전히 뒤덮고 있는 새카만 니트 모자. 묘하게 친근하게 굴던 남자 관광객이었다.

"밖에서 웅크리고 있더라고. 보아하니 일사병이야. 이 날씨에 이런 걸 뒤집어쓰고 있으니까……."

"어떡하지? 구급차를 부를까?"

"그 전에 물부터, 앗, 이봐, 괜찮아?"

니트 모자를 쓴 남자는 더는 걸을 힘도 없는지 엉덩방아를 찧었다. 유키야 오빠가 달려가려는 데 보라색 원피스를 입은 이츠키 언니가 밀치듯이 앞질러갔다.

"말도 안 돼. 어떻게……?"

남자 앞에서 무릎을 꿇으며 이츠키 언니는 서둘러 그의 니트 모자와 선글라스를 벗겼다. 나는 그때 몇몇 동화에 공통적으로 등장하는, 저주로 겉모습이 바뀌어버린 왕자님이 공주님에 의해 본래의 모습을 되찾는 장면을 떠올렸다.

니트 모자와 선글라스 밑에서 나타난 곱슬곱슬한 빨간 머리와 보석 같은 파란 눈. 그는 멍하니 이츠키 언니를 쳐다보더니 독특한 억양으로 언니의 이름을 중얼거렸다. 커다란 손이 뺨을 감싸자 이츠키 언니는 눈물을 왈칵 쏟으며 그의 품에 안겼다. 그도 엉덩방아를 찧은 채 이츠키 언니를 힘껏 끌어안았다.

——쉽지 않을 거란 건 잘 알고 있었어요.

——아버지는 이야기만 듣고도 불같이 화를 내시며 그런 남자와의 결혼은 절대로 인정할 수 없다고 하셨어요.

“젊은 애들은 대담하다니까……”

진외할아버지는 조리복을 입은 남자에게 도와달라고 부탁해 비틀거리는 빨간 머리 남자를 양쪽에서 부축해 일으켜 세웠다. 가게 안쪽에도 다른 방이 있는지 그쪽으로 그를 데리고 갔다. 이츠키 언니도 그에게 걱정스럽게 말을 걸면서 따라갔다. 나와 유키야 오빠와 할머니는 그 자리에 남았다. 지금부터는 우리가 나설 자리가 아닌 듯싶었기 때문이다.

“이걸로 일이 잘 해결되면 좋을 텐데. 둘 다 같이 와줘서 고마워.”

어깨에서 힘이 빠져나가듯이 할머니가 한숨을 내쉬었다. 한 가지 일을 끝낸 것처럼 후련한 미소를 짓고 있었다. 하지만 나는 아직 마음에 걸리는 것이 몇 가지 있었다.

“할머니……. 이츠키 언니는 어째서 할머니한테 도와달라고 부탁한 거야?”

할머니는 본가와 소원한 사이였다. 이츠키 언니와도 그다지 친하지는 않았을 터였다. 그런데도 이츠키 언니는 사랑의 도피라는 중대한 일을 의논할 상대로 할머니를 선택했고, 그리고 이상할 정도로 몇 번이나 연거푸 말했다. 고모할머니라면 이해해줄 줄 알았다고.

그리고 이해가 안 되는 일은 한 가지 더 있었다.

“그리고 아저씨가 말했던 ‘소네자키’나 ‘시나가와’는 무슨……”

"카노."

유키야 오빠가 매서운 목소리로 소리치며 입을 막았다. 입술에 유키야 오빠의 손바닥이 닿았다. 굳어버린 내가 고추보다도 새빨갛게 달아오른 것은 말할 필요도 없고, 유키야 오빠도 드물게 동요했는지 "미안해요." 하고 손을 거두었다. 깜짝 놀란 할머니가 "아아." 하고 웃었다.

"유키야는 알아버렸구나. 하지만 신경 쓰지 않아도 돼. 여기저기 떠벌리고 다닐 생각은 없지만 딱히 숨기는 것도 아니고, 야나기 집안 사람은 누구나 알고 있는 일이니까."

유키야 오빠는 무엇을 알았다는 것일까. 아직 열이 식지 않은 뺨을 누르며 궁금하다는 눈길을 보내자 유키야 오빠는 망설이듯이 미간을 찡그렸다가 입을 열었다.

"'소네자키'는 카노도 아마 알 거예요. 일본사를 살펴보면 에도 시대 전기 즈음에 치카마츠 몬자에몽이라는 유명한 조루리이야기에 가락을 붙이고 반주에 맞추어 읊는 일본의 전통예능. – 역자 주 작가가 등장하죠?"

나는 얼마 전까지 시험공부를 하느라 몇 번이라 눈씨름을 했던 일본사 교과서를 떠올렸다. 치카마츠 몬자에몽도 기억하고 있었다. 그리고 그의 이름과 세트로 등장하는 작품이 있었다.

"「소네자키 동반 자살」……?"

"요시아키 씨가 말한 또 다른 '시나가와'도 같은 뜻으로 쓰인



제2화

은어예요. 정식으로는 '시나가와 동반 자살'. 시나가와의 유곽을 무대로 한 라쿠고부채를 들고 무대에 앉아 청중들에게 이야기를 들려주는 형식의 예술로 주로 해학적인 내용이 많다. – 역자 주 제목이죠."

「소네자키 동반 자살」과 「시나가와 동반 자살」. '동반 자살'이 양쪽에 공통적으로 붙는다. ……하지만 당숙은 대체 어째서. 어리둥절한 나에게 할머니는 쾌활하게 웃으며 기겁할 발언을 했다.

"사실 할머니는 젊었을 때 동반 자살을 시도한 적이 있거든."

우리는 조금 전까지 있었던, 정원이 보이는 방으로 돌아왔다. 고상한 초로의 부인이 차가운 녹차와 고운 팥죽색의 투명한 양갱을 가져다주었다. 하지만 나는 머릿속이 빙글빙글 돌아서 양갱을 입에 넣어도 맛이 잘 느껴지지 않았다.

"도, 동반 자살이라니, 그러니까 그 말은, 할아버지랑?"

"아니. 다른 남자랑."

완전히 사고가 정지하고 말았다. 유키야 오빠가 내 눈앞에서 손을 흔들며 의식의 유무를 확인했다. 차가운 녹차를 아주 맛있게 마신 할머니는 여름의 아름다운 꽃들이 무리지어 피어 있는 정원을 멀리 응시했다.

"어디서부터 이야기하면 좋을까……, 그냥 처음부터 하지 뭐. 난 철이 들었을 때부터 당주인 아버지에게서 향도 수련을 받았어. 몇 백 년 동안 온갖 사람들의 손을 거쳐 온 나뭇조각이 지금 내 손안에 있고, 그것이 이렇게나 아름다운 향기를 내뿜다니. 그게 정말로 신기하고 좋아서 견딜 수 없었기 때문에 엄격한 수련도 싫다고 생각해본 적이 한 번도 없었어. 향도가 잘 맞았던 거야. 하지만 난 여자였어."

할머니에게서 향기가 흩어졌다. 바람에 날리는 꽃잎처럼 아련한 슬픔이 사방으로 날렸다.

"아무리 좋아해도 아버지의 뒤를 이을 사람은 내가 아니라 남동생인 아키마사니까 아버지는 언제나 나보다는 아키마사에게 더 공을 들이셨어. 딱히 나한테 매몰차게 대하시진 않았지만 역시 아키마사에 비교하면 어쩐지 건성이셨지. 나는 왜 여자로 태어났을까, 나한테 무슨 가치가 있는 걸까, 하고 어쩐지 미아가 된 것 같은 기분이었단다. 하지만 어쩔 수 없다는 것도 알고 있었으니까 수련을 계속하면서 학교를 다녔는데, 고등학교를 졸업했을 즈음에 상황이 심상치 않아졌어."

할머니가 잠깐 말을 끊고 차를 마시는 것을 나와 유키야 오빠는 말없이 지켜보았다.

"이야기가 순서가 좀 어그러지지만, 긴은 아버지의 제자였어. 그래서 나도 얼굴이랑 이름 정도는 알고 있었고 만나면 인사는 하는 사이였지. 그런데 언젠가부터 아버지가 은근슬쩍 우리를 붙여두려고 하는 거야. 웃기는 얘기지만 요시아키가 한 '아야메

향' 있지? 그걸 우리 아버지도 했었어. 일부러 나한테 보라색 기모노를 입히고 긴 옆에 앉혀서 긴이 맞추면 열심히 칭찬하고. 그렇게까지 나오면 누구나 발끈하지 않겠니? 향 가게를 운영하는 사쿠라 집안과 야나기 집안은 옛날부터 친분을 이어온 사이고, 막내인 긴은 몸이 약하기도 해서 가족들한테 온갖 사랑을 받으며 자랐으니 나랑 결혼시키면 사쿠라 집안과의 인연도 더욱 깊어지겠지. 안성맞춤이었던 거야. ……아버지가 그럴 생각이라는 걸 알았을 때는 정말로 한심하고 비참했어. 지금까지 사사건건 무시해왔으면서 이번에는 내 반려자까지 멋대로 정하려고 하다니. 그렇게 취급할 수 있을 정도로 아버지한테 나는 가벼운 존재구나 싶었어."

그럴 의도는 아니었던 게 아닐까. 목구멍까지 나오려는 말을 나는 결국 다시 삼켰다. 그런 말은 할 필요도 없다. 어쨌든 당시의 젊은 할머니는 그렇게 느끼고 상처를 받았다. 그 점은 틀림없는 사실이기 때문이다.

"그러다 본격적으로 긴과의 혼담이 나왔고, 멋대로 추진하려고 하는 아버지와 그야말로 괴수 대전쟁처럼 미친 듯이 싸웠어. 긴은 나보다 세 살이나 어렸고, 연하는 관심도 없었던 데다 무엇보다 아버지가 시키는 대로 따르는 게 참을 수가 없었지. 처음으로 아버지가 손찌검을 했고 나도 물러서지 못하는 성격이다 보니 집을 뛰쳐나와 당시 나를 좋아한다고 했던 사람한테 같이 죽자고 했어."

숨을 집어삼킨 나에게 할머니는 겸연쩍게 쓴웃음을 지었다. 틀어 올린 뒷머리를 살짝 매만지며 한숨을 내쉬고 다시 정원으로 눈길을 돌렸다.

"요시아키는 '소네자키든 시나가와든'이라고 했는데, 내 경우는 '시나가와'였어. 그 이야기는 울적해진 유녀가 그만 죽어야겠다 싶은데 혼자 죽기는 싫어서 마음씨 착한 단골손님을 동반자살에 끌어들이는 라쿠고잖아? 나도 딱 그랬어. 뭐, 하지만 결과는 라쿠고와는 정반대였지. 같이 바다로 갔지만 뛰어든 사람은 나 혼자였어. 그 사람은 직전에 달아났거든."

"괘씸하네요."

할머니에게 약한 유키야 오빠가 눈썹을 치켜 올렸다. 할머니는 소녀처럼 환하게 웃었다.

"고마워, 유키야. 하지만 달아나줘서 다행이었어. 그 사람이 다른 사람들한테 알려줘서 나도 살아날 수 있었고, 나는 그 사람을 전혀 사랑하지 않았고 단지 같이 갈 길동무로 골랐을 뿐이니까. 정말로 소름이 돋는 끔찍한 짓을 그때는 아무런 죄의식도 없이 저질렀어. 같이 죽어주지 않아서 정말로 다행이었다고 생각해. ……그런 엄청난 소동을 벌였지만 결국 나는 단지 아버지를 후회하게 만들고 싶었을 뿐이었거든. 목숨을 끊은 걸 보고 내가 얼마나 상처 입었는지를 깨닫고 아버지가 울어주기를 바랐던 거야."

가슴이 아파서 나도 차를 한 모금 마셨다. 차가운 물줄기가 가슴을 쓸고 내려갔다.

이츠키 언니도 할머니의 동반 자살 미수 사건을 알고 있었던 것이다. 야나기 가문에서 태어났다는 이유만으로 원하지 않는 결혼을 강요당하고 그로 인해 죽음을 선택했다. 그런 할머니라면 후계자라는 이유로 좋아하는 남자와 헤어지라고 강요당하는 자신의 심정을 알아줄 것이라고, 틀림없이 도와줄 것이라고 이츠키 언니는 생각했던 것이다.

"그리고 이제부터는 미하루 이야기의 후편으로 접어드는데, 둘 다 계속 듣고 싶어?"

양갱의 마지막 조각을 입 안에 털어 넣으며 할머니가 고개를 갸웃했다. 물론 나와 유키야 오빠는 시소처럼 번갈아 고개를 끄덕였다. 할머니는 후후후 하고 웃으며,

"그 뒤로 내가 병원 침대에서 눈을 떴을 때의 일이었어."

연극 투로 할머니는 할아버지와의 이야기를 시작했다.


할머니는 병원 침대에서 눈을 떴다. 뛰어든 바다에서 구조되어 긴급 이송된 후 꼬박 하루 동안 혼수상태에 빠져 있다가 깨어났는데, 그때에는 머리가 멍해서 자신이 어째서 여기 있는지 금방 이해하지 못했다.

고개를 돌리자 침대 옆에 한 청년이 있었다. 하얀 반소매 와 이셔츠에 검은 바지. 의자에 앉아 문고본을 읽고 있었다. 고금 와카집古今和歌集. 내가 가지고 있는 것과 똑같은 책이다. 선이 여린 옆얼굴을 멍하니 보고 있자 그 청년—할아버지도 시선을 느꼈는지 고개를 들었다.

"이름이 뭔지 기억나? 올해가 몇 년인지는 알아?"

놀리는 건가 생각하며 할머니가 대답하자 "괜찮은 것 같네." 하고 작게 웃으며 할아버지는 의자에서 일어났다. 얼마 뒤에 의사가 잰걸음으로 와서 할머니를 진료했다.

그 뒤의 상황은 어마어마했다. 증조할아버지가 병실로 달려와 방금 깨어난 할머니를 보자마자 또다시 뺨을 올려붙였고, 그런 증조할아버지를 증조할머니가 눈물을 쏟으며 말렸고, 소동을 듣고 간호사가 달려와 조용히 하라고 소리 지르고, 어째서인지 할아버지가 진정하라고 모두를 달랬다.

폭풍 같은 그날이 지나가자 그 다음부터 할머니의 병실은 언제 그랬느냐는 듯이 조용해졌다. 물에 빠진 딸이 살아서 돌아왔는데도 누구 하나 들여다보러 오지 않았다. 아니, 딱 한 사람 있었다. 혼담이 오가던 상대가 동반 자살 미수 사건을 일으켜 얼굴에 먹칠을 당한 당사자인 청년이었다. 할아버지는 매일 병실에 훌쩍 찾아와서는 "몸은 좀 어때?"라든가 "배 안 고파?" 하고 태평하게 말을 걸었다. 할머니가 등을 돌리고 이불을 뒤집어써도 개의치 않고 침대 옆에 놓인 의자에 앉아 저녁까지 책을 읽다가 "그럼 간다." 하고 돌아갔다.

퇴원하기 전날에도 역시나 가족은 나타나지 않았고 할머니는 자신이 버림받은 것을 알았다. 앞으로 어떡하면 좋지. 비구니가 될까. 아니, 머리를 밀기는 싫으니 수녀가 될까. 아니면 이번에 야말로 제대로 죽어버릴까.

"이제 앞으로 어떻게 할 거야?"

그날 찾아온 할아버지는 마치 마음속을 들여다보기라도 한 것처럼 물었다. 할머니는 평소와 다름없이 등을 돌리고 이불을 뒤집어썼다. 어둡고 무더운 가운데 할아버지의 목소리가 이어졌다.

"딱히 갈 데가 없으면 나랑 같이 살래?"

할머니가 벌떡 일어나 "뭐라고?!" 하고 크게 외친 소리가 병원 구석까지 울려 퍼졌다고 한다.

"무슨 소리를 하는 거야? 난 당신이랑 결혼하는 게 싫어서 바다에 뛰어든 거 몰라?!"

"그런데도 살아 있다니 정말로 대단해. 난 비 좀 맞았다고 죽을 뻔한 적이 있어서 진심으로 존경스러워."

"왜 그래? 어째서 당신은 나한테 결혼하자고 하는 거야? 사람을 무시하는 거야?! 아니면 머리가 이상해?! 바보야?!"

"입이 험한 여자네."

재미있다는 듯이 웃던 할아버지가 갑자기 진지한 표정으로
말했다.

"나는 옛날부터 몸이 약해서 의사가 오래 살지 못할 거라고
했대. 그런 나를 가족들은 너 나 할 것 없이 오냐오냐하며 열이
조금만 나도 큰일이라도 난 것처럼 야단법석을 떨었지. 그러다
내가 나이가 차니 이번에는 며느리를 들일 걱정을 하기 시작했
어. 당신과의 혼담은 우리 아버지가 선생님께 말씀을 꺼내신 거
야. 오래 살지 못할지도 모르는 놈이 무슨 결혼이냐 싶지만 그
렇게 얘기하면 아버지와 어머니가 눈물을 쏟으셔. ……가족이
우는 모습은 도저히 못 보겠더라고. 안 그래도 지금까지 갖은
고생에 걱정만 끼쳐 왔는데."

한숨을 내쉬며 할아버지는 할머니를 보았다. 나이가 어린 데
도 눈동자는 깊고 고요했다.

"부모님을 안심시켜드리고 싶지만 나한테는 당신밖에 마땅한
사람이 없어. 그리고 당신처럼 근성과 생명력이 넘치는 사람이
반려라면 틀림없이 같이 살면서 즐거울 테고, 내가 떠난 뒤에도
꺾이지 않고 활기차게 살아줄 것 같아서 안심하고 죽을 수 있을
것 같거든."

이런 프러포즈는 들어본 적이 없었다. '당신밖에 없어'라면 모
르지만 '당신밖에 마땅한 사람이 없어'라니. 청혼하는 이유가
'근성'과 '생명력'과 '안심하고 죽을 수 있다'는 것이라니. 벌어진

입을 다물지 못하는 할머니에게 할아버지는 작은 도자기 항아리를 내밀었다. 뚜껑을 열어보니 검은 환약 같은 작은 알갱이가 잔뜩 들어 있었다. 할머니는 그 전까지 향목만 다뤄왔지만 그간 쌓아온 지식을 통해 그것이 연향임을 알았다.

"문향도 좋지만 난 향을 만드는 것도 좋아해. '미하루'라는 당신 이름은 선생님이 지어주셨다지? 당신이 태어났을 때 어째서인지 정원의 매화와 복숭아꽃과 벚꽃, 세 가지 봄꽃이 한꺼번에 피었기 때문이라고 들었어. 그런 느낌으로 만들어봤어."

그래? 하고 할머니가 전혀 관심 없다는 투로 대꾸하자 처음으로 할아버지가 조금 당황한 표정을 보였다고 한다. 얼굴이 빨개지며 강조하듯이 말했다.

"당신을 위해 만들었어."

아무래도 이 향이 반지와 같은 의미인 듯하다고 할머니는 그제야 깨달았다.

자신을 위해 만든 세상에서 단 하나뿐인 그 향은 향목밖에 모르던 할머니에게는 놀랄 만큼 복잡하고 깊고 달콤하고, 나는 이렇게 예쁘지 않다는 생각이 들 만큼 아름다운 향기가 났다.

그 뒤부터의 자세한 내용은 '긴과 나만의 비밀'이라고 한다.

아무튼 할머니와 할아버지는 결혼했다.


"뭐, 겉으로는 이렇지만 긴은 아마도 내가 불쌍해서 그랬을 거야.”

눈물을 글썽이는 나의 맞은편에서 할머니는 천연덕스럽게 덧붙였다. 또다시 차로 입술을 적시고 눈을 내리깔며 희미한 미소를 지었다.

“내가 벌인 자살 미수 사건으로 야나기 집안에서 이름을 욕보였다며 격노한 것은 말할 것도 없지만 사쿠라 집안에서도 창피를 당했다며 길길이 뛰었어. 그대로 병원에서 집으로 돌아갔다면 난 어떻게 됐을지 잘 상상도 안 돼. 어디에도 갈 곳이 없었던 것만은 분명해. 그래서 긴은 나와 결혼해야겠다고 생각한 것 같아. 긴이 나를 좋아한다고, 결혼하고 싶다고 해줬기 때문에 엉망진창으로 망가진 것이 어떻게든 본드로 이어붙인 정도로는 회복됐어.”

하지만…… 완전히 원래대로 돌아가지는 못했다.

“아버지는 정말로 마지막까지 나를 용서하지 않았어. 말기 암이 발견돼서 이제 남은 시간이 별로 없다며 아키마사가 아버지의 말씀을 어기고 나를 병원으로 데리고 가줬지만 아버지는 내 얼굴을 보자마자 ‘돌아가.’라고 하셨어. 코에 튜브를 끼우고 얼굴색도 말이 아니었는데도 돌아가라고, 갈라진 목소리로 몇 번이나 호통 치는 사이에 눈에 눈물이 가득 고이는데도, 그래도 돌아가라고 하셨어. ……그때 진심으로 내가 한 짓을 후회했어. 당시에는 나도 진심이었어. 바다에 뛰어들 수 있을 만큼 상처를 입었어. 하지만 그 상처를 드러내기 위해 취한 수단은 너무나도 유치하고 아둔했던 거지. 어른이 일부러 그랬든, 미숙한 아이가 실수로 그랬든, 깨진 유리컵이 다시 원래대로 돌아가지 않는 건 똑같잖아? 난 그 당시의 내 행동이 다른 사람들에게 얼마나 큰 상처를 주는지 상상하지 못했어. 하지만 그렇다고 해서 어쩔 수 없다며 누군가가 시간을 되돌려주는 것도 아니고, 회복하지 못할 만큼 손상된 건 다시는 원래대로 돌이키지 못했어.”

‘네가 나와 같은 실수를 하게 내버려둘 수는 없어.’

지금에서야 할머니가 어떤 마음으로 이츠키 언니에게 그런 말을 했는지 이해가 된다. 다시 잘 이야기를 해보라고 거듭 당부한 마음도. 틀림없이 할머니는 긴 세월을 셀 수 없을 만큼 후회해온 것이다.

차를 다 마시고 슬슬 돌아가려고 방에서 나오자 진외할아버지가 서 있었다.

“나는 누님이 가업을 이어야 한다고 생각했어요. 향도의 길을 추구하는 데에는 남자든 여자든 상관이 없고, 무엇보다 누님은 향도를 사랑하셨으니까요. 내가 아버지를 두려워하지 않고 그렇게 말씀을 드렸더라면 아버지도 누님도 그렇게 되지는 않았을지도 몰라요.”

할머니는 깜짝 놀라 동생을 쳐다보다 몇 박자 늦게 “어머, 듣고 있었니?” 하고 쓴웃음을 지었다.

"그렇지 않아. 나랑 아버지는 성격이 비슷해서 무슨 일로든 맞부딪쳤을 거고, 난 너처럼 성실하지 못해서 집을 지켜나갈 힘은 없었어. 괜찮아. 그걸로 충분했다고는 하기 힘들지만 모든 것이 다 잘못이었던 것도 아니었으니까."

진외할아버지는 여전히 할 말이 많은 눈빛이었지만 가만히 할머니에게 목례를 했다.

"이츠키의 일을 알려줘서 고마워요. 그 애가 정말로 그 남자와 달아났다면 우리 집안뿐만 아니라 밖으로도 큰 문제가 됐을 테니까요."

"요시아키도 이해해줄까?"

"자존심이 센 애라 내가 참견하면 싫어하지만 이츠키가 이렇게까지 궁지에 몰려 있는 것을 알면 어느 정도는 귀를 기울여줄 거예요."

이츠키 언니와 당숙은 팽팽히 맞선 서로의 마음까지 최대한 헤아린 해답을 이끌어낼 수 있을까. 오랜 전통을 이어가는 가문이기 때문에 어려운 점도, 서로 물러서지 못하는 점도 틀림없이 있을 것이다. 하지만 부디 두 사람이 서로 양보하고 다가갈 수 있기를 나는 기도했다.

"그런데 카노."

이제 다 끝났다고 생각했는데 예상치 못한 일이 아직도 남아 있었다. 진외할아버지가 갑자기 이쪽을 돌아봐 나는 깜짝 놀랐다.

"넌 향도를 본격적으로 배워볼 생각은 없니? 자형이 살아계셨을 무렵에 몇 번인가 같이 향회에 왔을 때 넌 언제나 조향을 정확하게 알아맞혔잖니? 정말로 대단했어. 너한테는 뛰어난 감각과 소질이 있다고 생각하는데."

"아니에요, 소질이라니, 그렇지는……!"

"괜히 돌려 말해봐야 소용없으니 분명히 말하마. 만에 하나 이츠키가 후계자가 되기를 포기하면 야나기 가로 들어올 마음이 있니?"

전혀 예상치 못한 제안에 나는 머릿속이 새하얘졌다.

"어머나 애 좀 봐. 요시아키한테 카노까지 초대하게 한 건 그래서였어? 그러지 마. 애 재능은 그런 거랑은 다르니까."

"그런 것이든 아니든 뛰어난 감각은 재산이에요. 어디서 왔는지는 따질 필요가 없어요. 결정하는 사람은 카노니까 누님은 가만히 계세요."

나는 부르르 떨었다. 이 분도 틀림없이 할머니와 같은 혈족의 일원……!

"너는 어떠니? 해보고 싶은 마음이 있니? 후계자 얘기는 생각하지 말고 먼저 향도를 배워보기만 해도 괜찮단다."

"말씀은 감사하지만 사양하겠습니다."

일도양단하듯 딱 자른 대답은 당연히 우유부단한 내가 한 것이 아니었다.

　나를 뒤로 밀어내고 앞으로 나선 유키야 오빠를 진외할아버지는 머리 꼭대기부터 발끝까지 훑어보며 고상하게 값을 매겨 보는 듯했다. 나쁘지 않은 점수가 나왔는지 작게 고개를 끄덕였다.

　"걱정하지 않아도 자네가 사위로 받아달라고 하면 내가 거들어주겠네. 자네는 싹싹해 보이고 사교 자리에서도 상당히 돋보일 것 같으니."

　"……무슨 말씀이신지 모르겠군요."

　"자네는 카노의 남자 친구가 아닌가?"

　"아닙니다."

　"그렇다면 자네가 거절할 일이 아니네."

　결코 목소리를 높이지는 않지만 흔들림 없는 진외할아버지에게는 유키야 오빠도 밀리는 듯했다. 저기요, 하고 나는 간신히 목소리를 짜낼 수 있었다.

　"햐, 향도는 좋아하고, 저기, 영광스러운 제안이기도 하지만, 저는 그, 그냥 좋아하는 정도라 그, 그럴 각오는 없어요. 오늘, 아저씨의 솜씨를 보고 정말로 피나는 노력을 해 오신 걸 알았어요. 저는 도저히 그렇게까지는……, 죄송해요. 하지만 고려해주셔서 정말로 고맙습니다."

　머리를 깊이 숙였다가 조심스럽게 고개를 들자 진외할아버지

　　　　　　　　　　　　　　　　　　제2화

의 눈에 낙담한 빛이 드러났지만 턱을 당기며 말했다.

"그러니? 알겠다……. 하지만 마음이 바뀌면 언제든지 찾아오너라."

"네? 아, 네……."

"미하루 씨, 슬슬 돌아가야 하지 않을까요?"

유키야 오빠가 어째선지 빠르게 말했다. 할머니는 눈썹을 슥 올리며 장난스럽게 웃었다.

"유키야, 카노, 먼저 돌아갈래? 오랜만에 만났으니 남매간에 오붓하게 얘기 좀 하고 싶은데. 안 그래, 아키?"

"일흔을 앞둔 영감한테 어린애 부르듯 아키가 뭐예요?"

"자, 카노, 이건 택시비야."

할머니는 지갑에서 1만 엔짜리 지폐를 꺼내주며 받아들려는 나에게 속삭였다.

"이츠키처럼 정열적으로 밀어붙이라고는 하지 않겠지만 카노도 힘내렴."

내가 새빨개지며 대꾸도 못한 것은 말할 필요도 없다.


밖으로 나오자 하늘에는 저녁놀이 물들기 시작했고 뺨에 닿는 바람도 어느 정도 시원해져 있었다.

택시를 기다리는 동안 나와 유키야 오빠는 단층집 처마 밑에서 비취처럼 푸르른 정원을 보고 있었다. 평소라면 대수로울 것 없는 잡담을 드문드문 했겠지만 오늘은 둘 다 상대의 태도를 살피고 있는 것처럼 침묵만 이어졌다.

"그런 제안은……."

유키야 오빠가 갑자기 입을 열었다. 그다지 기분이 좋지 않은 느낌이었다.

"딱 잘라 거절했어야죠. 상대의 감정을 헤아리느라 그랬겠지만 카노는 언제나 의사표시가 모호해서 보고 있으면 속이 타요."

"거, 거절했잖아요? 난 분명히 말했어요."

유키야 오빠는 눈을 슬쩍 흘기며, 뭐, 그렇다고 해두죠, 하고 말하는 것처럼 한숨을 쉬었다. 나는 발끈해서 낮에 꿍했던 감정이 다시 살아나고 말았다.

"유, 유키야 오빠야말로 제대로 얘기 안 해주잖아요. 아저씨가 '소네자키든 시나가와든' 하고 말했을 때 할머니한테 미안해서 아무것도 아니라고 숨겼잖아요? 하지만 그때 제대로 설명해줬더라면 나도……."

"그때는…… 아직 확신도 없던 터라 불확실한 이야기를 입에 올리고 싶지 않아서 그랬어요. 그것만으로 사람을 무슨 비밀주의자인 양 매도하지 말았으면 좋겠군요."

"하지만 유키야 오빠는 정말로 비밀주의잖아요."

"그렇지 않아요."

"그래요."

"안 그래요. 뭘 근거로 그런 말을 하는 거예요?"

"전학 갈 때 아무 말도 해주지 않았잖아요."

스스로도 예상 못했을 만큼 감정적인 목소리가 나와서 당황했다. 유키야 오빠도 입을 다물고 말았다. 나는 고개를 숙였다. 이게 아닌데. 책망하고 싶은 게 아닌데.

초등학교 3학년 봄에 초등학교 6학년인 유키야 오빠를 만났고, 그 뒤로 보낸 하루하루가 나는 정말로 즐거웠다.

하지만 그런 나날이 오늘까지 계속 이어져온 것은 아니었다.

만난 지 1년이 지나 다시 봄이 돌아왔을 무렵이었다. 그날의 일은 유키야 오빠가 검은 스탠딩 컬러 학생복을 입고 나타나 깜짝 놀랐기 때문에 똑똑히 기억한다. 교복을 입은 것만으로도 무척 어른스러워 보인 유키야 오빠는 나에게는 아직 미지의 세계였던 중학교의 이야기를 이것저것 들려줬고, 할아버지 할머니와 함께 간식을 먹고 나서 또 올게 하고 인사하고 돌아갔다.

또 올게. 분명히 그렇게 말해놓고 유키야 오빠는 그날을 마지막으로 카게츠 향방에 오지 않았다.

"그때는…… 정말로 갑자기 결정된 일이라 알려주러 올 겨를이 없었어요."

유키야 오빠치고는 시원치 않은 변명이었다. 그때의 일을 떠올리니 마음이 초등학생 때로 돌아가 버린 것 같아 나는 울상을 지으며 이죽댔다.

"세상에는 전화라는 문물이 있잖아요? 카게츠 향방은 전화부에도 나와 있고요."

"그건…… 미안해요."

틀림없이 분명 이런저런 일이 있었을 것이고 정당한 이유도 있을 텐데 유키야 오빠는 결국 모든 것을 집어삼키고 사과하고 만다. 무척 총명하고 무슨 일이건 솜씨 좋게 해치우는 이 사람은 이따금 이런 식으로 서툰 모습을 보인다.

어느 날 갑자기 소식이 끊어진 유키야 오빠와 내가 다시 만난 것은 거의 5년이나 지나서였다.

그것도 아주 큰일이 일어났던 때라 분명히 기억하고 있다.

3월 11일 금요일, 중학교에서 수업을 받고 있는데 지금까지 한 번도 겪어본 적이 없는 큰 지진이 일어났다. 대피 훈련이 아닌데도 책상 밑으로 몸을 피한 것은 그때가 처음이었다. 에노시마 전철과 요코스카 선도 멈추는 바람에 학생들은 보호자가 학교까지 와서 집으로 데리고 갔다. 나는 할머니가 멀리 나가 있었기 때문에 담임 선생님이 차로 데려다주기로 했는데 집이 아니라 병원으로 가달라고 부탁했다. 입원해 있는 할아버지가 걱정스러워서 견딜 수가 없었기 때문이다. 동일본대지진이라는 이름도, 그것이 얼마나 큰 대참사였는지도 상당히 나중에야 알았다.

다음 날은 휴일이었으므로 나는 그날도 병원으로 향했다. 전

　　　　　　　　　　　　　　　　　　　　　　　제2화

날 밤에 할머니가 돌아오지 못했던 데다 그럴 상황이 아니었으므로 가게는 계속 닫혀 있는 상태였다.

점심 전에 차를 사러 가려고 계단을 내려가는데 얼굴이 하얗게 질려서 계단을 달려 올라오는 사람과 마주쳤다. 피부가 하얗고 호리호리한 고등학생 정도의 남자로, 놀란 얼굴로 나를 응시하는 외까풀의 눈을 보았을 때는 시간이 일그러지기라도 한 듯 어찔했다.

성별이 잘 드러나지 않던 얼굴은 이미 완전한 남자의 얼굴이었고, 키도 깜짝 놀랄 만큼 커졌고 테가 가느다란 안경까지 쓰고 있었으므로, 유키야, 하고 무심코 부를 뻔했던 나는 그 말을 삼키고 유키야 오빠, 하고 중얼거렸다.

카노, 하고 유키야 오빠도 불렀다.

그 뒤에 할아버지의 병실에서 도쿄에 있는 중학교로 전학 간 일과 고등학교도 그쪽에서 다니고 있다는 이야기를 들었다. 다시 만나서 무척 기뻐하신 할아버지가 바로 어제도 만난 것처럼 유키야 오빠를 어릴 때처럼 ‘유키’라고 부르자, 유키야 오빠는 감정이 북받쳐 울 것 같은 표정을 지었다.

그 뒤로 할아버지는 돌아가셨고, 요코하마에 있는 대학교에 입학한 유키야 오빠는 카게츠 향방에서 아르바이트를 시작했다. 하지만 지금도 우리는 대화할 때 여전히 경어를 쓴다.

“……앞으로는 말없이 사라지거나 하지 마요.”

속삭이듯이 말하고 나자, 나는 화를 내는 것도 아니고 나무라는 것도 아니라 그저 그 말이 하고 싶었던 것뿐이었음을 깨달았다.

'이 사람과 같이 있고 싶다고 생각했어요.'

이츠키 언니의 말이 되살아났다. 나도 그렇다. 아마도 단지 그뿐이다.

미열을 머금은 바람이 불어왔다. 가지를 흔드는 정원 나무들의 잎사귀가 스치는 소리가 났다. 그 소리는 카마쿠라의 바다에서 밀려오는 파도 소리와도 비슷했다.

유키야 오빠는 바람에 앞머리를 날리며 먼 곳을 보고 있었다. 무언가 할 말을 찾는 것처럼 입술이 살짝 벌어졌다가 다시 닫히더니 안경 너머의 검은 눈동자가 나를 바라보았다.

그럴게요. 바람에 섞이는 조용한 목소리로 짧게 대답했다.

제 3 화

# 소망의
# 케이크

# 1

7월 하순의 어느 화요일, 나는 조금 들떠 있었다.

그날은 내가 다니는 현립 고등학교의 종업식이 있는 날로, 다음 날부터 바로 여름 보충수업이 시작되기는 하지만 그래도 역시 여름방학이라 기뻤다. 게다가 그날은 할머니가 향도 교실 행사 때문에 멀리 가시기 때문에 내가 쓸쓸하지 않도록 치요가 자러 오기로 한 날이었다. 치요는 자이모쿠자에 있는 '마츠키 불교 용품점'에 사는 같은 반 친구로, 불교문화를 깊이 숭상하는 나의 운명의 단짝이기도 하다.

그런 날이라 아침부터 기분이 좋아 매일 하는 라디오 체조를 마치자 가볍게 가게 앞을 빗자루로 쓸고 싶은 기분이 들었다. 빗자루를 들고 밖으로 나가니 가게 출입문 옆 일본식 나무 벤치에 희고 검은 얼룩 고양이가 몸을 동그랗게 말고 있었다. 이따금 놀러 오는 이 뚱뚱한 암컷 얼룩 고양이를 유키야 오빠는 '젖소 무늬'라고 부르며 마음에 들어 했다.

맑고 투명한 녹색 눈동자를 가진 젖소 무늬 고양이는 내가 목을 긁어주자, "딱히 쓰다듬어주기를 바라는 건 아니지만 네가 꼭 쓰다듬고 싶다면 말리진 않을게." 하는 느낌으로 몸을 발랑 뒤집어 배를 보여주었다. 과연 유키야 오빠마저도 홀리는 고양이. 반칙에 가까울 만큼 귀여워서 스마트폰으로 사진을 찰칵 찍어 LAND라는 통신 어플로 유키야 오빠에게 사진을 보내자 전화가 걸려왔다. 유키야 오빠가 전화를 거는 경우는 별로 없기 때문에 나는 얼굴에 딸린 난감한 기능이 발동하면서 뒤집어진 목소리로 좋은 아침이라고 응답했다.

[좀 마른 것 같지 않아요?]

유키야 오빠의 목소리는 심각했다. 말랐나……? 나는 토실토실한 얼룩 고양이를 가만히 쳐다보았다.

"전부터 생각했는데, 유키야 오빠는 너무 과잉보호하는 면이 있어요."

[무슨 소리예요? 나는 개인의 자주독립을 무엇보다도 존중하는 사람이라고요.]

[웃키, 달걀 프라이에는 뭐 뿌려? 간장? 소스? 마요네즈?]

전화기 너머에서 희미하게 들려온 목소리에 나는 어, 하고 깜짝 놀랐다. 천하무적 유키야 오빠를 '웃키'라는 애칭으로 부르는 이 쾌활한 목소리의 주인과는 나도 만난 적이 있다. 타카하시 켄타로 선배. 유키야 오빠와 같은 학과, 같은 서클에 속해 있는 (자칭) 유키야 오빠의 절친이다.

귀를 기울여보니 타카하시 선배 외에도 여러 사람이 있는지 명랑하고 소란스러운 느낌이었다.

"혹시 어제 뒤풀이 같은 거 했어요?"

[⋯⋯아직 미성년이라 술은 안 마셨지만 그것과 비슷한 흥겨운 모임은 있었어요.]

"미, 미팅이라고 하는 그런 거요?"

[자꾸 어디서 그런 말을 배워오는 거예요? 카노는 그런 건 몰라도 돼요. 오늘은 종업식이죠? 빨리 학교 갈 준비나 해요.]

전화기 너머로 유키야 오빠에게 쫓겨난 나는 젖소 고양이에게 손을 흔들고 집 안으로 돌아왔다. 그렇게 평화로운 아침으로 하루를 시작했고 그 뒤로도 지극히 평온하게 시간은 흘러갔다.

오후가 되어 이변의 사자가 카게츠 향방을 찾아오기 전까지는.


고등학교 종업식과 대청소는 오전 중에 끝났으므로 나는 치요와 학교에서 가장 가까운 역에서 에노시마 전철을 탔다. 역 바로 앞에 펼쳐진 사가미 만에는 요즘 들어 점점 더 많아진 서퍼들이 물고기 떼를 뒤쫓아 온 철새들처럼 새파란 수면 위를 자유자재로 미끄러지며 오갔다.

"카노⋯⋯."

녹차색 전철에 올라타자 곧바로 물방울무늬 책가방과 오늘 밤 우리 집에서 자기 위해 필요한 물건이 든 가방을 무릎 위에 올린 치요가 소곤소곤 말했다. 나와 똑같이 하얀 셔츠에 남색 스커트인 하복을 입은 치요는 머리카락을 양쪽 귓불 근처에서 묶었고, 어쩐지 당근을 먹여주고 싶어지는 토끼 같은 얼굴을 하고 있다. 참고로 나는 이따금 기분이나 상황에 따라 바꾸기는 하지만 교복을 입을 때는 언제나 머리를 땋아 내린다.

"왜 그래, 치요?"

"있잖아, 이거……."

치요는 볼을 살짝 물들이며 가방에서 길쭉한 물체를 꺼냈다. 티슈 상자의 세로변 정도 길이에 큼직한 물통 같은 굵기였다. 치요가 작은 손으로 간단한 포장지를 풀자 나는 큰 충격을 받았다.

"치요, 이건……!"

"요즘 계속 조각했던 아미타불상을 어제 완성했거든. 잘 만들어져서 혹시 싫지 않으면 카노한테 주고 싶어서……."

밤새 울음을 그치지 않아서 쩔쩔매던 어머니가 가게에서 가지고 온 불상으로 얼러주자 뚝 그쳤다는 일화를 가지고 있는 치요는 불상 조각을 일생의 업으로 삼으며 정진하고 있다. 나에게도 작품을 보여준 적이 있는데 이 아미타불상은 지금까지 조각한 작품들보다도 훨씬 빼어났고, 말 그대로 치요가 새로운 경지에

올랐음을 보여주었다. 아미타불의 반쯤 감은 눈에는 심원한 지혜가 깃들어 있고, 몸에 두른 의상의 주름은 옷감이 스치는 소리가 들릴 것처럼 부드러웠다. 그리고 목에 묶여 있는 선물용의 빨간 리본이 무척 귀여웠다.

"정말로 받아도 돼? 치요, 고마워. 집에 가면 바로 책상 위에 장식해둘게."

"그렇게 기뻐해 주다니, 카노…… 눈물 날 것 같아……."

"하지만 치요, 이건 정말로 대단해. 불상 콩쿠르 같은 데 출품할 수 없을까?"

카마쿠라 역에서 내린 뒤에는 코마치 거리에 있는 프렌치토스트 전문점에서 점심을 먹었다. 맛있었어, 칼로리는 높지만, 하고 수다를 떨며 가게에서 나왔을 때가 오후 열두 시 반 무렵으로, 그 뒤에는 운 좋게 딱 맞춰 도착한 카나자와 가도 방면 버스를 타고 집 근처의 버스 정류장에서 내렸다. 그리고 몇 분 걸어가자 앞쪽에 카게츠 향방이 보이기 시작했다.

가게 앞의 아담한 주차 공간에 검은 자동차가 세워져 있었다.

그리고 바로 그때, 햇빛을 날카롭게 반사하며 문이 열리더니 키가 큰 남자가 내렸다.

키시다 카즈마.

10분 정도 뒤에 그가 누구인지 알고 경악하고, 그리고 그의 강렬한 개성에 덜덜 떨게 되는 그의 이름이다.

『카마쿠라 향방 메모리즈』 ❷권 초판 한정 특별부록

KAMAKURA KOBO MEMORIES ©2015 by Akiko Abe, Gemi / SHUEISHA Inc.
Not for Sale

"카노, 저 사람, 혹시 손님인가……?"

포렴이 걸려 있지 않은 카게츠 향방의 입구로 향하는 그를 보고 치요가 살며시 말했다. 나도 치요가 무슨 말을 하고 싶은지 잘 알고 있었다.

짙은 감색 양복에 반짝반짝하게 닦여 있는 검은 가죽 구두. 머리 모양은 지나치게 딱딱하지 않은 올백 스타일인데 선이 날카로운 옆얼굴과 잘 어울렸다. 척 보기에도 수완가 같은 빈틈없는 자세로 서 있는 모습까지, 다시 말해 그는 아무리 봐도 카게츠 향방에 향을 사러 올 사람으로는 보이지 않았다.

오늘은 할머니도 나도 없었으므로 가게의 미닫이문에는 '오늘은 쉽니다'라는 팻말이 걸려 있다. 팔짱을 낀 그는 그 팻말을, 거기에 한때 세상을 어지럽히던 거대한 요괴가 봉인되어 있기라도 한 것처럼 미간에 주름을 깊게 잡고 노려보고 있었다. 나는 범상치 않은 분위기에 움츠러들어 머뭇머뭇하며 말을 걸었다.

"저, 저기요……, 카게츠 향방에 무슨 볼일이라도 있으세요?"

돌아본 그는 서른 살 전후로 보였다. 갈색 눈동자에는 날카롭게 파고들어오는 위력이 있었다.

그는 나를 보고도 표정을 바꾸지 않았지만 향기에는 변화가 나타났다. 놀라움과는 미묘하게 뉘앙스가 다른 작은 감정의 동요. 어깨에는 책가방, 가슴에는 빨간 리본을 단 불상을 안고 있는 갈래머리 여고생을 이상하다고 느꼈는지도 모른다. 모르는 남자 앞에 선 나는 당연히 얼굴이 빨개졌고 목소리까지 떨리며 뒤집어졌다.

"죄, 죄송합니다. 오늘은 주인이 자리를 비워 휴무인데……."

"휴무?"

"네."

"그럼 당연히 여기서 일하는 아르바이트생도 없겠네?"

"네? 네……. 그리고 저기, 아르바이트하는 사람은 기본적으로 주말과 공휴일에만 나오기 때문에……."

대학생인 유키야 오빠는 평일에는 수업이 있기 때문에 오늘은 원래 안 오는 날이다.

그는 미간의 주름을 더욱 깊게 잡고 작게 입술을 움직였다.

"……이 녀석이."

네? 하고 되묻는 나에게는 대답하지 않고 그는 가게 앞에 세워둔 검은색 자동차를 집게손가락으로 가리켰다.

"미안하지만 조금 더 여기에 차를 세워둬도 될까? 전화를 좀 하려고 그러는데."

"아, 네. 그래도 괜찮지만……."

2주 정도 전에 카게츠 향방을 찾았던 여자 손님이 더위를 먹고 쓰러질 뻔한 적이 있었다. 구급차를 부를 정도는 아니었지만 얼마 동안 움직이지 못하고 가게에서 쉬어야 했다. 오늘도 햇살이 강렬하고 기온이 상당히 높았다. 내가 열쇠를 꺼내어 가게의 칠하지 않은 원목 미닫이문을 열자 남자는 이상한 듯이 쳐다보았다.

"저기, 괜찮으시면 들어오세요. 자동차 안보다 시원할 거예요……."

조명이 꺼진 가게 안은 어둑하고 열기를 조금 머금고 있었지만 바깥과 비교하면 훨씬 시원할 터였다. 하지만 남자는 그 자리에서 꼼짝도 하지 않고 내 마음속을 투시하려는 것처럼 눈을 가늘게 떴다.

"학생은 경계심이 부족하군."

"네?"

"지금은 주인이 없다고 아까 학생이 그랬지? 학생은 이 집에서 할머니와 둘이 살고 있을 거야. 다시 말해 지금 이 자리에는 학생과…… 나와 눈이 마주치자마자 저쪽 전봇대 뒤로 숨어버린 친구밖에 없어. 그런데 누군지도 모르는 남자를 집 안으로 들이면 자신이 위험에 처할지도 모른다는 생각은 하지 못하는 거야? 아니면 내가 저기 진열돼 있는 상품을 한 아름 안고 달아나면 어쩔 거지? 그리고 덧붙이자면 자동차 안에서는 에어컨을 켜면 되기 때문에 내가 짧은 시간에 열사병에 걸릴 가능성은 낮아."

나는 차례차례 쏟아져 나오는 말의 공격에 압도되는 한편 머릿속 한쪽에서 데자뷰를 느꼈다. 이 지극히 논리적이고 막힘없는 언변. 어쩐지 어디선가…….

"……괜히 주제넘게 참견해서 죄송해요……."

"왜 울상을 짓지? 그럴 만한 말은 하지도 않았는데. 학생은 나이나 성별을 고려할 때 신중한 태도가 필요한데도 그 점이 부족해 보여서 조언을 했을 뿐이야. 학생의 호의 자체는 고맙게 생각해. 공회전 하는 건 싫기도 하고."

고맙다고 하며 그는 가게 안으로 들어왔다. 기분이 상한 것 같지는 않았다. 나는 안도하고 전봇대 뒤에서 토끼 같은 얼굴을 반만 내밀고 있는 치요에게 손짓했다. 달려온 치요는 "꼭 조직의 젊은 두목 같아, 무서워……." 하고 기어들어가는 목소리로 속삭였다.

본채의 거실에서 냉방을 틀고 얼마 동안 치요와 차가운 보리차를 마시며 잡담을 나누었다. 5분 정도 지나자 나는 거실과 이어진 부엌으로 향했다. 부엌 한쪽에는 나무문이 있고 그 뒤쪽으로 뻗어 있는 좁은 통로로 가게와 본채가 연결되어 있다. 그 남자가 전화를 다 하고 돌아갔다면 다시 가게 문을 닫아야 하므로 상황을 살피려고 했다.

통로에는 창문이 없기 때문에 햇빛이 들지 않는다. 어둠 속에서 어렴풋이 그의 목소리가 들렸다.

"……이제 곧 성인이 되는 녀석이 어린애 같은 거짓말을…….

　　　　　　　　　　　　　　　　제3화

아무튼 지금 어디……, 뭐야? 그런 말이나 하는 사람으로 키운 기억은……, 이 녀석이, 기다려, 끊지 마!"

내가 가게로 이어진 나무문을 여는 것과 동시에, 계산대 옆에 서 있는 그가 거칠게 혀를 차며 검은색 스마트폰의 화면을 손가락으로 두드렸다. 아무래도 난처한 순간에 왔다고 깨닫고 천천히 나무문을 다시 닫으려고 했을 때였다.

"사쿠라 카노 학생."

무서울 만큼 울림이 좋은 목소리로 풀 네임을 부르는 바람에 나는 문에 반쯤 가려진 상태로 굳어버렸다.

"……네? 어떻게 제 이름을……."

"사쿠라 카노 학생. 만나자마자 미안하지만 학생한테 부탁이 있어."

반짝반짝한 가죽 구두의 뒤축을 울리며 다가오는 그는 처음 보았을 때의 날카로움과는 정반대로 친근한 미소를 짓고 있었다. 그런 그는 아마도 많은 사람들의 눈에 매력적인 사람으로 비칠 것이 틀림없지만, 반면에 피어오르는 그의 향기는 부탁이라는 말과 달리 내가 이러쿵저러쿵 거부하게 둘 생각은 털끝만큼도 없음을 여실히 드러냈다.

이 사람은 절대 보통내기가 아니다. 평화롭게 살고 싶으면 가까이 해서는 안 되는 사람이다. 본능이 보내는 경종을 듣고 나는 나무문을 닫으려고 했지만 그 순간 채찍처럼 휘어지며 날아온 그의 손이 문을 붙잡았고 나는 놀라서 뒤로 펄쩍 뛰었다.

"왜 그래? 어째서 도망가는 거야? 무서워할 필요는 없으니까 이쪽으로 와."

"저는 이, 이제부터 치요랑 같이 놀 거라, 아침까지 수다 떨 거라……!"

"나는 지금부터 전화를 한 통 더 할 거야. 이번에는 저기 세워둔 자동차 안에서 할 생각인데, 나는 운전석에 앉을 거니까 학생은 그 동안 조수석에 앉아 있어줘. 앉아 있기만 하면 돼."

"죄송하지만 무슨 말인지 잘……!"

"전화할 상대는 키시다 유키야야."

나무문을 닫으려던 손에서 힘이 풀렸다. 그 순간 그는 나무문을 열어젖히고 내 눈을 똑바로 바라보며 환하게 웃어 보였다.

"내가 유키야와 무슨 사이일까? 그렇게 묻는 얼굴이구나. 그건 학생이 내 부탁을 들어주면 가르쳐주지. 난 어떤 목적을 이루기 위해 유키야를 만나야 하는데 녀석이 완강하게 거부하고 있거든. 학생은 유키야가 친하게 지내는 몇 안 되는 사람 중 하나야. 학생이 옆에 앉아주면 틀림없이 교섭에 좋은 영향을 줄 거야. 어때? 좀 도와주겠어?"

왜 내가 조수석에 앉아 있으면 좋은 영향을 주는 걸까. 애당초 유키야 오빠가 거부하는 일이라면 나름의 이유가 있지 않을까. 신용하기에는 그가 너무 수상해서 올려다보며 입을 다물고 있자 그는 표정을 바꾸었다.

"솔직히 상당히 난처한 상황이야. 시간이 없거든. 꼭 도와줬으면 좋겠어."

진지한 목소리와, 이번에는 그에게서 피어나는 향기도 일치했다. 그렇게 부탁하자 거절하기도 어려워서 나는 결국 승낙했다. 그것이 실수였다는 걸 깨달은 것은 몇 분 뒤였다.

그의 검은색 자동차는 사자 모양의 엠블럼이 달려 있었다. 시트는 널찍했고 조수석에 앉자 처음에는 더웠지만 금방 냉방이 열기를 밀어냈다.

"안전벨트도 매줘."

"네……? 왜요?"

"순찰 중인 경찰차가 지나가다 교통법규 위반으로 착각할지도 모르잖아? 사적인 자리에서는 경찰이나 검찰과 얽히고 싶진 않아서 그래."

"네……."

이해는 잘 되지 않았지만 안전벨트를 매자 그는 만족스러운 표정을 지으며 검은 스마트폰을 꺼냈다. 손톱이 단정하고 깔끔한 엄지손가락으로 재빨리 화면을 누르더니 전화기를 귀에 댔다. 신호가 울리는 중인지 몇 초 동안 침묵이 이어졌다. 이윽고 그가 입술을 움직였다.

"아까는 잘도 끊었겠다?"

으르대는 목소리였다. 나는 조마조마하면서도 귀를 쫑긋 세
웠다. 그의 말대로라면 지금 이야기하는 상대는 유키야 오빠다.
도저히 호기심을 억누를 수가 없었다.

내용까지는 들리지 않았지만 뭐라고 되받아치는 소리가 어렴
풋이 들려왔다. 그 말을 가로막듯이 그는 소름이 끼치도록 부드
러운 목소리로 말했다.

"미처 얘기를 못 했는데 난 지금 카게츠 향방에 있어."

무언의 공백이 생겼다. 나의 상상에 지나지 않지만 전화기 너
머에서 입을 다물고 있는 유키야 오빠의 모습이 보이는 것 같았
다.

"오늘은 종업식이 있었는지 상당히 이르지만 조금 전에 그 애
가 돌아왔어. 누구 얘기인지는 알지? 응? 무슨 소리를 하는 거
야, 당연히 아무 짓도 안 했지. 아직까지는."

"아직이라니 무슨 뜻이에요?"

무심코 소리를 내자 그의 입꼬리가 씨익 올라갔다. 흉악한 미
소였다.

"들었어? 사실이지? 그럼 본론으로 들어가지. 사쿠라 카노는
내가 데리고 있어. 돌려받고 싶으면 출두해. 장소는 나중에 연
락하마."

전화기 너머에서 날카롭게 뭐라고 맞받아치는 소리가 들렸다.
그는 개의치 않고 화면을 눌러 전화를 끊더니 스마트폰을 자동

차 뒷좌석으로 던졌다. 가죽 시트 위에서 한 번 튄 스마트폰이 착지하는 것과 동시에 요란한 전자음이 울려 퍼졌다. 얼이 빠져 있던 나는 그제야 제정신으로 돌아왔다.

"네?! 잠깐만요, 방금 그 전화는 뭐예요?! 데리고 있다니, 그게 무슨……."

"위험하니까 움직이지 마. 출발한다."

말이 끝나자마자 그는 깜빡이를 켜고 기어를 넣더니 도로를 오가는 자동차의 물살에 빈틈이 생기자마자 단숨에 액셀을 밟으며 엔진의 포효와 함께 자동차를 급발진시켰다.

시트에 등이 파묻힐 정도로 쏠린 순간, 나는 하얗게 질린 얼굴로 악마의 자동차에 탔다는 사실을 깨달았다.


# 2

"어디로 가는 거죠?!"

"어디가 좋을까. 카마쿠라에는 오랜만에 왔거든. 넌 어디 가고 싶니?"

"카, 카게츠 향방이요."

"그건 안 되지."

출발할 때는 난폭했지만 자동차는 아주 상식적인 속도와 핸들 조작으로 카마쿠라 역 방면으로 달렸다. CD 데크에서는 의외로 무반주 바이올린 연주곡이 흘러나오고 있었다. 하지만 그 아름다운 선율을 짓이기듯이 또다시 뒷좌석에서 날카로운 전자음이 울려 퍼졌다.

"……저기, 전화기가 엄청나게 울려대고 있는데요."

"신경 쓰지 마. 유키야니까."

"오히려 더 신경 쓰이는 걸요!"

갑자기 그가 내 쪽으로 팔을 뻗는 바람에 나는 화들짝 놀라 몸을 움츠렸다. 에어컨 온도를 낮춘 그는 얼어붙은 나를 흘긋 보더니 코웃음을 쳤다.

"안심해. 나는 남자든 여자든 모두 성적 대상으로 삼을 수 있는 사람이지만 그 상대는 나와 동등하거나 나보다 뛰어난 사람에 한해서야. 너처럼 젖내 나는, 아, 실례했군, 순진한 어린애한 테는 욕망을 1마이크로미터도 느끼지 않아. 널 수상한 곳으로 데려가서 추잡한 짓을 할 생각은 없어."

이 사람에게 반감을 느끼는 것은 내가 속이 좁아서일까? 그런 걸까? 그렇지는 않겠지?

"저기, 당신은 누구세요? 이, 이런 짓을 당하면 정말로 기분 나쁘고, 유키야 오빠한테 그런 말을 하다니 정말로 무슨 생각을 하는……."

"남이 대답해주기만 기다리는 태도는 좋지 않아. 가끔 있잖



제3화

아? 인터넷으로 조금만 검색해보면 금방 알 수 있는 것도 다른 사람한테 묻는 녀석들이. 나는 그런 인간들이 독선적인 참견쟁이 못지않게 싫어."

"부탁을 들어주면 가르쳐주겠다고 했잖아요?! 그리고 앉아 있기만 하면 된다고 해놓고 이런 짓을, 이건 거의 유괴……!"

"알았어, 알았으니까 진정해. 그럼 힌트를 주지. 난 유키야의 1번 〈형〉, 2번 〈연인〉, 3번 〈아버지〉."

가슴 속에서 심장이 벌렁거렸다.

"아버지……?"

"왜 맨 먼저 그 선택지를 고르지? 내가 이제 곧 스무 살이 되는 아들이 있을 것 같은 나이로 보인다는 거야? 난 아직 서른이고 독신이야."

그가 있는 대로 얼굴을 찡그리자 나는 기운이 쭉 빠졌다.

'내 호적에는 아버지의 이름이 없어.'

지난달 초 무렵, 내가 내 여동생과 그 친구가 관련된 소동에 말려들었을 때 유키야 오빠가 이야기해주었다. 한없이 고요했던 유키야 오빠의 목소리는 아직도 기억이 생생했다.

'내가 그 사람에 대해 알고 있는 건 이름과 제대로 된 인간이 아니라는 점뿐이야.'

흐음, 하고 곁눈으로 나를 보며 그가 중얼거렸다.

"그 반응을 보니 넌 유키야의 아버지에 대해 알고 있나 보구

나. 의외인걸. 녀석은 그 얘기는 거의 봉인해뒀었는데."

"……나만 아는 건 아니에요. 전에 사귀었던 사람도 알고 있었어요."

"렌조 토와코 말이지? 녀석도 드디어 남들처럼 연애에 흥미가 생겼나 싶었는데 반년 만에 차이다니. 안타깝게도 그쪽 방면으로는 훈련을 안 했으니 어쩔 수 없지."

"저기요, 어떻게 그렇게 다 알아요? 저에 대한 것까지도!"

"이것저것 조사하는 걸 좋아하거든."

정체를 알 수 없는 사람이다. 남은 선택지를 떠올린 나는 어떤 사실에 직면했다.

"……저기, 유키야 오빠가 형제는 없다고 전에 얘기했었는데……."

"맞아, 없어."

그렇다면 1번인 〈형〉도 아니므로 남은 선택지는 2번 〈연인〉밖에 남지 않는다. 연인……? 침을 꼴깍 삼키자 그는 풉 하고 웃음을 터뜨렸다.

"넌 표정이 순간순간 바뀌는 게, 보고 있으니 유쾌하구나."

"절 바보 취급 하는 거죠? 그렇죠?"

"즐겁게 해줬으니 두 번째 힌트를 주지. 나는 유키야의 형도 연인도, 그리고 아버지도 아니야."

나는 벌어진 입이 다물어지지 않는다는 관용구를 몸으로 직접 체험했다.

"아까 힌트라고 했잖아요?!"

"물론 힌트라고는 했지만 선택지 안에 정답이 있다고 말한 기억은 없는데? 난 어디까지나 방금 언급한 세 가지 관계는 아니라는 힌트를 준 거야. 형도 연인도 아버지도 아니라면 그 다음은 쉽잖아?"

"……설마 그냥 남이에요?"

"여기까지 와서 남일 리가 있겠어? 한 장 꺼내 가져도 좋아."

그는 재킷 안쪽 호주머니에서 갈색 가죽 명함첩을 꺼내어 나에게 건넸다. 나는 모서리가 손가락을 찌를 것 같은 하얀 명함을 한 장 꺼냈다.

【도쿄 미나토구 아카사카 ○번지 키시다 법률사무소 변호사 키시다 카즈마】

"유키야의 엄마가 내 누나야."

나는 명함을 든 채 그의 얼굴을 뚫어지게 보았다.

"외삼촌……."

"못난 조카 때문에 고생이 많지?"

부드럽게 핸들을 꺾으며 키시다 카즈마 씨는 입꼬리를 끌어올렸다.

＊

카즈마 씨는 오나리마치에 있는 커피 체인점에 차를 세웠다. 오나리마치는 시청과 중앙도서관이 있는 카마쿠라의 중심지다. 옛날에는 이곳에 황실의 별장인 고요테이가 있어서 황족들이 '오나리御成り', 즉 '행차'하셨기 때문에 그런 이름이 붙었다고 들은 적이 있다.

이 커피 체인점은 카마쿠라의 경관에 어울리게 일본풍으로 지어졌고, 부지에는 등나무 시렁과 벚꽃을 즐길 수 있는 정원도 있기 때문에 카마쿠라의 인기 명소 중 하나다. 나는 가게 안으로 들어가기 전에 카즈마 씨의 스마트폰을 빌려 치요에게 전화를 걸었다. 치요는 "카노, 어디 있어?! 무사한 거지?!" 하고 거의 울먹이면서 전화를 받았고, 나는 정말로 미안하다고, 조금만 더 있다가 돌아갈 거라고 필사적으로 사과했다. 솔직히 언제 돌아갈 수 있을지는 몰랐지만.

"먹고 싶은 거 주문해."

카운터에서 카즈마 씨는 그렇게 말했지만 우유부단한 내가 메뉴를 보며 망설이자 10초 만에 인내심에 한계가 왔는지,

"블랜드 커피랑 이 중학생 같은 여고생이 좋아할 만한 달달한 걸로 주세요."

멋대로 카운터의 여자 직원에게 주문해버렸다. 나는 너무 수치스러워서 눈물이 날 것 같았지만 알아서 주문해준 말차 라테

는 서글플 만큼 내가 좋아하는 것이었다.

자리로 이동하는 동안 카즈마 씨의 바지에서 또다시 전자음이 울렸다. 카즈마 씨는 트레이를 한 손으로 든 상태로 스마트폰을 꺼내 착신을 끊고 엄지손가락으로 한동안 화면을 터치한 뒤 호주머니에 넣었다. 아마도 LAND 메시지나 문자로 지금 있는 곳을 알려줬을 것이다.

"저기, 그래서…… 어떻게 된 거예요?"

우리는 둥근 테이블을 사이에 둔 2인용 소파 좌석에 앉았다.

벽을 등지고 다리를 꼰 카즈마 씨는 김이 피어오르는 커피를 한 모금 마셨다.

"나의 아버지, 유키야한테는 외할아버지에 해당하는 사람이 내일 도쿄의 병원에서 수술을 받아. 고령인 데다 그다지 성공률이 높다고는 할 수 없는 수술이라 만에 하나의 경우도 고려해야 해서 그 전에 유키야를 아버지와 만나게 해주고 싶거든. 하지만 녀석이 싫다며 도망 다니는 중이야."

나는 눈살을 찡그렸다. 수술을 앞둔 할아버지와의 면회를 거부한다는 이야기도, 그리고 도망 다닌다는 이야기도 유키야 오빠의 이미지와 연결이 되지 않았다.

"유키야 오빠는 할아버님과…… 사이가 안 좋아요?"

"사이가 안 좋다기보다 유키야가 어려워하는 거겠지. 아무튼 엄격한 분이거든. 그만큼 공정하기도 하지만 다가가기 쉬운 분은 아니야. 물론 녀석은 아버지뿐만 아니라 그 주변 사람들과도 얼굴을 마주하고 싶지 않은 거겠지만."

"주변……."

"내 형과 형수, 기타 등등 녀석을 달가워하지 않는 사람들이야. 아버지는 가족의 기둥 같은 존재라 그 사람들도 병원에 모여 있기 때문에 아버지한테 가면 싫어도 그들과 얼굴을 마주하게 되니까."

지금까지 전혀 보이지 않던, 알 방법도 없었던 유키야 오빠를 둘러싼 환경이 너무나도 느닷없이 생생하게 점점 밝혀지자 오히려 현실감이 없었다. 게다가 나는 속으로는 그런 정보를 알고 싶어 했을 터였는데 어째서인지 마음이 개운하지 않았다. 무언가 가슴속 깊은 곳에서 스멀스멀 기어 올라오는 것이 있었다. ……아아, 그렇구나.

이것은 아마도, 분노다.

"……그 사람들이 유키야 오빠한테 '넌 사람을 불쾌하게 만든다'고 말하곤 하나요?"

커피잔을 입으로 가져가려던 카즈마 씨가 눈살을 찌푸렸다.

"불쾌하게 만든다고? 유키야가, 그런 말을 들었다고 했어?"

나는 대답하지 않았다. 카즈마 씨는 컵에 눈길을 떨어뜨렸다.

"……하긴. 말을 하느냐 아니냐로 본다면 말할 것 같은 사람들이기는 하지. 우리 가족은 고루한 부분이 있어서 체면과 평판

　　　　　　　　　　　　　　　　　　제3화

을 중요시해. 내가 고등학교에 다니면서 남녀와 번갈아 사귀었을 때에는 말벌 둥지에 살충제를 뿌리면 이런 모습이겠다 싶을 만큼 집안이 발칵 뒤집혔었거든.”

“저, 정말 심각했었나 봐요…….”

“그러니 당연히 유키야한테도 모질게 대했어. 옛날에는 그것 때문에 몸이 안 좋아지는 바람에 본가를 떠났던 적도 있었지.”

빛이 달려가듯이 머릿속에서 두 개의 점이 연결되었다.

“유키야 오빠가 중학교에 입학하자마자 전학 간 건 혹시……?”

“그것도 알고 있었어? 맞아. 계속 카마쿠라의 본가에서 양육했다가는 유키야한테 악영향을 미친다고 판단한 아버지가 도쿄에서 대학원을 다니던 나한테 보냈어.”

뾰족한 돌멩이라도 삼킨 것처럼 목구멍 안쪽이 아팠다.

처음 만난 초등학생 때부터 유키야 오빠는 똑똑하고 차분했다. 그런 유키야 오빠가 내 눈에는 무척이나 멋져 보였지만 지금 돌이켜보면 지나치게 어른스러웠다고 생각한다. 그 무렵의 유키야 오빠는 고작해야 열두 살인데도 그처럼 빈틈을 보이지 않도록 긴장해야 하고, 걸핏하면 몸이 안 좋아질 정도의 환경에 처해 있었던 걸까.

“아까 준 명함 좀 다시 줘볼래?”

카즈마 씨의 목소리에 정신이 들었다. 교복 셔츠의 가슴 호주머니에서 명함을 꺼내어 그에게 건넸다. 카즈마 씨는 명함을 뒤집어 테이블 위에 놓고 재킷 안주머니를 뒤적거렸다.

"내 조사 결과 이상으로 유키야는 너한테 마음을 열고 있는 것 같구나."

"조사라뇨……?"

"유키야에 관해서는 내가 일단은 감독 책임자라고 할 수 있는 입장인데, 어째서인지 녀석은 내가 이렇게나 애정을 쏟는데도 자꾸 달아나고 연락을 무시하고 LAND를 차단하곤 한단 말이야. 부끄러움을 많이 타는 조카야. 그러니까 사쿠라 카노, 널 내 조수로 임명하마. 사적인 연락처도 가르쳐줄 테니 유키야의 정보를 나한테 알려줘."

"네? 잠깐만요, 그건 스파이……!"

"그렇게 말하면 듣기가 좀 그렇잖아. 조수라니까. 협력자라고 해."

그런 건 싫다고 당황해서 말하려는데 그가 안주머니에서 꺼낸 것에 눈이 쏠리면서 목소리가 사그라들었다.

"그 만년필은……?"

"응? 아아, 멋지지? 나도 마음에 들어."

빛을 반사하는 검은 뚜껑에는 금색으로 장식이 되어 있고 유럽 귀족의 문장처럼 각인이 되어 있었다. 뾰족한 금색 펜촉에도 역시나 똑같은 복잡하게 생긴 각인이 있었다.

“……직접 사신 거예요?”

“아니, 아버지한테서 받았어. 좀 독특한 사람이라 자식이 초등학교에 입학할 때면 반드시 만년필을 선물해줘. 학문을 시작했으니 열심히 공부하라는 뜻으로.”

“……예쁘네요.”

“그렇지. 처음 받았을 때에는 물건의 가치를 알아보지 못하고 촌스럽다고 생각했지만 지금은 좋아해. 그리고 어른이 돼서 가격을 알고 깜짝 놀랐지.”

지금으로부터 8년 전, 이웃에 사는 타마코 할머니의 일로 조사를 하던 때 초등학교 6학년이었던 유키야 오빠는 가슴 호주머니에서 만년필을 꺼냈었다. 검은 뚜껑의 금색 장식과 뾰족한 펜촉에는 아름다운 문장이 각인되어 있었는데, 넋을 잃고 보는 나에게 유키야 오빠는 쑥스러워하면서도 어쩐지 자랑스럽게 웃으며 초등학교에 입학했을 때 선물 받았다고 했다.

“……뭐야? 왜 울어?”

만년필로 명함 뒷면에 전화번호와 메일 주소를 적어준 카즈마 씨의 눈이 놀란 듯이 동그래졌다. 나는 작게 고개를 저으며 얼굴을 숙였다.

필통에 넣지도 않고 가슴 호주머니에 꽂아서 언제나 소중하게 가지고 다녔다. 단지 어렵기만 한 사람에게서 받은 물건을 그렇게 소중히 아끼며 자랑스러운 미소를 지을 수는 없을 것이다.

그 사람은 감정을 그다지 겉으로 드러내지 않는다. 속마음을 털어놓으려고 하지 않는다. 하지만 그렇다고 해서 누군가를 사랑하지 않는 것은 아니다.

그 사실을 지금 이런 형태로 깨닫게 되자 무척이나 안타까웠다.


날카로운 발소리가 가까워진 것은 그 직후였다.

무슨 일이야, 대체 왜 그래, 하고 눈썹을 찡그리고 있던 카즈마 씨가 "오, 빨리 왔네." 하고 갑자기 내 등 뒤로 눈길을 주었다. 나도 돌아보려고 했지만 그 전에 뒤에서 오른쪽 팔뚝을 붙잡고 일으켜 세우는 바람에 "아으." 하고 이상한 소리가 튀어나왔다.

5부 소매의 남색 메시 니트에 통이 좁은 바지를 입은 유키야 오빠는 숨이 멎을 것 같은 날카로운 눈을 하고 있었지만 내 얼굴을 보더니 급기야 거의 살기에 가까운 기세를 두르며 카즈마 씨에게 얼음장 같은 목소리로 말했다.

"무슨 짓을 한 거야?"

"아무 짓도 안 했어. 갑자기 눈물을 글썽이기 시작했지. 오히려 내가 궁금할……."

와이셔츠의 멱살을 잡힌 카즈마 씨가 끌려 올라가듯이 일어났다. 두 사람이 마주 서보니 카즈마 씨가 조금 더 키가 컸다.

나는 당황해서 쩔쩔맸지만 카즈마 씨가 얼굴을 살짝 찡그리며
유키야 오빠의 손을 놓게 했다.

"잡아당기지 마. 셔츠 옷자락이 튀어나와서 민망하잖아."

"그대로 수치심에 익사해버려, 이 악랄한 변호사야."

"오랜만에 만난 외삼촌한테 하는 첫인사가 그거야? 내가 잠
깐이라도 안 보이면 울면서 내 이름을 부르며 찾아다니던 귀여
운 유키야는 어디 간 거야?"

"소름 돋는 이야기를 진지한 얼굴로 지어내지 마."

기껏 손을 놓은 유키야 오빠가 이번에는 카즈마 씨의 넥타이
를 움켜잡았다. 나는 "진정해요……!" 하고 유키야 오빠의 팔을
잡았다. 옆자리에서 커피를 마시고 있던 할아버지도 깜짝 놀라
이쪽을 보고 있었다. "죄송해요, 죄송해요." 하고 머리를 숙였
다.

"유, 윳키! 카노 찾았어?!"

가쁜 숨을 헐떡거리며 뒤늦게 등장한 동안의 남자를 보고 나
는 깜짝 놀랐다.

"타카하시 선배."

"아, 카노! 무사했어? 다행이다."

아침에 유키야 오빠와 통화를 할 때도 목소리를 들었던 타카
하시 선배는 매력적인 미소를 지으며 안도의 한숨을 내쉬었다.
고등학교의 캠퍼스 투어라는 행사 때 나와 치요는 선배에게 신

세를 졌었다. 유키야 오빠에게 넥타이를 붙잡혀 있는 카즈마 씨가 눈썹을 치켜 올렸다.

"학생은 타카하시 켄타로지? 그랬군. 요코하마의 방에 없더라니, 학생이 이 녀석을 숨겨주고 있었구나. 학생이 사는 곳은 고쿠라쿠지 지역이었지?"

"네? 어떻게 그렇게 잘 아세요?"

"난 많은 걸 꿰뚫어보고 있거든. 그런데 유키야, 언제나 생활통지표에 '친구를 사귀려고 노력해보세요'라고 적혀 있던 너한테도 이런 친구가……, 컥, 그만해, 자꾸 조르지 마."

사람의 목에 두른 넥타이 고리 부분을 얼마나 조일 수 있는지 실험을 시작한 유키야 오빠의 손을 타카하시 선배가 황급히 떼어냈고, 우리는 되도록 남의 눈에 띄지 않도록 카페의 가장 구석 자리로 이동했다. 타카하시 선배는 카즈마 씨가 나와 똑같이 말차 라테를 사주자 신이 났지만 유키야 오빠는 "필요 없어." 하고 얼음장 같은 목소리로 거절했다.

4인용 좌석에는 어째서인지 나와 카즈마 씨가 옆으로 나란히 앉고 그 맞은편에 유키야 오빠와 타카하시 선배가 앉았다. 흐트러진 옷매무새를 가다듬고 머리카락을 쓸어 넘긴 카즈마 씨가 한숨을 내쉬었다.

"유키야, 외삼촌이랑 같이 할아버지한테 병문안 가자, 응?"

"어린애 대하듯 하는 기분 나쁜 말투는 집어치워. 그 건에 대해서는 내 의사를 몇 번이나 표명했잖아. 대놓고 무시하고 강요하지 마. 게다가 이런 유괴나 다름없는 짓까지 하면서. 그러고도 법조인이라고 할 수 있어?”

“원조를 받으면서 먹고 사는 대학생 주제에 큰소리는 잘 치는구나. 할아버지는 네 출자자야. 수술 전날 정도는 얼굴 좀 내비친다고 큰일 나진 않아. 기업들도 반년에 한 번씩 주주들한테 식사권이며 선물을 보내서 비위를 맞춰주는데.”

“작년과 올해 학비는 이미 할아버지한테 되돌려줬어요. 원조를 전혀 받지 않는다고는 할 수 없지만 그것이 자유의지를 침해받는 이유가 된다면 원조를 끊어도 괜찮아요. 애초에 내년부터는 원조를 거절할 생각이었으니까요.”

1초 단위로 점점 더 험악해지는 분위기에 나는 어깨를 움츠렸다. 테이블 맞은편에서는 타카하시 선배도 거북한지 몸을 달싹거리고 있었다. 하지만 자리를 뜰 타이밍을 완전히 놓쳐버린 탓에 우리는 그저 말없이 두 사람을 지켜보는 수밖에 없었다.

한숨을 내쉰 카즈마 씨가 커피를 쭉 들이켜고 탕 하는 날카로운 소리를 내며 컵을 내려놓았다.

“먼저 그 학비 말인데, 잔재주 같은 투자로 벌어서 되돌려준 돈은 할아버지한테는 드리지 않았어. 내 사적인 계좌에 넣어뒀지.”

유키야 오빠가 눈썹을 치켜 올리며 입을 열려는 데 “유키야.”

하고 카즈마 씨가 웃으며 말을 가로막았다. 자동차에서 봤을 때
보다도 훨씬 더 무시무시한 미소였다.

"넌 애써 준 원조를 되돌려줘서 할아버지가 어떻게 생각해주
길 바란 거야? 난 이렇게 우수한 인재라고 보여주고 싶었어? 아
니면 이렇게 큰 상처를 입었다고 과시하고 싶었어? 아무튼 넌
네가 그러면 할아버지가 어떤 심정일지 생각해보지 않았지? 넌
언제나 그래. 아무것도 알려주려고 하지 않는 주제에 자존심만
하늘을 찌르고, 상대를 생각하는 것처럼 사이비 정론을 읊어대
면서 사실은 자기밖에 볼 줄 몰라. 그래서 넌 사람들 속에 어울
리지 못하는 거고, 널 받아주는 사람이 있다고 하더라도 결국
일정한 선을 긋는 관계밖에 만들지 못해."

유키야 오빠의 표정이 굳어졌다. 카즈마 씨는 반론할 틈을 주
지 않았다.

"이번 일만 해도 정말로 마음이 약해진 할아버지가 손자를
보고 싶어 하는 거라고 생각했어? 아니야. 알겠어? 네가 생각하
는 것보다 이 세상에서는 겉치레가 중요해. 집을 떠나 있는 손
자가 할아버지를 걱정해서 찾아오는 그런 퍼포먼스를 우리 집
안의 진부하고 시야도 좁은 어리석은 사람들에게 보여줄 필요
가 있는 거야. 그 인간들은 네가 남들보다 얼마나 더 빼어나든
절대 인정하지 않을 거고 네가 사소한 실수 하나만 해도 그걸로
몰아세울 거야. 그러니까 할아버지는 널 지켜주려고 그러시는

　　　　　　　　　　　　　　　　　　　　

거잖아. 내일 죽을지도 모르는 노인의 배려도 모르는 주제에 허세부리지 마, 이 애송이야.”

안 그래도 하얀 유키야 오빠의 뺨이 지금은 파르스름하게 보일 정도로 창백해져 있었다.

내 옆에 앉아 있는 카즈마 씨가 뿜는 공격 냄새는 가라앉지 않았다. 아직 멈출 마음은 없는 듯했다. 그가 공격을 계속하려는 숨결을 느꼈을 때 내가 순간적으로 말을 꺼냈다.

“있잖아요.”

모두의 눈이 일제히 내 쪽으로 쏠린 가운데 배에 힘을 주고 고개가 수그러들지 않도록 버텼다.

“……저기, 관계없는 외부인인데 끼어들어서 죄송해요. 하지만…… 유키야 오빠, 병문안은 가는 게 좋다고 생각해요.”

유키야 오빠의 안경 너머의 눈동자가 커졌다. 생각지도 못한 배신을 당한 사람처럼.

만년필을, 이라고 하려다 그만두었다. 그 말은 틀림없이 유키야 오빠에게는 오장육부를 후벼 파는 것이나 마찬가지일 테니까.

“병문안을 가지 않아도 유키야 오빠는 틀림없이 할아버지를 걱정할 거예요. 학교에서 수업을 들을 때도, 밥을 먹을 때도, 아르바이트를 할 때에도 줄곧. 그러니까 한 번 제대로 얼굴을 보러 가는 게 좋지 않을까 하고, 저기…… 나는 그렇게 생각해요.”

그 자리의 모두가 입을 다물자 카페의 평화로운 소음이 갑자기 커진 느낌이었다.

타카하시 선배가 걱정스러운 눈길로 고개를 숙이고 입술을 꼭 다물고 있는 유키야 오빠를 보았다.

카즈마 씨가 컵을 들었다가 이미 다 마신 것을 떠올리고 한숨을 내쉬었다.

"······카즈 삼촌."

유키야 오빠의 그렇게 힘없는 목소리를 나는 들어본 적이 없었다.

"갈게요."

빈 커피 컵을 든 채 카즈마 씨가 눈을 동그랗게 떴다. 재빨리 유키야 오빠에게 손가락을 내밀었다.

"분명히 간다고 했지? 똑똑히 말했으니 철회하기 없기다?"

유키야 오빠는 말없이 일어나 가게 입구로 걸어갔다. 뒤따라 일어나는 카즈마 씨는 어안이 벙벙한 표정이었다.

"예상한 것보다 훨씬 효과가 좋잖아······. 사쿠라 카노, 앞으로도 유키야 처리반으로 협력해줘. 대신 난 내 능력을 전부 발휘해서 네 소원을 두세 가지 들어줄 테니까."

"그럼 한 가지 부탁해도 될까요?"

"벌써? 뭐야?"

"조금 더 표현을 골라서 말씀해주세요."

유키야 오빠의 모습은 이미 보이지 않았다. 이렇게 무더운 날씨에 밖에서 카즈마 씨를 기다리고 있었다. 그 사람은 이런 상황에서 자신의 얼굴을 남에게 보여주지 못한다.

"카즈마 씨가 말씀하신 내용은 옳다고 생각해요. 그걸 아니까 유키야 오빠도 아무런 반박을 하지 않았던 거예요. 하지만 사실을 눈앞에 들이밀면 괴로워요. 그러니까 조금 더…… 부드러운 말로 타일러주세요. 유키야 오빠는 감정을 그다지 겉으로 드러내지 않지만 그렇다고 해서 상처받지 않는 건 아니에요."

나는 식은땀이 배어나는 손을 움켜쥐고 떨리는 목소리를 짜냈다.

"꼬, 꼬맹이 주제에 의견을 말씀드려서 죄송하지만 부, 부디 검토해 주십사……."

"왜 거기서 약해지는 거야? 주장을 할 땐 비록 허세라도 끝까지 강하게 밀어붙여야지."

카즈마 씨는 작게 한숨을 내쉬었다.

"나는 아무래도 설전을 벌였다 하면 상대를 때려눕히려고 하는 나쁜 버릇이 있거든. 네 말이 옳아. 앞으로는 조심하마. 타카하시 켄타로, 학생한테도 감사하게 생각해. 조카 녀석과 친하게 지내줘서 고맙다는 뜻으로 조금 늦었지만 백중 선물을 주고 싶은데. 학생이 좋아하는 농축환원 주스면 될까?"

"네? 제가 그걸 좋아하는 걸 어떻게 아세요?"

"학생에 대해서는 어릴 때의 귀여운 에피소드까지 이미 다 파악하고 있거든. 그럼."

나타났을 때와 마찬가지로 순식간에 카즈마 씨는 떠나갔다.

베인 상처가 나중에야 욱신거리는 것처럼 이제야 후회가 섞인 의문이 솟구쳤다. 유키야 오빠에게 내가 그런 말을 해도 괜찮았던 걸까. 내가 아는 정보는 수면 위로 보이는 아주 일부분일 뿐으로, 유키야 오빠가 사실은 어떤 감정을 느껴왔는지도 전혀 모르면서. 만약 만나지 않은 채 할아버지에게 무슨 일이 생기면 유키야 오빠는 틀림없이 후회할 것이라고 생각해서 그렇게 말하긴 했지만 냉정한 얼굴을 좀처럼 허물어뜨리지 않는 유키야 오빠가 한 순간이지만 배신당한 것처럼 눈동자가 흔들린 것이 두 눈에 새겨져 지워지지 않았다.

어쩐지 차라리 인간이길 그만두고 싶은 심정으로 울적하게 풀죽어 있는데 '띠로리로링' 하고 방정맞은 전자음이 울려 퍼졌다. 조금 넋이 나간 사람처럼 말차 라테를 빨대로 쭉쭉 빨고 있던 타카하시 선배가 화들짝 놀라 청바지 호주머니에서 스마트폰을 꺼냈다.

LAND 메시지라도 온 모양이다. 화면을 터치하던 타카하시 선배는 강아지 같은 얼굴로 부드럽게 쓴웃음을 지었다.

"웃키가 미안하지만 카노를 집까지 데려다주래. 그만 갈까?"

# 3

타카하시 선배는 아버지의 것으로 보이는 자동차를 운전해왔다. 조수석에 앉아 카게츠 향방으로 가면서 지금까지의 경위를 들었다.

"웃키가 학교 수업을 빼먹은 적은 지금까지 한 번도 없었는데 월요일인 어제는 시험 전이라 중요한 강의가 많았는데도 모조리 빠졌어. 무슨 일인가 싶어 연락을 해봤거든. 그랬더니 웃키가 처음에는 이리저리 얼버무리면서 분명히 얘기해주지 않다가 나중에야 '호텔에 있다'고 하더라고."

"호텔이요?"

"응, 요코하마의 비즈니스호텔. 왜 그런 데 있느냐고 깜짝 놀라서 물었더니 '목적을 위해서라면 수단을 가리지 않는 악덕 변호사에게 쫓기고 있다'며 점점 더 황당한 소리를 하지 뭐야? 그럼 우리 집으로 오라고 불러서 어제는 우리 집에서 잤어. 내가 웃키 이야기를 가족들한테 곧잘 했던 터라 가족들도 아주 좋아했어. 저녁 먹고 나서 환영회 겸 도둑잡기를 하기로 했는데 웃키가 '도둑잡기가 뭔데요?' 하고 충격 발언을 해서 다들 농담인 줄 알고 웃었거든. 웃키가 스마트폰으로 몰래 알아보려고 해서, 어떡해, 얘 진짜 모르는구나 하고 가족들이 당황해서 술렁거렸는데……, 어라? 이야기가 좀 옆으로 샜나? 아, 그러니까 그래서 오늘 오후부터 수업 갈 거냐는 얘기를 하는 도중에 웃키한테 전화가 걸려 왔고 카노가 납치됐다며 하얗게 질려가지곤, 그렇게 된 거야."

"그, 그랬군요……."

츠루가오카 하치만구 신사의 산노도리이 앞의 도로를 우회전하면 곧 호카이지 절이 나오는데, 카게츠 향방으로 가려면 이 길을 따라 가다가 죄회전 해야 한다. 타카하시 선배는 부드럽게 운전하면서 내가 설명해준 대로 방향을 꺾고 몸의 힘을 빼듯이 한숨을 내쉬었다.

"뭐랄까, 외삼촌이 아주 엄청난 분이시더라. 난 웃키가 당해내지 못하는 사람은 처음 봤어."

"나도 충격적이었어요……."

"웃키는 사실 오늘 같은 일은 들키고 싶지 않았을 거야."

나직하게 말하는 타카하시 선배에게서 쓸쓸한 향기가 났다.

"사람은 말은 안 해도 사실은 좀 들어줬으면 하는 느낌이 있잖아? 하지만 웃키는 그렇지 않아. 자기나 가족에 대해서는 그런 기미는 일절 보이지 않고 철벽을 치는데…… 하지만 그도 그럴 것 같아. 자세한 사정은 전혀 모르겠지만 아무튼 엄청나게 고생하고 있다는 건 알았으니까."

"……그러게요."

"어쩌다 들어버렸으니……, 어떡하지, 내일부터 말도 안 걸어
주면."

"그럴 리는 없을 거예요. 정말로 들키고 싶지 않은 사람이라
면 유키야 오빠는 처음부터 같이 가달라고 하지도 않았을 거예
요."

"그러면 좋겠는데."

그러고 나서 몇 분 뒤에 카게츠 향방에 도착했다. 타카하시
선배가 가게 앞 주차 공간에 자동차를 세우고 있는데 가게의 원
목 미닫이문이 벌컥 열리며 치요가 달려 나왔다.

내가 조수석에서 내리자 치요는 동그란 눈동자로 울먹거리며
"카노." 하고 답삭 안겼다. 떨어져 있었던 시간은 한 시간 정도였
지만 정말로 큰 걱정을 끼치고 말았다. 미안해, 정말 미안해, 하
고 부둥켜안고 사과하고 있는데,

"아, 치요구나. 오랜만이야."

차에서 내린 타카하시 선배가 손을 흔들며 다가오자 치요는
눈이 휘둥그레졌다.

"어라, 캠퍼스 투어 때 본…… 타카하시 선배? 그럼, 젊은 두
목은? 어라? 카노를 납치한 사람은 젊은 두목이 아니라 타카하
시 선배였어? 젊은 두목이 타카하시 선배였어……?"

"치요, 진정해. 안에 가서 다 얘기해줄게."

"응…… 아, 그렇지! 카노, 그 전에 잠깐만."

곤란한 듯한 표정의 치요는 포렴이 걸려 있지 않은 가게를 가리키며 비밀 얘기하듯 목소리를 낮췄다.

"손님이 와 계셔."

손님? 무심코 앵무새처럼 따라 말했을 때 가게에서 누군가가 종종 나왔다.

펄 핑크색 책가방을 매고 머리를 양쪽으로 묶은 여자애였다.

그 아이는 '어쩐지 죄송해요.' 하는 난감한 얼굴로 나를 보더니 고개를 꾸벅 숙이며 예의 바르게 인사를 했다.

"안녕하세요? 토카나이 메구미라고 해요. 호시노이 초등학교 4학년이고요."

아주 공손한 인사를 받자 그 자리에 있던 고등학생과 대학생도 당황하며 "사, 사쿠라 카노라고 해.", "마, 마츠키 야치요야.", "타카하시 켄타로야. 잘 부탁해." 하고 꾸벅꾸벅 인사를 했다. '토카나이'라는 성은 처음 들어봤기 때문에 어떤 한자를 쓰는지 물어보니 '戸叶'라고 쓴다고 했다. 드문 성이었다.

밖에 서 있으면 더우니 일단 다 함께 안으로 들어가자고 했다. 타카하시 선배는 "난 괜찮아." 하고 사양했지만 여러모로 많은 일이 일어난 뒤였으므로 잠깐 쉬었다 가라고 권했다. 본채의 거실로 가는 도중에 치요가 나직나직하게 설명해주었다.

"메구미는 내가 카노한테서 전화를 받고 난 직후에 왔어. 오

　　　　　　　　　　　　　　　　　　　　　제3화

늘은 가게가 쉬는 날이라고 했는데 어쩐지 사정이 있는 것 같아서……."

"사정?"

"그래서 카노가 돌아올 때까지 가게에서 기다리라고 했는데, 나는 반 애들하고도 별로 얘기를 안 하는데 초등학생이랑은 더더욱 무슨 얘기를 해야 좋을지 모르겠고 세대 차이에 완전히 녹다운될 것 같아서 밑져야 본전이라고 생각하고 하세에 있는 대불의 탄생 비화를 설명해줘봤는데 역시 그것도 반응이 별로여서 정말이지, 이렇게 살아서 뭐 하나 싶고……."

"우, 우, 울지 마, 치요……!"

거실의 테이블 앞에 앉아 있으라고 하고 냉장고에서 차갑게 식혀둔 보리차를 내주자 메구미는 이번에도 고개를 꾸벅 숙였다. 팔다리와 목이 늘씬하게 긴 것이 발레리나 같은 아이였다.

모르는 사람 집에 있으니 당연하겠지만 메구미에게서는 긴장한 향기가 강렬하게 풍겼다. 그리고 당황스러움과 불안이 뒤섞인 향기. 어쩐지 자기가 왜 여기 있는지 스스로도 잘 모르는 느낌이었다.

그리고 그것과는 별개로 메구미의 머리카락과 몸에서는 달콤한 향기가 났다.

쿠키나 케이크를 구울 때 온 집안에 퍼지는 그 가슴 두근거리는 버터 향기였다. 그 속에 또 한 가지 익숙한 향기가 섞여 있었는데……, 이것은, 그렇다, 단호박이었다. 어제 할머니가 단호박 조림을 만들어주셨기 때문에 바로 떠올릴 수 있었다. 버터와 단호박. 과자 종류일까.

"그런데 무슨 일로 왔니?"

계속 그 질문에 대한 마음의 준비를 하고 있었던 모양인지 메구미는 펄 핑크색 책가방에서 봉투를 꺼냈다. 아주 흔한 누런색 사무 봉투였다. 이걸 봐주세요, 하듯이 내밀기에 나는 머뭇머뭇 그 봉투를 받아 안을 보았다.

5천 엔짜리 지폐가 한 장. 그리고 메모장에서 찢어낸 듯한 종이가 한 장 들어 있었다.

'이 돈으로 살 수 있는 것을 딸에게 팔아주세요. 반드시 데리러 갈 테니 그때까지 기다리고 있으라고 해주세요. 부탁드립니다.'

휘갈겨 쓴 필체에서 서두르는 기색이 고스란히 드러났다. 의뢰 받은 내용 자체는 이해할 수 있었지만, 뭐랄까, 그보다 훨씬 근본적인 부분에서 난감했다.

"음……, 이 편지는 엄마가 써준 거니?"

"네, 맞아요."

"그럼…… 엄마가 뭘 사라고는 말씀 안 하셨어?"

"네. 그 돈으로 메구미가 좋아하는 걸 사라고 했어요. 하지만 너무 무겁지 않고 크지 않은 게 좋다고. 그리고 되도록 잔돈이

남지 않도록 하라고 했어요. ······하지만 오늘은 가게가 쉬는 날이죠?"

걱정스러운 표정의 메구미에게 나는 어떻게 대답해야 좋을지 난감했다.

분명 오늘은 휴무일이지만 개인이 영업하는 작은 가게이므로 얼마든지 융통성 있게 운영할 수는 있다. 내가 메구미에게 상품을 팔고 나중에 할머니에게 자세한 사정을 보고하면 그만이다. 하지만 문제는 그것이 아니다.

카게츠 향방에서는 1그램에 수만 엔씩 하는 향목부터 하나에 수백 엔 하는 작은 소품까지 취급하기 때문에 손님이 물건을 사는 금액의 폭도 넓다. 그렇다 하더라도 한번에 5천 엔은 고액인 축에 속한다. 게다가 그만한 돈을 쓰면서 이 의뢰인은 특정 물건을 갖고 싶어 하는 것도 아니었다. 그 점과 편지 내용을 맞추어 보면, 아무래도 나한테는 이렇게 말하는 것처럼 들렸다.

'5천 엔만큼 물건을 살 테니 대신 데리러 갈 때까지 딸을 좀 맡아주세요.'

"메구미, 엄마는 지금 어디 계셔?"

순간 메구미에게서 불안의 향기가 진해졌고 표정도 눈에 띄게 어두워졌다.

"몰라요······. 사실은 엄마도 같이 오기로 했는데 아빠가 출장 갔다가 갑자기 돌아와서, 그래서 메구미 먼저 가 있으라고······."

그 이야기를 듣고 오히려 더욱 뭐가 어떻게 된 일인지 알 수 없게 됐지만 여기서 더 메구미를 불안하게 만들면 아이가 너무 가여워서 질문을 계속할 수가 없었다.

어두운 가게에 조명을 켜고 메구미에게 가게 안의 물건을 둘러보라고 했다. 어쩔 수 없는 일이겠지만, 메구미는 비교적 고가인 향 종류에는 흥미가 없는지 몇 백 엔대의 귀여운 소품 종류를 골랐다. 이런 것들을 5천 엔 만큼이나 사려면 상당히 많이 사야 하고, 게다가 물건을 사라고 어머니가 지시해서 억지로 고르고 있을 뿐이라 어째야 좋을지 몰라 쩔쩔매고 있었다. 보다 못한 치요가 제안했다.

"엄마가 오시면 뭘 살지 같이 골라보면 어떨까?"

메구미는 그제야 안도했는지 웃으며 고개를 끄덕였고, 그 미소를 보자 우리도 마음이 놓여 거실로 돌아가려고 했다. 가다가 메구미가 진열대 한쪽을 보며 "아." 하고 말했다.

"이거 나도 가지고 있어요. 엄마가 선물해줬어요."

메구미가 가리킨 것은 동물 모양으로 만들어진 향낭이었다. 고양이나 병아리, 토끼 같은 종류가 있고 작은 향낭에는 가방에 달 수 있도록 고리가 달려 있다. 메구미가 가지고 있는 것은 병아리 향낭이라고 했다.

"여기 달려 있어요. 좋은 냄새가 나요."

거실로 돌아온 뒤 메구미는 책가방에서 필통을 꺼내 지퍼에

단 작은 향낭을 보여주었다. 카게츠 향방에서 파는 것과 완전히 똑같은 물건이었다. 메구미의 어머니는 카게츠 향방의 손님이었을까.

"그런데 메구미는⋯⋯."

타카하시 선배가 말을 꺼냈다. 타카하시 선배는 전 교과가 다 있는 것이 아닌가 싶을 만큼 교과서와 노트로 가득 찬 메구미의 책가방을 신기한 듯이 쳐다보고 있었다.

"어째서 책가방을 메고 왔어? 호시노이 초등학교는 지난주에 종업식을 했잖아?"

네? 하고 되묻는 나와 치요에게 타카하시 선배는 고개를 끄덕이며 설명해주었다.

"내 여동생도 호시노이 초등학교 6학년이거든. 걔가 막내고, 그 위에 고등학교 다니는 여동생이랑 사회인인 누나가 둘 있는데⋯⋯, 어라, 또 얘기가 딴 길로 샜나? 응, 아무튼 이미 여름방학이잖아?"

여름방학인데 어째서 이렇게 교과서를 잔뜩 넣은 책가방을 메고 다니는 걸까. 우리 세 사람이 쳐다보자 메구미는 우물쭈물하며 눈을 내리깔았다.

"아빠한테 학교 가는 날이라고 하고 나왔어요. 엄마가 그렇게 하라고 해서요."

그래서 책가방을 메고 나온 건가? 그런데 어째서 아버지한테 그런 거짓말을 해야 하지?

이 시점에서 좀 더 제대로 이야기를 들어두었더라면 좋았는지도 모른다. 하지만 전혀 모르는 남인 내가 그렇게까지 깊이 캐물어도 되는지 망설여져서 이때는 이상하다고 생각하면서도 결국 그대로 흘려버리고 말았다.

두 누나와 두 여동생 사이에 끼어서 자란 타카하시 선배는 어린 여자애를 상대로도 전혀 당황하지 않았고 메구미도 즐거워보였다. 낯가림지수가 높은 나와 치요 둘뿐이었다면 이렇지는 않았을 것이므로 "어머니가 오실 때까지 나도 같이 있을게." 하고 타카하시 선배가 말해줘서 고마웠다. "학교에는 안 가도 괜찮아요?" 하고 묻는 치요에게 "괜찮아." 하고 씩씩하게 대답하는 바람에 오히려 걱정스럽기는 했지만 말이다.

메구미와 타카하시 선배가 요즘 초등학생 사이에서 유행한다는 애니메이션 이야기를 하는 것을 들으며 나는 문득 메구미의 어머니가 쓴 편지에서 달콤한 향기를 느꼈다.

쿵쿵 하고 코를 가까이 대고 분석해보니 그 달콤한 향기는 메구미에게서 피어오르는 향기와 똑같았다. 버터와 단호박. 메구미 어머니가 무언가 만들어주었을까. 무척 맛있게 느껴지는 향기라 어머니가 데리러 오면 무슨 냄샌지 물어보고 싶을 정도였다.

하지만 한 시간이 지나고 두 시간이 지나고, 그리고 세 시간이 지나도 메구미 어머니는 나타나지 않았다.

"메구미, 엄마 전화번호 알아? 한번 연락해보면 어떨까?"

시간은 이미 오후 다섯 시로 완전히 저녁때였다. 아무리 그래도 너무 늦어서 나는 메구미에게 물어보았다. 메구미도 불안했는지 고개를 끄덕이며 "전화 좀 써도 돼요……?" 하고 미안해하며 물었다. 자기 스마트폰을 빌려주려는 치요와 타카하시 선배를 말리고 무선 전화기를 가지고 왔다.

메구미가 술술 불러주는 어머니 전화번호를 내가 누른 뒤 전화기를 건넸다. 연락이 되면 좋을 텐데. 수화기를 귀에 대는 메구미를 보고 있는데, 몇 초 뒤에 놀라고 당황한 향기가 메구미에게서 퍼져 나왔다.

메구미는 난감한 표정으로 나에게 전화기를 내밀었다. 뭐지? 귀를 대보니 기계적인 안내 방송이 들려왔다.

[지금 거신 번호는 없는 번호입니다.]

번호를 잘못 누른 걸까. 이번에는 메구미에게 직접 버튼을 눌러보라고 했다. 하지만 수화기를 귀에 대더니 메구미는 이내 또다시 얼굴이 굳어졌다.

[지금 거신 번호는 없는 번호입니다.]

"번호를 잘못 기억하고 있는 걸까……?"

치요가 머뭇머뭇하며 나도 생각했던 것을 말했다. 메구미는 금방이라도 울 것 같았다.

"하지만 지금까지 몇 번이나 걸었는데……."

"그럼 집 전화는? 번호 기억 나?"

메구미는 바닥을 보며 고개를 가로저었다. 집에 유선전화는 없다고 한다.

여동생과 겹쳐 보였는지 타카하시 선배가 완전히 풀죽은 메구미의 어깨를 부드럽게 토닥이며 마음이 편안해지는 미소를 지어 보였다.

"그럼 먼저 집에 돌아가 있으면 어떨까? 엄마는 무슨 일이 있어서 늦어지는 건지도 모르니까 내가 데려다 줄 테니 집에서 엄마를 기다리면……."

"하지만 엄마가 돌아오면 안 된다고 했어요. 카게츠 향방 사람들은 정말 친절해서 틀림없이 기다리고 있게 해줄 테니까 엄마가 데리러 갈 때까지 거기 있으라고 했어요."

나와 치요와 타카하시 선배는 동시에 얼굴을 마주 보았다.

데리러 갈 테니 기다리고 있으라는 것까지는 그래도 이해가 되었다. 하지만 '돌아오면 안 된다'는 것은 무슨 뜻일까. 어째서 메구미의 어머니는 그런 말을 한 것일까.

"아, 그럼 아빠는? 아빠도 휴대전화는 가지고 있지 않아?"

치요가 묻자 메구미는 백짓장처럼 새하얗게 질렸다.

"아빠한테는 연락하면 안 된다고 했어요. 절대로 그것만큼은 안 된다고……."

어렴풋이 느끼고 있던, 뭔가 이상하다는 감각이 확신으로 바뀐 것은 그때였다.

그것은 아마 치요와 타카하시 선배, 그리고 메구미 본인도 느꼈을 것이다. 집으로 데려다줄 수도 없고, 부모님에게 연락도 하지 못한다. 그렇다면 더는 손쓸 방법이 없으니 하릴없이 시간만 흘러 마침내 네 시간이 지나고 말았다.

이럴 때면 나는 가장 먼저 유키야 오빠의 얼굴이 떠오르고 만다. 타카하시 오빠도 마찬가지였는지 불쑥 말했다.

"이럴 때 윳키가 있으면 든든한데……."

치요도 나를 보았다.

"잠깐 전화해서 의견을 물어보면 어떨까?"

"하지만 유키야 오빠는 지금 바쁠 텐데……."

헤어질 때 본 유키야 오빠의 모습을 떠올리자 의논하려고 연락하기가 꺼려졌다. 그렇다고 이런 일을 능숙하게 해결할 줄 아는 다른 사람은 더 이상 떠오르지 않았고, 그밖에 내가 생각할 수 있는 대응은 경찰에 연락하는 것 정도였다. 하지만 그러면 메구미가 받을 충격이 너무나도 클 테니 가능하면 그 방법은 피하고 싶었다.

힘들게 고민하다 몇 분 뒤, 한심하지만 나는 유키야 오빠의 전화번호를 누르고 하늘색 스마트폰을 귀에 댔다. 신호가 네 번

울리고 다섯 번째에서 그쳤다.

[키시다 카즈마야.]

"꺅!"

[꺅, 이 뭐야. 무례하게.]

내가 갑자기 굳어버리자 치요와 타카하시 선배, 메구미가 고개를 갸웃거렸다. 나는 급가속한 심장박동을 가라앉히기 위해 심호흡을 했다

"저기, 죄송하지만 유키야 오빠의 번호가 아닌가요……?"

[당연히 맞지. 하지만 못난 조카는 지금 스트레스로 오염된 정신을 씻으러 욕실에 가 있기 때문에 전화를 받지 못해. 나오면 바로 전화하라고 하지.]

"그렇, 군요……."

어떡하지, 하고 고민하는 기색이 상대에게도 전해졌나 보다.

[무슨 난처한 일이라도 있어? 나라도 괜찮으면 들어줄게.]

망설였지만 상대의 호의에 기대어 물어보기로 했다. 어른인 카즈마 씨의 의견도 궁금했다.

카즈마 씨는 다른 사람의 이야기를 듣는 데에 익숙한 듯했다. 적당한 곳에서 맞장구를 쳐주니 이야기하기 쉬웠고, 요령이 좋다고는 하기 힘든 나의 설명을 이따금 질문을 해가며 깔끔하게 정리해 주었다. 한차례 이야기를 마치자 카즈마 씨는 몇 초 동안 침묵했다가 조용히 말했다.

[그 애랑 직접 얘기해볼 수 있을까?]

카즈마 씨가 이야기를 해보고 싶어 한다고 전하자 메구미는 망설이는 듯했지만 조심스럽게 하늘색 스마트폰을 귀에 댔다.

"여보세요……."

나는 키시다 카즈마 씨의 강렬한 개성에 메구미가 충격을 받지는 않을지 조마조마했지만 의외로 전화기에서 새어나오는 카즈마 씨의 목소리는 부드러워 긴장해 있던 메구미의 얼굴에서도 점점 힘이 풀려갔다. 네, 라든가, 맞아요, 하고 메구미가 카즈마 씨의 물음에 대답하는 시간이 얼마 동안 이어졌다.

하지만 어느 순간 메구미의 표정이 얼어붙었다.

카즈마 씨는 대체 뭐라고 한 것일까. 메구미는 스마트폰을 꽉 움켜쥐고 목구멍 안쪽에서 목소리를 짜냈다.

"……딱 한 번 있었어요. 아침에 장보러 갔다가 저녁까지 계속 안 돌아왔는데……, 하지만 돌아온 뒤에는 미안하다고 계속 울면서 메구미한테 선물을 줬어요……."

무슨 이야기를 하고 있는 걸까……? 메구미는 "오늘 아침이요……?" 하고 중얼거렸다.

"오늘 아침에는…… 잘해줬어요. 평소보다 밝았고, 웃으면서 아침으로 메구미가 좋아하는 케이크도 구워줬어요. 앞으로 한동안 못 만들어줄지도 모른다면서……."

메구미는 비통하게 얼굴을 일그러뜨리며 꾹 억눌렀지만 결국 참지 못하고 터져 나온 울먹이는 목소리로 카즈마 씨에게 물었다.

"……엄마는, 이제, 안 돌아와요……?"

메구미의 가냘픈 몸에서 뿜어져 나오는 괴로운 향기에 나는 가슴이 찢어질 것 같았다. 슬프고 불안하고 외롭고 또 외로워서……, 가슴이 아팠다.

코를 훌쩍거리며 메구미가 나에게 스마트폰을 내밀었다. 카즈마 씨가 바꿔달라고 했을 것이다. 나는 스마트폰을 귀에 댔다.

[그 애는 버려졌을 가능성이 있어.]

여보세요, 하고 말할 틈도 없이 귀에 들려온 말에 순간 머릿속이 하얘졌다.

"네? 무슨……."

[그 애의 어머니와 연락이 안 된다고 했지? 그 애가 기억하고 있는 어머니의 전화번호가 틀려서 몇 번을 걸어도 '지금 거신 번호는 없는 번호입니다'라는 안내 방송만 나온다고. 확실히 그 안내는 번호가 틀렸을 때도 나와. 하지만 그 안내가 나오는 또 한 가지 경우가 있어. **전화가 해약됐을 때야.**]

나는 끼어들지도 못하고 숨을 죽였다.

[너도 자기 전화번호를 까먹거나 틀리는 경우는 없잖아? 유선 전화가 없는 그 애한테는 가장 가까운 보호자인 엄마의 전화번호가 그것과 같은 수준의 가장 중요한 정보였을 거야. 틀림없이

뇌에 단단히 새겨져 있을 테고, 실제로 암기한 그 번호로 지금
까지 몇 번이나 엄마와 연락을 해왔다고 하는데 그걸 오늘만 틀
린다는 건 말이 안 돼. 난 그 애가 번호를 틀렸다기보다는 전화
가 해약됐을 가능성이 높다고 봐.]

"카즈마 씨, 잠깐만 기다……."

[일단 들어. 딸한테 말도 안 하고 휴대전화를 해약했다고 가
정한다면 가장 먼저 생각할 수 있는 목적은 소식을 끊는 거야.
안타깝지만 그 가설에 부합하는 점이 많다고 생각해. 기묘한 조
건으로 딸을 카게츠 향방에 물건을 사러 보내고, 그리고 아무런
관계도 없는 상점에 딸을 데리고 있어달라고 부탁했으면서 몇
시간이 지나도 나타나지도 않아. 이건 그 애 엄마한테 데리러
올 생각이 없기 때문이 아닐까? 집으로 돌아오지 말고, 아빠한
테는 절대로 전화하지 말라고 한 이 두 가지는 제대로 잘 파악
이 되지 않지만, 아무튼 딸한테 그렇게 시켜두면 버리고 간 사
실이 발각되는 것을 늦출 수는 있을 거야. ……그 애의 엄마는
가정을 버리고 달아나고 싶은 건지도 몰라.]

세상이 빙글빙글 도는 것 같았다. 이해력이 제대로 쫓아가지
못했다.

[일 때문에 몇 번인가 도저히 견디기 힘든 안건을 담당했던 적
이 있어. 그 경험에서 말하면 부모가 자식을 남겨두고 자취를
감출 때는 전조가 나타나는 경우가 많아. 양육을 건성으로 하

거나 우울증 상태가 나타나거나, 반대로 모습을 감추기 직전에
는 무척 다정해지거나. 조금 전에 들은 이야기에 따르면 요즘
그 애의 엄마는 거의 온종일 집을 비운 적이 있대. 돌아오면 그
애한테 선물을 주고 울면서 사과했다더군. 그리고 오늘 아침에
는 엄마가 무척 상냥했고 아침으로 케이크를 구워줬다고 했어.
아침에 케이크를 먹는 게 여자들한텐 흔한 일이야?]

"……사람마다 다르겠지만…… 저는 비교적……."

[나라면 아침부터 케이크는 무리야. 그건 아무래도 상관없지
만, 엄마는 그때 이렇게 말했대. 앞으로 한동안 못 만들어줄지
도 모른다고.]

오싹한 한기가 덮쳐왔다. 한동안 만들어주지 못한다. 어째서?
……더는 메구미의 곁으로 돌아가지 않을 거라서?

"하지만…… 아직 모르는 거잖아요? 조금 더 기다리면 데리러
올지도 모르잖아요? 오늘 밤에는 할머니도 안 계시고 우리 집
에서 기다리는 것 정도는 전혀……."

[사람이 착한 데도 정도가 있어, 사쿠라 카노. 참고로 이건
칭찬이 아니야.]

카즈마 씨의 목소리는 엄했다.

[넌 자비심 때문에 나쁜 가능성에서 눈을 돌리고 싶은 거 아
니야? 엄마가 아무런 관계도 없는 상점에 딸을 맡기고 거의 네
시간이 지나도록 데리러 오지 않았어. 게다가 연락도 되지 않고

집으로도 돌아오지 말라고 했어. 버렸는지 아닌지는 차치하더라도 틀림없이 예삿일은 아니야. 토카나이 메구미 본인도 이상하다고 느끼고 있어. 그 애를 위해서라도 손을 써야 해.]

"손······."

[카마쿠라 경찰서에 아는 사람이 있어. 내가 연락해둘게. 일단 조금 기다려. 여기 일이 끝나면 한 번 더 이쪽에서······ 커억!]

느닷없이 신음소리가 들리는가 싶더니 방송 사고라도 난 듯한 침묵이 감돌았다. 아니, 당황해서 귀를 기울여보니 흐릿하게 전화기 너머에서 오가는 대화가 들렸다.

[남의 스마트폰으로 뭐 하는 거야, 변태 변호사야.]

[사쿠라 카노에게서 전화가 와서 넌 샤워하는 중이라고 친절하게 가르쳐줬지. 머리나 말리고 와. 그리고 목 좀 그만 조를 수 없어?]

[외삼촌이 생명 활동을 정지하면 그만두지.]

험악한 분위기에 나는 바들바들 떨었지만 갑자기 귓가에서 작게 소리가 났다.

[······카노예요?]

몇 시간 전에도 만났으면서 정말로 바보 같지만 첼로 선율 같은 중저음의 목소리에 나는 눈물이 날 것만 같았다.

카즈마 씨가 나에게서 들은 이야기를 알기 쉽게 요점만 정리해 유키야 오빠에게 설명해주었다. 스피커 통화로 전환했는지 카즈마 씨와 유키야 오빠의 목소리가 같은 음량으로 들렸다.

[토카나이……, 그 애의 성은 문을 뜻하는 '戸'에 소원을 이룬다는 뜻의 '叶'라는 한자를 쓰나요?]

드문 성인데 유키야 오빠는 바로 맞췄다. 맞아요, 하고 놀라며 대답하자 잠시 아무 말이 없었다. 안경 브리지에 손가락을 가져다대는 유키야 오빠의 모습이 머릿속에 그려졌다.

[경찰에 연락하는 건 기다리는 편이 좋겠어요.]

얼마 뒤 입을 연 유키야 오빠에게 카즈마 씨가 반론했다.

[토카나이 메구미가 카게츠 향방에 나타난 뒤로 이미 네 시간이 넘었어. 거기에 있는 사람은 타카하시 켄타로를 포함해 다들 미성년자야. 그 애들이 해결할 수 있는 수준이 아니야.]

[카즈 삼촌, 놓친 게 있지 않아요? 그 애와 엄마는 처음에 같이 집을 나설 예정이었어요. 아빠가 돌아오는 바람에 그러지 못했죠. 다시 말하면 그 일만 없었다면 그 애와 엄마는 같이 어딘가로 갈 예정이었어요. 엄마가 아이를 버릴 뜻이 있었다고는 생각하기 힘들어요. 그리고 확실치는 않지만 나는 그 애의 엄마를 알고 있어요.]

알고 있다고? 놀라는 나를 [카노.] 하고 유키야 오빠는 침착한 목소리로 불렀다.

[기억 안 나요? 야나기 가에서 향회를 하기 한 주 전의 일요일



제3화

이었어요. 더위를 먹고 쓰러질 뻔한 여자 손님이 있어서 얼마 동
안 가게에서 쉬게 했던 일이 있었잖아요?]

아, 하고 나도 기억이 났다. 약 2주 전의 저녁 무렵, 한 손님이
"밖에 있는 벤치에 어떤 여자분이 축 늘어져 있어요." 하고 알려
줬다. 유키야 오빠와 함께 밖으로 나가 보니 처마 밑에 놓여 있
는 나무로 된 일본풍 벤치에 긴팔 옷을 입은 여성이 고개를 숙
이고 앉아 있었다. 몸이 상당히 안 좋아 보여서 얼마 동안 가게
안쪽에서 누워서 쉬게 했다.

[그때 구급차를 부를 때를 대비해서 이름과 나이를 물어봤었
어요. 토카나이 아케미 씨, 나이는 서른여덟 살. 토카나이라는
성은 그때 처음 들었던 터라 한자도 확인했었어요.]

나는 놀라서 메구미를 돌아보았다.

"메구미, 엄마 이름이 뭐야?"

"아케미……, 환한 바다라는 뜻의 아케미明海예요."

역시 맞았다. 그 손님이 메구미의 엄마였다.

생각지도 못하게 연결된 정보가 마중물이 됐는지 나는 선명
하게 기억났다.

그 손님이 구급차를 부를 정도는 아니라고 고집을 부렸으므
로 폐점 직전이기는 했지만 몸 상태가 좋아질 때까지 본채 거실
에서 누워서 쉬라고 했다. 컨디션 난조와는 별개로 그녀에게서
는 정신적으로 상당히 힘들어하는 향기가 났다. 향목에는 진정

작용이 있으므로 나는 백단을 한 조각 방 한쪽 구석에서 태웠다. 향기가 좋다고 그녀는 중얼거렸다.

'정말 고맙습니다. 폐를 끼쳐서 죄송해요.'

일어날 수 있게 된 그녀는 무척 미안해하며 몇 번이나 머리를 숙였다. 그리고 돌아갈 때 가게의 소품 진열대를 보며 포근한 미소를 지었다.

'귀여워라. 우리 딸은 새를 좋아해요. 이거 살 수 있을까요?'

병아리 모양의 작은 향낭은 유키야 오빠가 돈을 받고 내가 포장을 했다. 메구미의 필통에 매달려 있던 것과 똑같은 것이었다.

엄마가 '카게츠 향방 사람들은 친절하니까 기다리고 있게 해줄 것'이라고 한 건 그런 일이 있었기 때문에 나온 말일까? 하지만 엄마와 가게의 연관성을 알아낸들…….

[아직 더 있어요. 토카나이 아케미 씨는 푹푹 찌는 무더운 날이었는데도 긴 소매 옷을 입고 있었어요. 가게 안으로 데리고 갈 때 우연히 봤는데……, 팔에 큰 멍이 있었어요.]

[멍?] 하고 되물은 카즈마 씨의 목소리는 심각했다. 무언가를 감지한 것 같았다.

[……설마.]

[그러니까 그걸 확인해야 해요. 잘못 손을 썼다가는 엄마와 아이가 모두 위험해질 가능성이 있어요. 카노, 메구미와 얘기해

볼 수 있을까요?]

　내가 스마트폰을 내밀자 메구미는 몇 번이나 바꿔주는 것이 미안했는지 스피커 버튼을 눌렀다. 이로써 메구미뿐만 아니라 나와 치요, 타카하시 선배도 상대방의 목소리를 들을 수 있게 되었다.

　[메구미, 안녕? 난 키시다라고 해.]

　"조금 전의 아저씨랑 이름이 똑같네요……?"

　[아아……, 그 아저씨는 카즈마고 나는 유키야야. 본의 아니게 성은 똑같지만 그 아저씨는 10년이나 더 늙었고, 생판 모르는 남보다도 관계가 먼 사람이야.]

　[난 어른이니까 지금은 참아주마. 나중에 두고 보자.]

　[메구미, 오늘 원래는 엄마랑 같이 어디에 가기로 했던 거지? 하지만 아빠가 돌아와서 너 혼자 나오게 됐고. 엄마는 서둘러 편지를 써서 돈이랑 같이 너한테 주면서 카게츠 향방으로 가라고 했지?]

　"네……."

　[만약 아빠가 돌아오지 않았으면 어디로 가기로 했어?]

　메구미는 눈을 내리깔았다.

　"몰라요……. 장소는 엄마도 모른다고 했어요. 하지만 **그곳**에 가면 얼마 동안 친구도 못 만나고 마음대로 못 해서 불편할 수도 있다고……. 하지만 엄마랑 둘이서 앞으로 열심히 살아가자고……."

엄마 본인도 장소를 모른다고? 그런 곳에 어떻게 갈 생각이었을까. 게다가 친구와도 만나지 못하는 것은 어째서이며, **둘이서** 열심히 살아가자는 말은 무슨 뜻일까.

[그랬구나……. 메구미, 대답할 수 있는 범위 안에서라도 괜찮으니까 가르쳐줄래?]

호흡을 한 번 가다듬고 유키야 오빠는 세심한 주의를 기울이며 물었다.

[메구미네 아빠는 메구미나 엄마한테 일상적으로 심한 짓을 하진 않았니?]

메구미의 향기가 크게 흔들렸다. 마치 가슴을 찔리기라도 한 것처럼.

메구미의 보드라운 뺨이 순식간에 창백해졌다. 극심한 공포의 향기가 피어올랐다.

"……아무한테도 말하지 말라고, 다른 사람한테 말하면 용서하지 않겠다고……."

[괜찮아, 지금 네가 한 얘기는 아빠한테는 절대로 알려지지 않아. 앞으로 네가 아빠한테 심한 짓을 당하는 일도 없을 거고. 아마도 엄마는 그러지 못하게 하려고, 널 보호하기 위해서 그 가게에 보낸 거야. 그 가게에는 엄마도 한 번 들렀던 게 다라서 아빠가 절대로 찾아낼 수 없는 안전한 곳이거든.]

메구미의 눈에서 눈물이 뚝뚝 떨어졌다.

"……나는, 심한 짓은 당한 적 없어요. 언제나 엄마가 막아줘서……."

[그랬구나. ……아빠는 너랑 엄마가 자유롭게 다니지 못하게 하는 거지? 그래서 엄마는 아빠가 돌아오자 외출하지 못하게 된 거야. 하다못해 메구미의 안전만이라도 확보하기 위해서 순간적으로 너를 카게츠 향방으로 보내야겠다고 생각하고 학교 가는 날이라고 하면서 밖으로 내보냈어. 학교라면 아빠도 안 보낼 수 없기 때문이야.]

나는 낮은 테이블 옆에 놓여 있는 펄 핑크색 책가방을 보았다. 꽉 들어찬 교과서와 노트와 필통. 이 기묘한 사건의 뒤에 가려져 있던 절실한 사정이 어렴풋이 보이기 시작하자 가슴이 미어졌다. 틀림없이 새로운 곳에서도 메구미가 제대로 학교를 다닐 수 있도록 엄마는 책가방과 교과서를 들려 보냈다.

흐느껴 우는 메구미의 등을 슬픔에 찬 치요와 타카하시 선배가 양쪽에서 손으로 쓰다듬어주었다. [메구미.] 하고 스마트폰에서 유키야 오빠의 목소리가 들렸다.

[엄마는 어떻게 해서든 기회를 만들어서 널 데리러 와서 오늘 가기로 했던 곳으로 같이 갈 생각일 거야. 하지만 아마도 집에서 제때 나올 수가 없어서 널 데리러 오는 길이 늦어지는 거야. 넌 어떻게 하고 싶니? 거기서 엄마를 기다릴래? 아니면 계속 기

다리는 게 힘들면 아빠에 대해서 경찰에 이야기하고……]

"기다릴래요."

울고 있었지만 그래도 메구미의 목소리는 단호했다.

"둘이서 힘내기로 약속했으니까요. 엄마를 기다리고 싶어요.
그렇게 하게 해주세요……"

마지막 말은 메구미가 나를 보면서 말했다.

나는 대답 대신 메구미의 손을 꼭 잡았다.


# 4

그곳은 도망쳐온 사람들의 안전을 위해 위치가 공개되지 않는
경우가 대부분이라고 유키야 오빠는 말했다. 그래서 메구미의
엄마도 장소를 모르는 것이라고 했다.

[정말로 목적지가 그곳이라면 전화를 해약한 것도 이해가 돼.
휴대전화 단말기는 마음만 먹으면 GPS 기능으로 추적할 수 있
으니까. 그걸 막기 위해 취한 수단일 거야. 같은 이유로 시설 내
에서는 휴대전화 사용이 금지된 곳도 많아.]

보호소, 라고 카즈마 씨는 그곳을 불렀다. 배우자나 가정 폭
력에서 도망쳐 나온 사람들을 보호하기 위한 시설. 나는 TV에
서 봐서 어렴풋이 존재 정도는 알지만 내부 정보는 비공개로 되

어 있는 곳이 많다고 한다. 시설에 연락을 넣기 위해 먼저 메구미의 엄마는 경찰에 보호를 요청할 것이라고도 카즈마 씨는 말했다.

기다리는 시간은 길다. 이대로 줄곧 아무 데도 가지 못하는 시간이 계속되는 것이 아닐까 하고 불안해진다. 그런 메구미의 마음이 향기를 통해 손에 잡힐 듯이 느껴졌다. 치요는 낯을 가리는 성격인데도 최선을 다해 메구미에게 말을 걸고 있었고, 타카하시 선배도 재미있는 이야기를 하며 즐겁게 해주려고 했다. 그런 두 사람에게 메구미도 웃는 얼굴로 대꾸하려고 애썼다.

"메구미, 엄마가 오늘 아침에 만들어준 케이크는 혹시 단호박 케이크였니?"

메구미는 눈을 동그랗게 뜨고 나를 뚫어지게 보았다.

"어떻게 알았어요?"

"아하하……, 내 특기야."

"엄마가 만들어주는 단호박 케이크가 세상에서 가장 좋아요."

메구미가 세상에서 가장 좋아하는 것이라 엄마는 출발하는 날 아침에 그것을 만들어주었을 것이다. 앞으로 어떤 생활이 기다리고 있을지는 모른다. 다음에 또 언제 만들어줄 수 있을지도 기약할 수 없다. 그러니까 오늘은 꼭 만들어줘야겠다고 생각했을 것이다. 하지만 그녀는 '한동안' 만들어주지 못할지도 모른다고 했다. '영원히'가 아니다. 그 말에는 언젠가는 다시 딸에게 케이크를 만들어주고 싶다는 마음과, 그러기 위해 둘이서 열심히 힘내자는 소망이 담겨 있었을 것이다.

메구미를 지키듯이 어려 있는 케이크 향기는 그녀의 결의이고, 나에게 보낸 편지에 배어 있던 케이크 향기는 그녀의 바람처럼 느껴졌다.

"자동차 소리가 나지 않았어?"

치요가 그렇게 말한 것은 오후 일곱 시가 되어갈 무렵이었다. 메구미가 재빨리 일어나자 나와 치요도 황급히 그 뒤를 따랐고, 마지막으로 타카하시 선배가 묵직한 펄 핑크색 책가방을 안고 뒤쫓아 왔다.

가게의 미닫이문을 열자 주차장 공간에 세워진 타카하시 선배의 자동차 옆에 깜빡이를 켠 택시가 멈춰서 있었다. 뒷좌석 문으로 한 여성이 내리자,

"엄마!"

하고 외치며 메구미가 달려가 그녀에게 안겼다.

"늦게 와서 미안해요. 정말로 미안해요……."

메구미를 안고 몇 번이고 몇 번이고 머리를 숙이는 그 사람을 보고 역시, 하고 나는 생각했다. 그날, 유키야 오빠와 둘이서 어깨를 부축해 가게 안으로 데려간 손님이었다. 발레리나처럼 팔다리와 목이 가늘고 긴, 메구미와 많이 닮은 사람이었다.

내가 작게 접은 메모지를 내밀자 그녀는 머뭇거리며 받아들었

다. 메모지를 펼쳐보고 점점 더 당혹스러운 표정으로 나를 보았
다.

"아는 사람의 연락처예요. 혹시 무슨 곤란한 일이 있으면 전
화해보세요."

메모는 카즈마 씨의 지시였다. 그의 이름과 직장명, 전화번호
가 적혀 있다. 나보다 유능한 변호사는 별로 없거든, 하고 말했
지만 어쩐지 상황을 잘못 짐작한 데에 대한 책임을 느끼는 것
같기도 했다.

메구미의 엄마가 작게 입술을 움직였다. 어떻게, 하고 묻는 것
처럼. 하지만 그녀가 뭐라고 말을 꺼내기 전에 메구미가 "앗!"
하고 크게 소리쳤다.

"사야 되는데."

그제야 엄마는 메구미가 손에 아무것도 들고 있지 않은 것을
깨달은 듯했다. "아직도 안 샀어?" 하고 목소리를 높이며 당황
한 표정으로 나를 보았다.

"죄송해요. 오늘은 마침 휴무라서요."

나는 미닫이문에 걸려 있는 팻말을 가리켰다.

"그러니 구입하시려면 다음에 다시 와주세요. 언젠가, 메구미
와 둘이 같이요."

말 이외의 뜻도 전해졌음을 그녀의 표정으로 알 수 있었다.
눈가가 촉촉해진 그녀는 머리를 깊이 숙여 인사하고 메구미와

함께 택시에 탔다.

"안녕!"

창밖으로 고개를 내밀고 힘차게 손을 흔드는 메구미에게 나와 치요와 타카하시 선배도 안녕, 하고 손을 흔들었다.

*

"휴, 다행이다. 안심했더니 배가 고프네."

계속 같이 있어주었던 타카하시 선배는 매력적인 미소를 지으며 나와 치요에게 작별의 악수를 하고 자동차를 운전해 집으로 돌아갔다. 나와 치요는 할머니가 만들어놓은 카레와 닭튀김(닭튀김은 치요가 가장 좋아하는 음식이다)으로 지금부터 파티를 할 예정이다. 하지만 그 전에 유키야 오빠에게 보고 전화를 해야 했다.

"카노, 힘 내……!"

보고라고 했는데도 주먹을 꼭 쥐고 응원해주는 치요를 보고 나는 새빨개져서 손을 저으며 스마트폰을 귀에 대고 가게로 갔다. 계산대 옆에 몇 개 놓여 있는 의자 중 하나에 괜히 반듯한 자세로 앉았다. 신호음은 세 번째에서 끊어졌다.

[키시다입니다.]

"……유키야 오빠가 확실해요?"

[민폐 변호사는 급한 호출이 와서 투덜투덜하며 회사로 돌아갔어요.]

유키야 오빠는 오늘은 카즈마 씨네 집에서 묵는다고 했다. 나는 조금 전에 메구미의 엄마가 데리러 왔고 무사히 둘이 같이 갔다고 보고했다.

[다행이에요.]

유키야 오빠의 짧은 대답은 부드러웠고, 정말로 그렇게 생각하는 게 느껴지는 진심이 담겨 있었다.

하지만 한편으로는 앓고 난 사람처럼 목소리에 기운이 없었다.

나는 유키야 오빠의 향기를 맡지 못한다. 평소에도 그런데 멀리 떨어진 전화기 너머로는 아무것도 느끼지 못한다. 그래서 전화기 너머의 풍경까지 투시할 기세로 신경을 잔뜩 곤두세워서 이 사람이 약해져 있음을 알았다.

괜찮냐고 물어서는 안 된다. 이 사람은 틀림없이 괜찮다고 대답할 테니까. 안타까운 마음에, 얕은 여울에 떠내려가지 않고 건너편까지 갈 수 있는 말을 찾았다.

“뭐……, 뭔가 내가 해줄 수 있는 일이 있을까요?”

[……네?]

틀렸다, 어딘가 상당히 잘못되었다. 얼굴에서 불이 날 것처럼 뜨겁게 달아올라 아무도 없는 가게에서 고개를 푹 숙이며 발가락을 꼬물꼬물 힘주어 오므렸다. 자폭에 가까운 행동에 부끄러워서 눈물이 날 것 같은데 아주 고요한 목소리가 귀에 들려왔다.

[계속 물어보고 싶었던 게 있어요.]

전화기 너머는 완벽에 가까운 무음이었다. 그 무음의 저편에서, 마치 깊은 물속에서 물고기가 떠오르듯 목소리만 다가왔다.

[사람들한테서는 향기가 나고 그걸 카노는 해독할 수 있잖아요? 화가 나 있다든가, 슬퍼하고 있다든가, 괴로워하고 있다든가.]

"……네."

[싫어질 때는 없어요?]

유키야 오빠의 말이 계속 이어질 것을 알고 있었으므로 나는 가만히 귀를 기울였다.

[사람이 좋은 감정만 품진 않잖아요? 오히려 추악한 감정이 더 많을 거예요. 누군가를 업신여기고 적대시하고 미워하고……, 그런 추한 부분까지 알게 되면 괴롭지 않아요? 혐오스럽지 않아요?]

생각지도 못했던 것을 묻는 바람에 나는 당황하고 말았다. 전화인데도 오랫동안 묵묵히 고민하고 드디어 대답다운 것을 발견했다.

"힘들다든가 혐오스럽다든가 하는 생각은…… 별로 해본 적

없고, 그렇게 생각하지 않아요."

[······어째서요?]

"추하고 더럽다면 내가 애당초 그런 사람이니까요. 그것이 얼마나 어쩔 수 없는 감정인지 알고 있으니까, 그러니까 아마 혐오스럽다고는 생각하지 않는 걸 거예요."

나도 포함하여, 사람은 하루에 과연 얼마나 많은 거짓말을 하고 남을 속이고 멸시할까. 그리고 얼마나 많이 그런 자신의 추한 본성에 상처 받고 후회할까. 세상에 떠도는 향기는 너무나도 방대해 나는 그것을 이루 헤아리지도 못한다. 하지만 내가 아는 것은, 사람은 불합리하게 공격하고, 무조건적으로 구하려고 하고, 지독히 잔혹해지면서도 누군가를 사랑하고, 상처주려고 하는 한편 사랑하려고 한다는 점이다. 언제나 그렇게 이리저리 흔들리며 비누거품의 표면색처럼 하나로 단정하기 어려운 생물이라는 점이다.

"그런 자신에게 휘둘리는 것만으로도 정신이 없는데 살아가다 보면 반드시 누군가와 관계를 맺어야 하고 그로 인해 또다시 상처 받고…… 그래도 다들 어떻게든 조금 더 나은 사람이 되려고 생각하면서 살아가고 있으니까요. 그러니까……."

아침에 학교에 가는 길에 스쳐가는 누군가에게서 비통한 향기를 느낀다. 전철에서 옆에 앉은 사람에게서 강렬한 분노가, 친구와 같이 웃고 있는 사람에게서 절망적인 향기가 피어오른다. 그래도 그들은 남들 앞에서 소리 지르지 않고, 바라지도 않았던 현실 속에서 어떻게든 살아가려고 한다.

그런 존재에게 다소의 일그러짐과 결함이 있다고 해서 누군가가 그것을 비난할 자격은 없다.

"그래도 되지 않을까, 그것으로 충분하지 않을까 싶어요."

귓가에 댄 작은 기계는 아무런 소리도 전해주지 않았다. 전화기 너머에서 유키야 오빠가 사라져 있어도 이상할 것이 없는 고요함에 불안해졌을 때 가느다란 목소리가 들렸다.

[분노를 없애지 못하더라도요?]

나는 이 사람에 대해서 아무것도 모른다. 이렇게 묻는 이유도, 마음도.

그래도 열심히 손을 내밀 수는 있다. 확실하게 이쪽을 향해 떨어지는 자그마한 물방울을 이 손으로 받아낼 수는 있다.

"네"

[받아들이지 못한다 하더라도요?]

"네."

[용서하지 못하더라도?]

어떻게 하면 당신에게 전해질까.

분노를 없애지도 받아들이지도 용서하지도 못하는 당신을, 그래도 당신을 아는 사람들은 받아들이고 사랑한다는 사실을.

"네."

또다시 무음의 시간이 흘러갔다. 온 세상의 시계 바늘이 멈춘 것처럼 고요했다.

문득 유키야 오빠가 말했다.

말소리가 너무 작아서 잘 알아듣지 못하고 "네?" 하고 되묻자,

[잘 자요.]

평소와 다름없는 차분한 목소리로 말하고 짧은 시간이 흐른 뒤 전화가 끊겼다.

제 4 화

고인에게
보내는
향기

# 1

왜 무덤이나 불단에는 선향을 올려?

카마쿠라에서 할아버지 할머니와 함께 살기 시작했을 때 문득 물어본 적이 있다. 남색 사무에를 입은 할아버지는 선향 상자를 포장하며 나에게 가르쳐주었다.

"일본에서 선향을 처음 쓰기 시작한 건 역사적으로 볼 때 비교적 최근이고, 아주 오랜 옛날에는 신이나 부처님 앞에 향목을 바쳤단다. 요즘은 향목이 어떻게 만들어지는지도 연구해서 알고 있지만, 틀림없이 옛날 사람들한테는 평범한 나뭇조각에서 아름다운 향기가 나는 건 인간의 능력으로는 헤아리기 어려운 신비였을 거야. 귀중한 향목은 정말로 은혜롭게 여겼고 신묘한 향기는 부정을 씻어주고 마음을 깨끗하게 해주는 힘이 있다고 믿었지. 신불에 향을 올리는 걸 '헌향'이라고 하는데……, 아, 카노는 아직 이 한자는 안 배웠던가?"

"이렇게 쓰는 거잖아? '獻香'."

그렇게 말한 사람은 의자에 앉아 계산대에 팔꿈치를 괴고 있던 사다오미 할아버지였다. 사다오미 할아버지는 카게츠 향방 근처에 사는 궁궐목수로, 평소에 길에서 마주칠 때는 늘 작업복 차림이었지만 이날은 검은 양복을 입고 있었다. 격식을 차려 입은 사다오미 할아버지는 평소보다도 훨씬 미남이었다.

사다오미 할아버지는 할아버지에게서 빌린 볼펜과 메모지에 '獻香'이라고 적어서 "이거야." 하고 나에게 보여주었다. 어쩐지 신성한 느낌이 나는 글자에 내가 감동하자 사다오미 할아버지는 상냥하게 웃어주었다.

"'헌향'은 글자 그대로 향을 올린다는 뜻이고, 올린다는 건, 그렇지…… 진심으로 숭상하는 상대에게 무언가를 바친다는 뜻이야. 향은 귀중하고 영험한 힘이 있기 때문에 사람들은 신과 부처님과 조상님들에게 향을 올려왔어. 신사나 절에서는 그밖에도 꽃을 바치거나 음악과 춤을 봉납하잖아? 사람은 언제나 자신들이 가진 것 중 아름답다고 생각하는 것을 아주 높은 곳에 계시는 존귀한 존재에게 바쳐왔단다."

"……그리고 선향은 연기가 되니까 그런 거 아닐까?"

나직하게 이어서 말한 사다오미 할아버지는 할아버지가 포장한 선향 상자를 아련한 눈으로 바라보았다.

"죽은 사람은 하늘나라로 간다고 하잖아? 하늘나라는 살아 있는 사람들의 손에는 닿지 않는 곳이니까. 그러니까 하다못해 좋은 향기가 나는 연기만이라도 보내려는 것 아닐까?”

사다오미 할아버지를 보는 할아버지의 눈길에 안쓰러움이 스쳤다.

그것을 깨달은 사다오미 할아버지는 얼굴을 찡그리듯이 쓴웃음을 지으며 일어났다.

“나답지 않은 소리를 했네. 잊어버리게.”

“사다, 적적해지면 언제든지 놀러 와. 체스 상대 해줄 테니까.”

“뭐야? 자넨 너무 약해서 나한텐 상대도 안 돼. 차라리 미하루가 낫지.”

“바둑이라면 잘 두는데 말이야……. 그런데 왜 체스야? 사다 같은 사람이라면 보통 바둑이나 장기나 도박이잖아.”

“도박은 또 뭐야? 체스는 멋있잖아. 체스 말은 디자인도 끝내주고. ……너무 마음 쓰지 마. 닭살 돋으니까.”

“어떻게 그러나. 자넨 무뚝뚝한 척하지만 사실은 섬세한 사람이니 당연히 걱정이 되지.”

진지하게 말하는 할아버지를 사다오미 할아버지는 조금 움찔하며 보더니 얼굴을 있는 대로 찡그렸다.

“누가 섬세하다는 거야? 툭하면 열이 나서 자리에 드러눕는 녀석한테 걱정 끼치고 싶진 않네. 그럼 간다.”

“그래, 조심해서 가게……. 그런데 카야코는? 먼저 돌아갔나?”

"벌써 돌아갔지. 나랑 둘이 있으면 불편할 테니까. 여자는 아무리 어려도 여자더라. 무슨 생각을 하는지 남자인 나는 도통 모르겠어. 어려운 시기가 빨리 지나가면 좋을 텐데. 그럼 잘 있거라, 카노……, 얘야, 왜 그래, 왜 우는 거야?"

깜짝 놀라는 사다오미 할아버지를 보고 나는 고개를 가로저으며 눈가를 쓱쓱 닦았다.

아무렇지 않은 표정을 짓는 사다오미 할아버지에게서 슬프고 쓸쓸한 향기가 났고, 그 향기가 너무나도 깊고 애절해서 나까지 슬퍼진 것이다.

할아버지가 가만히 머리를 쓰다듬어주었다. 그리고 사다오미 할아버지에게 조용히 말했다.

"카노가 슬픈 얼굴을 할 때는 상대가 슬퍼할 때야. 그런 애거든."

사다오미 할아버지의 눈동자가 흔들리더니 얼굴을 가리듯이 머리를 쓸어 올렸다.

"진짜 그만 하라니까. 그런 건 질색이야."

퉁명스럽게 말하고 포장한 선향을 한 손에 들고 돌아갔다.

그날이 사다오미 할아버지의 돌아가신 부인의 일주기였음을 나는 나중에야 들었다.

*

"애도 참, 걱정 안 해도 된다니까. 이번 주에는 나도 다른 일이 없어서 토요일 일요일 모두 가게 볼 수 있어. 열심히……, 너한테는 말할 필요도 없겠지만, 아무튼 시험 잘 보렴."

8월 초순의 어느 저녁 무렵, 고등학교에서 여름방학 보충수업을 마치고 돌아오자 할머니가 가게 진열대를 먼지떨이로 털면서 전화를 하고 있었다. "그래, 그럼 쉬어." 하고 귀에서 스마트폰을 뗀 할머니는 가게 문을 연 채 서 있는 나를 알아채고 생긋 웃었다.

"잘 다녀왔어? 덥지? 그러고 있지 말고 얼른 들어와."

"응. 방금 유키야 오빠 전화였어?"

담황색의 하운즈 투스 체크무늬 기모노를 입은 할머니는 살짝 우물거리며 눈꼬리를 내렸다.

"응……, 이번 주도 아르바이트 쉬고 싶대. 바쁜 거 아닐까? 지금은 시험 기간이고, 시험이 끝나면 대학교 친구들이랑 이런저런 약속도 있을 테고."

"잘 지내는 것 같아?"

"음……. 잘 지내는지 아닌지 중에서 하나만 골라야 한다면 대답하기 어렵네. 그 애는 기본적으로 성격이 담백하니까. 하지만 글쎄다, 어쩐지 여러 가지로 고민하고 있는 느낌은 있었던 것 같아."

그렇구나, 하고 중얼거리자 할머니가 운동부 남학생처럼 어깨동무를 했다.

"기운 내. 아 참, 여름방학 보충수업도 오늘로 끝이지? 할머니랑 데이트 안 할래? 코마치 길에 가서 이탈리안 요리 먹자. 이 할머니는 고기가 먹고 싶어, 고기가."

할머니의 배려에 나는 웃으며 응, 하고 끄덕였다. 오후 여섯 시에 가게 문을 닫고 가기로 하고 나는 본채 2층의 내 방으로 올라갔다.

하얀 커튼 너머로 저녁 햇살이 들어오는 방은 괴어 있던 공기가 열기를 머금고 있어 창문을 열었다. 오늘도 더웠지만 바람이 불어서 그나마 나았다. 교복을 갈아입어야 했지만 어쩐지 귀찮아서 나는 침대에 앉았다. 책가방에서 하늘색 스마트폰을 꺼내어 보았다. 치요에게서 '몸무게 재는데 오빠가 훔쳐봤어. 섬세함이라고는 눈곱만큼도 없다니까.' 하는 LAND 메시지가 들어와 있었다. 아마 섬세함도 없지만 나쁜 뜻도 없었을 거라고 대답을 보내고 침대에 털썩 누웠다.

약 2주 전에 유키야 오빠는 외삼촌인 카즈마 씨와 함께 도쿄의 병원에 입원해 계시는 할아버지의 병문안을 갔다. 다음날 저녁, 수술은 무사히 끝났다고 LAND로 메시지가 왔다. 평소와 다름없이 간결하고 살짝 데면데면하게 느껴지기도 하는 유키야 오빠의 말투였다.

그 주 주말에 유키야 오빠는 처음으로 아르바이트를 쉬었다. 할머니에게 전화를 걸어서 몇 번이나 죄송하다며 사과했다고 한다. 유키야 오빠는 용건이 있을 때 외에는 연락하지 않으므로 나는 메구미의 일로 의논하려고 전화했던 그날 이후로 유키야 오빠의 목소리를 듣지 못했다. 이번 주도 아르바이트를 쉰다면 만나지 못하는 시간이 또 일주일 길어진다.

지난 며칠 동안 문득 유키야 오빠가 이대로 돌아오지 않을지도 모른다는 느낌이 들었다.

사실은 요즘뿐만 아니라 훨씬 오래전부터, 유키야 오빠가 다시 우리 곁으로 돌아왔을 때부터 줄곧 그랬다. 점심을 먹으러 나가는 유키야 오빠의 뒷모습을 볼 때면 다시는 이곳으로 돌아오지 않을지도 모른다는 예감이 들었다. 아르바이트를 마치고 돌아갈 때는 이대로 멀리 떠나버릴지도 모른다고 생각했다.

어느 날 갑자기 사라져도 이상할 것이 없는, 내일을 알 수 없는 느낌이 어쩐지 유키야 오빠에게서 나서 나는 사실 계속 무서웠다.

중학교에 입학하고 얼마 지나지 않아 갑자기 카게츠 향방에 오지 않게 된 것은 도쿄에 있는 학교로 전학을 갔기 때문이라고, 나중에야 유키야 오빠 본인에게서 들었다. 그 전학이 어쩔 수 없는 사정으로 결정된 것이라는 사실도 바로 얼마 전에 유키야 오빠의 외삼촌인 카즈마 씨에게서 들었다. 하지만 당시의 나는 아무것도 몰랐다. 일주일에 두세 번씩 오던 유키야 오빠가 오지 않게 된 지 2주가 지나고 한 달이 지나자 무슨 일이 있나 싶어 걱정되고 무언가 잘못한 게 아닌가 불안하고 앞으로 다시는 못 만날까봐 두려웠다.

'중학생이 됐으니 여러모로 바쁘겠지. 어쩌겠니.'

참다 참다 결국 내가 울음을 터뜨리자 할아버지가 다독여주었다. 그래도 마음은 편해지지 않았고 포기할 수도 없었다. 초등학교에서 돌아오는 길에 나는 언제나 유키야 오빠가 걸어오던 길을 반대로 걸어서 날마다 카마쿠라 역까지 갔다. 검은 스탠딩 컬러 교복을 입은 남학생을 보면 덜컥 놀랐고, 하지만 그 누구도 유키야 오빠가 아니라는 사실에 낙담했다.

사람들로 북적이는 역 앞을 미아처럼 돌아다니며 내가 유키야 오빠에 대해서 얼마나 모르는지를 깨달았다. 내가 아는 것이라고는 얼굴과 목소리와 이름 정도였다. 그 외에는 어디에 사는지도 몰랐다. 유키야 오빠에게 그런 것을 물어보면 안 될 것 같았기 때문이다. 하지만 그런 것을 모르면, 바로 얼마 전까지 같이 과자를 나눠먹던 사람인데도 어디로 가버렸는지도 모르고 내가 먼저 만나러 가지도 못한다. 그것이 얼마나 허무한지, 우리의 관계가 얼마나 약했는지를 깨닫고 초등학생인 나는 망연자실했다.

다시는 만나지 못한다고 포기할 수 있었던 건 1년 넘게 지났을 무렵이었다.

그 무렵의 나는 필사적으로 유키야 오빠를 내 안에서 밀어내고 있었던 것 같다. 싫어한다고까지 생각했었는지도 모른다. 상대가 아무런 말도 없이 관계를 끊어버렸으니 특별한 사람이라는 생각을 버리지 않으면 너무나도 괴로웠다. 이제 괜찮다고, 아무렇지도 않다고, 얼굴이 떠오를 것 같을 때마다 주문처럼 되뇌었다. 자기암시는 의외로 효과가 좋았다. 날마다 약을 바르면 마침내 염증이 낫듯이 이제 괜찮다고 스스로를 계속 타이르면서 나는 조금씩 평온을 되찾았다. 하지만 그것도 동일본대지진 직후에 하얗게 질린 얼굴로 병원 계단을 달려 올라온 유키야 오빠와 마주치기 전까지였다.

그 뒤에도 유키야 오빠는 한 달에 두 번 정도의 빈도로 도쿄에서 할아버지의 병문안을 왔다. 대학교 입시를 앞둔 중요한 시기였는데, 마찬가지로 고등학교 입시를 앞두고 있던 터라 병실에서 문제집을 풀고 있는 나에게 모르는 부분을 가르쳐주었다. 머지않아 할아버지가 타계하고 이듬해에 요코하마 대학교에 입학한 유키야 오빠는 카게츠 향방에서 아르바이트를 시작했다.

할아버지를 떠나보낸 지 얼마 되지 않은지라 나와 할머니는 유키야 오빠의 존재가 고마웠고, 다른 이유로도 나는 같이 있을 수 있어서 기뻤다. 하지만 그래도 생각하게 된다.

이 사람은 이번에는 언제까지 여기 있어줄까.

*

카게츠 향방에서는 배달을 가는 집이 딱 한 곳 있다.

새로운 주가 시작되면서 8월의 첫 번째 화요일이 돌아왔다. 내가 가게 진열대에서 가정용 선향을 한 상자 꺼내어 포장지에 싸자 그것을 본 할머니가 재빨리 가게 안쪽의 통로를 따라 본채로 갔다 오시더니,

"이것도 가지고 가."

부루퉁한 얼굴로 나에게 작은 종이가방을 내밀었다. 안을 열어 보니, 오늘 저녁에 먹을 소고기감자조림과 시금치무침과 톳조림과 콩조림이 각각 일회용 용기에 담겨 있었다. 내가 고개를 들자 딱히 아무 말도 하지 않았는데도 할머니는 눈썹을 치켜 올렸다.

"오해하지 마. 그냥 좀 많이 만드는 바람에 이대로 다 못 먹고 버리는 게 싫어서 그런 거니까. 불량 목수한테도 그렇게 똑바로 전해줘!"

"알았어, 알았어."

"대답은 한 번이면 충분해!"

"알았어. 다녀올게."

선향과 영수증을 들고 원목 미닫이문을 열고 밖으로 나오자

아침부터 내리던 비는 그쳐 있었다. 그래도 하늘은 아직 온통 탁한 빛을 머금은 잿빛이었고, 축축한 공기 중을 걸어가자 분무기로 얼굴에 물을 뿌리는 것 같은 감촉이 느껴졌다. 바깥에 무수히 떠다니는 향기는 공기가 말라있을 때보다도 눅눅할 때 더 강렬해진다. 오케스트라 연주 같은 향기의 범람을 느끼며 나는 아직 군데군데 젖어 있는 좁은 인도를 걸어갔다.

목적지인 집은 카마쿠라에서 가장 오래된 사원인 스기모토데라 절 근처에 있다.

'십일면 스기모토관세음보살'이라고 적힌 세로 현수막이 좌우에 줄지어 세워져 있는 스미모토데라 절의 기다란 돌계단을 곁눈으로 보며 걸어가면 왼편에 길에서 조금 벗어난 곳에 '쿠니키'라는 문패가 걸린 단층집이 있다. 평소대로 오후 네 시 반에 도착한 것을 스마트폰의 시계로 확인하고 나는 현관의 초인종을 눌렀다. 낡은 초인종은 누를 때 살짝 삐걱거리는 느낌이었다.

얼마 동안 기다려도 대답이 없어 집에 안 계시나 생각하며 한 번 더 벨을 누르려고 했을 때 미닫이문의 불투명유리 너머에서 누군가가 나오는 것이 보였다.

"안녕하세요?"

"아아. 그렇군, 벌써 화요일이었구나."

남색 폴로셔츠를 입은 사다오미 할아버지는 눈가를 손으로 가리며 중얼거렸다. 오늘은 날이 흐린데도 눈이 부신 걸까.

“들어와.”

사다오미 할아버지가 짧게 말하자, 실례할게요, 하고 머리를 숙이며 나는 데님으로 된 샌들을 벗었다.

사다오미 할아버지네 집은 현관에서 복도 모퉁이를 돌면 바로 거실이 나온다. 다다미가 깔린 거실에는 TV와 좌탁과 크고 작은 장식장이 놓여 있고, 안쪽에는 불단이 안치되어 있다. 나는 언제나 그래왔듯이 먼저 불단에 선향부터 올렸다.

불단 오른쪽에 놓여 있는 작은 탁자에는 사진 두 장을 끼운 자그마한 나무 액자가 세워져 있다. 한 장은 서글서글하고 다정한 미소를 지으며 이쪽을 보고 있는 사다오미 할아버지의 부인. 다른 한 장은 대체 어떤 상황에서 찍었는지 궁금해질 만큼 입술을 한일자로 꾹 다물고 도전적인 눈빛으로 이쪽을 노려보는 젊은 여성.

불단 앞에 놓인 방석에 앉자 하얀 재가 쌓인 향로에 선향의 잔향이 감돌아서 내가 오기 전에도 사다오미 할아버지가 두 사람을 위해 향을 피우고 있었음을 알 수 있었다. 안타까운 심정으로 나는 양손을 합장하며 눈을 감았다.

“어쩐지 오늘은 방이 깔끔하네요. 이쪽에 있던 책들은 전부 정리하셨어요?”

“그렇지……. 다닐 때 걸리적거리기나 하고 요즘에는 귀찮아서 잘 읽지도 않거든.”

책을 좋아하는 사다오미 할아버지는 거실 좌탁 옆에 다 읽은 책을 쌓아두는 버릇이 있는데 오늘은 좌탁 주변이 깔끔하게 정리되어 있었다. 나는 선향 한 상자와 영수증을 사다오미 할아버지에게 건넨 뒤 할머니가 전해달라고 한 종이가방도 테이블에 내려놓았다.

"이건 할머니가 가져다드리래요. 괜찮으면 좀 드세요."

"할머니가? 어쩐 일이야? 무슨 꿍꿍이지?"

"요즘 두 분이 잘 안 싸우시니까 적적하신가 봐요. 몸은 좀 어떠세요? 괜찮으세요?"

"그래. 그때는 의사가 호들갑을 떤 거야. 이젠 아무렇지도 않아."

사다오미 할아버지가 얼음이 든 컵과 보리차를 가지고 왔다. 사다오미 할아버지가 컵에 보리차를 따라주려고 했지만 밖으로 흘리는 바람에 제가 할게요, 하고 대신 유리 물병을 받아들었다. 차갑게 식은 보리차를 따르며 사다오미 할아버지를 슬쩍 살펴보았다. 몸을 완전히 내 쪽으로 돌리지 않은 채 눈을 내리깔며 손 쪽을 보고 있는 사다오미 할아버지의 뺨이 조금 홀쭉해진 것 같았다.

사다오미 할아버지는 7월 중순에 일주일 정도 카마쿠라 시내에 있는 병원에 입원했었다.

내가 그 사실을 안 것은 비교적 최근이었고, 그것도 할머니가 사다오미 할아버지와 이웃인 친구에게서 듣고서야 비로소 알게 되었다. 사다오미 할아버지와는 내가 어릴 때부터 친하게 지내왔기 때문에 정말로 깜짝 놀랐고, 할머니는 "왜 얘기 안 했어!" 하고 사다오미 할아버지에게 전화를 걸어 화를 내기까지 했다. 할아버지와 사이가 좋은 사다오미 할아버지를 질투하기까지 했던 할머니는 걱정할 때에도 매번 싸우는 듯이 툭툭거리게 되는 듯했다.

할머니가 그 친구에게서 들은 이야기에 따르면, 사다오미 할아버지는 두통과 구토 때문에 길가에서 움직이지도 못했다고 한다. 그때 지나가던 할머니의 친구가 부랴부랴 구급차를 부르려고 하자 사다오미 할아버지가 거부하며 택시를 불러 달라고 해서 스스로 병원으로 갔다. 그리고 그대로 입원했다고 한다.

어떻게 된 일이냐고 할머니가 물어도 사다오미 할아버지는 "늙어서 그렇지." 하고 자세한 내용은 가르쳐주지 않았다고 한다(그래서 또 말싸움으로 번졌고 마지막에는 할머니가 전화를 뚝 끊어버렸다). 사다오미 할아버지는 옛날부터 그런 면이 있었다. 남에게 걱정을 끼치기 싫어해서 중요한 일이 있어도 아무에게도 말하지 않고 혼자 처리해버린다.

야박한 면이 누군가와 비슷하다고 생각하고 있을 때였다.

"그런데 그 꼬맹이는 잘 있고?"

사다오미 할아버지가 모든 것을 꿰뚫어본 듯이 묻는 바람에 나는 보리차를 마시다 사레들리고 말았다.

"……아, 아마 잘 지낼 거예요."

"아마는 뭐야?"

"요즘 아르바이트를 쉬어서 한동안 만나지 못했거든요……."

옛날부터 카게츠 향방의 단골손님이던 사다오미 할아버지는 가게에 놀러오던 시절의 초등학생 유키야 오빠를 알고 있다. 처음 만났을 때 "이 꼬맹이는 누구야?" 하고 말한 뒤로 그 호칭이 사다오미 할아버지 안에서는 그대로 정착하고 말았는지 유키야 오빠가 대학생이 된 지금도 변함이 없었다. 옛날에는 사다오미 할아버지를 어려워했던 모양인 유키야 오빠도 지금은 사다오미 할아버지가 가게에 오면 평범하게 대하지만 '꼬맹이'라고 불릴 때면 "꼬맹이가 아니에요." 하며 눈빛이 싸늘해졌다.

"그 꼬맹이도 모를 녀석이라니까. 훌쩍 나타났다가 훌쩍 사라지더니 또다시 훌쩍 돌아오고. 돌아왔나 했더니 입심이 둘째가라면 서러울 정도가 돼 있질 않나. 옛날에는 말도 제대로 못했는데."

그런 이야기를 하며 사다오미 할아버지가 보리차 컵을 들어올렸을 때 나는 사다오미 할아버지의 손바닥에 눈길이 멈췄다.

"할아버지, 손은 어떻게 된 거예요?"

"응? 아아……, 좀 다쳤어."

오른쪽 손바닥에 가로로 찢어진 상처가 있었다. 별로 깊지는 않아 보였지만 여전히 상처가 생상하게 남아 있었다. 집 벽에 나사가 튀어나온 곳이 있는데 모르고 거기에 긁혔다고 한다.

"반창고라도 붙이는 게 낫지 않을까요? 제가 해드릴게요."

"됐어. 별것 아니야."

"하지만 피가 나는데요?"

사다오미 할아버지는 그제야 비로소 알아챈 것처럼 오른쪽 손바닥을 위로 뒤집어 쳐다보았다. 얼마 동안 상처를 바라보더니 별것 아니야, 하고 한 번 더 중얼거리며 좌탁에 손바닥이 아래로 가도록 손을 내렸다.

사실은 사다오미 할아버지의 얼굴을 본 순간부터 어렴풋이 느끼던 위화감이 이때 선명하게 존재를 드러냈다.

할머니는 실례되게도 '불량 목수'라는 별명으로 부르지만 사실 사다오미 할아버지는 성실하고 착실한 사람이다. 감정의 향기도 그다지 부침이 없고 자제심에서 오는 안정감이 있어서 어릴 때 나는 사다오미 할아버지 옆에 있으면 진정이 되었다. 갑자기 화를 내거나 거짓말을 하지 않는 사람이기 때문이다.

하지만 오늘 사다오미 할아버지에게 어려 있는 향기는 칙칙했다. 기분이 가라앉아 있는데 그것을 나에게 들키지 않으려고 아무렇지 않은 얼굴로 잡담을 하고 있었다. 피가 배어나온 손바닥의 상처도 평소라면 이미 능숙하게 처치를 했을 텐데 될 대로 되라는 식으로 방치하고 있었다.

그리고 한 가지 더 있었다.

"할아버지……, 어디 아프세요?"

감정의 향기와는 다르게 사다오미 할아버지에게서 느껴지는 냄새가 있었다.

성긴 도화지처럼 거칠거칠하고 괴로움이 섞인 냄새였다.

난 감기에 걸린 할머니나 몸이 안 좋을 때의 나에게서 곧잘 이런 냄새를 느낀다. 상태가 안 좋을수록 괴로움의 입자가 많아져서 냄새도 손가락 끝에 달라붙는 것처럼 강렬해진다.

사다오미 할아버지의 향기가 경계하는 것처럼 딱딱해졌다. 하지만 그 향기와는 반대로 표정은 바꾸지 않았고, 물방울이 맺혀 있는 컵에 눈길을 고정한 채 억양 없는 말투로 대답했다.

"갑자기 왜 그래? 아무 데도 안 아파."

"하지만 어쩐지 안색도 그렇고……."

"그보다 말이다."

사다오미 할아버지는 나와 눈을 맞추지 않고 담담하게 말했다.

"선향 배달은 이제 됐어. 다음 달부터는 안 와도 돼."

컵 안에서 녹은 얼음이 유리컵에 부딪치며 맑은 고음이 작게 울려 퍼졌다.

나는 어떻게 반응해야 좋을지 몰라 결국 시시할 만큼 흔한 말밖에 하지 못했다.

“네……? 왜요?”

“왜는 무슨, 선향 한 상자 때문에 매달 널 여기까지 오게 하는 것도 이상하잖아. 너도 수험공부며 뭐며 앞으로 바빠질 테고, 원래 카야코가 멋대로 시킨 일이니까 고지식하게 지킬 필요는 없어. 이미 그 애는…….”

이어지는 말을 삼키고 사다오미 할아버지는 눈을 감았다.

“아무튼 이제 됐어. 오늘로 끝내.”


# 2

사다오미 할아버지의 외동딸인 카야코 언니는 사다오미 할아버지를 닮은 씩씩한 미인으로, 본인들은 부정하지만 성격도 부녀가 꼭 닮았다.

사다오미 할아버지와 부인은 오랫동안 아이가 태어나지 않아 고생하다 이제 됐다고 포기했을 무렵에 생긴 아이가 카야코 언니라고 한다. 사다오미 할아버지와 우리 할아버지는 동갑이지만 사다오미 할아버지의 딸인 카야코 언니와 할아버지의 손녀인 나는 여덟 살밖에 차이가 나지 않았다. 나에게 카야코 언니는 이웃집의 멋진 언니였다.

“미용실에 가는 게 부끄럽다는 말 같은 건 절대 하면 안 돼,

카노. 이 세상은 뻔뻔하게 밀어붙이는 놈이 이기게 돼 있거든. 그런 세상의 거친 파도를 쇼난의 서퍼들처럼 타고 헤쳐 나가야 해."

카야코 언니는 초등학생인 내 머리를 잘라주며 말했다. 도쿄에서 카마쿠라로 온 지 얼마 안 되었을 무렵, "머리가 많이 길었네? 자르고 오렴." 하고 할머니가 돈을 쥐어줘서 미용실로 가기는 했지만 모르는 가게의 문을 열지 못하고 계속해서 근처만 왔다 갔다 하다가 결국 나는 울상을 지으며 카게츠 향방으로 돌아왔는데, 마침 돌아가신 어머니의 불전에 올릴 선향을 사러 온 카야코 언니가 있었다. 당시 고등학생이던 카야코 언니는 이야기를 듣더니 "괜찮으면 제가 잘라줘도 될까요?" 하고 나섰고, 눈물이 그렁그렁한 나 때문에 난감해하던 할머니와 할아버지는 놀라면서도 "그래줄래?" 하고 부탁했다.

"카노의 머리카락은 곧고 가늘어서 부러워. 난 곱슬머리인 데다 굵어서 세팅하기가 보통 일이 아니라니까. 그래서 미용실에 가서 곱슬머리를 펴고 왔더니 우리 아빠가 '고등학생 주제에 무슨 파마야' 하고 호통을 치지 뭐야? 파마가 아니라 교정이라고. 그리고 고등학생 주제에라니? 고등학생이면 뭐가 어때서? 완전 열 받지 않아? 빨리 삼도천이나 건넜으면 좋겠다 싶다니까."

나를 집으로 데리고 간 카야코 언니의 커트는 예상했던 것보다 훨씬 본격적이었다. 먼저 방에 신문지를 잔뜩 깔고 나를 의자에 앉히더니 머리 넣을 부분을 잘라낸 커다란 쓰레기봉지를 뒤집어씌우고 눈앞에 전신거울을 놓았다. 머리카락을 몇 뭉치로 나누어 핀으로 고정하고 거울로 확인하면서 두 종류의 가위를 구분해 사용하며 머리를 잘라갔다. 기분 좋은 리듬으로 잡담을 하며 손가락은 자유자재로 가위를 움직였고, 나는 수시로 튀어나오는 사다오미 할아버지의 험담에 두근두근하면서도 거울에 비쳐 보이는 카야코 언니의 손놀림에 넋을 잃었다.

마무리로 드라이까지 받은 뒤 나는 거울에 비치는 가볍게 숱을 친 앞머리며 언제나 쇄골 근처에서 삐죽 뻗쳐 있었는데 지금은 단정하게 안쪽으로 말려 있는 머리카락 끝부분에 감동했다. 그 기쁨을 서툰 말로 열심히 전달하자 카야코 언니도 쑥스럽게 웃었다.

그 뒤로 나는 미용실에 머리를 자르러 갈 수 있게 되었지만 가끔 카야코 언니에게도 부탁했다. 카야코 언니는 나처럼 수수한 아이를 좀 더 보기 좋게 만들어줌으로써 즐거움을 느끼는 성격의 소유자라, 내가 혼자서도 머리를 땋을 수 있도록 가르쳐주고, 눈썹을 다듬어주고, 초등학교 음악 발표회 날에는 초절기교를 발휘해 그대로 결혼식에 가도 될 것처럼 멋지게 땋아 올린 업스타일 머리를 해주기도 했다.

"미용사가 되면 좋겠다고 생각은 하지만 아직 우리 아빠한테 얘기는 안 했어."

어느 날 내가 존경 어린 눈빛으로 꼭 미용사 같아, 하고 말하자 카야코 언니는 얼마 동안 침묵했다가 나직이 고백했다.

"미용사가 되려면 전문학교에 가서 국가자격증을 따야 하는데, 학비가 엄청나게 비싸서 말을 꺼내기가 쉽지 않네. 그리고 아빠는 미용 같은 데에는 전혀 관심이 없으니까 반대할 것 같고. 이거 뚫었을 때는 얻어맞기까지 했다니깐? 나도 같이 걷어차줬지만."

카야코 언니가 양 옆의 머리카락을 살짝 들어 올리자 좌우의 귓불에 아름다운 녹색 보석 피어싱이 달려 있었다. 원래는 사다오미 할아버지가 생전의 부인에게 준 귀고리를 유품으로 받은 카야코 언니가 직접 피어스로 리폼 했다고 한다. 궁궐목수 도편수였던 사다오미 할아버지의 피 때문인지 카야코 언니는 손끝이 무척 야물었다.

결과부터 이야기하면, 카야코 언니의 예상과는 정반대로 사다오미 할아버지는 딸의 진로를 이해해 주었고, 고등학교를 졸업한 뒤 카야코 언니는 도쿄에 있는 미용전문학교에 진학하기로 했다.

"미용사가 되고 싶다고 했더니 그러래. 그뿐이야. 그것 말고 좀 더 해줄 말이 없나봐. 아무튼 학교에 보내주는 건 고맙지만."

도쿄에 가면 학교 여자기숙사에 들어가기로 정해져 있던 카야코 언니는 고등학교 졸업식을 마치고 돌아오는 길에 카게츠 향방에 들렀다. 사다오미 할아버지는 일 때문에 졸업식에 가지 못했다고 한다. 평소대로 선향을 한 상자 산 카야코 언니는 할머니와 할아버지가 당황해서 어쩔 줄 모를 만큼 머리를 깊이 숙였다.

"이런 부탁을 드려서 죄송하지만 우리 아버지를 가끔 들여다봐주세요. 대부분의 일은 혼자서 할 수 있으니 걱정할 필요는 없다고 생각하지만 부디 잘 부탁드려요."

그 모습에 사다오미 할아버지와 눈만 마주쳤다 하면 전쟁을 시작하는 할머니도 눈물지었고, 할아버지가 "오냐, 알았다." 하고 온화하게 말하자 카야코 언니는 안심했는지 환하게 웃었다.

역시 나고 자란 집과 가족과 떨어지는 것이 쓸쓸했던 것일까. 그날 카야코 언니는 조금 감상적이었고, 우리와 차를 마시며 옛날이야기를 조금씩 해주었다.

어릴 때부터 멋 부리기를 좋아해 곧잘 엄마에게 머리를 다양한 모양으로 묶어달라고 졸랐던 일. 쓰다 남은 매니큐어를 엄마에게서 받았을 때에는 너무 기뻐서 곧바로 자신의 손톱에 발랐고, 그러고도 성이 차지 않아서 자고 있는 사다오미 할아버지의 양쪽 손톱을 핑크색으로 칠했는데 다음날 아침에 사다오미 할아버지가 알아채지 못하고 그대로 일하러 간 일.

물론 돌아온 사다오미 할아버지는 펄펄 성을 냈고, 벌로 카야코 언니를 집 밖에 세워두고 반성하라고 했지만 반골정신이 투철한 카야코 언니는 집 뒤쪽의 창고 유리문에 커다란 구멍을 뚫고 훌륭하게 귀환한 일. 이쯤 되자 아무리 사다오미 할아버지라도 두 손을 들었고, 너무 어이가 없었는지 너털웃음을 지으며 목재와 연장을 가지고 와 카야코 언니가 뚫은 구멍에 문을 만들어 달아준 일. 카야코 언니는 그 비밀 문이 무척 마음에 들어서 수시로 그리로 드나든 일.

이윽고 추억 이야기도 끝이 나자 카야코 언니는 한숨을 쉬고 날렵하게 일어나 할머니와 할아버지에게 다시 한 번 깊이 머리를 숙였다.

"그럼 카노, 잘 있어. 너무 부끄러워하지 말고 강하게 살아야 해."

손을 흔들며 인사하는 카야코 언니에게 나도 손을 흔들며 "미용사가 되면 또 머리 잘라줘." 하고 말했다. 카야코 언니는 쑥스럽게 웃으며 "응." 하고 대답했다.

그때 카야코 언니의 웃는 얼굴을 떠올릴 때마다 나는 무척이나 애달파진다.


전문학교에서 공부하던 2년 동안 카야코 언니는 백중과 정월과 봄방학 기간의 며칠 동안에만 카마쿠라로 돌아왔다. 매일 아침부터 저녁까지 학교 수업이 빽빽해서 바쁜 데다 수업이 끝난 뒤에도 밤늦게까지 자율적으로 연습하는 것이 당연하고, 콘

테스트 때문에 여름방학과 겨울방학에도 학교에 나가는 날이 대부분이라고 했다.

"게다가 학교를 졸업하고 어딘가의 미용실에 취직하면 처음부터 스타일리스트가 되는 게 아니라 먼저 어시스턴트라고 해서 선배들의 보조를 하면서 기술을 배우는 기간이 있어. 그게 또 지금 학교생활이랑은 비교도 안 될 만큼 바쁘대. 겁나지 않아?"

겁이 난다고는 하지만 카야코 언니에게서 피어오르는 향기는 생기가 가득해 충실하게 하루하루를 즐기고 있음을 알 수 있었다. 카야코 언니는 만날 때마다 머리 모양이 바뀌어 있었고, 언젠가 삐죽삐죽한 눈부신 금발로 귀성했을 때에는 "카마쿠라의 경관을 망치는 머리는 하지 마!", "시끄러워, 아빠가 무슨 시청 공무원이야?" 하고 부녀가 말싸움을 하는 것을 우연히 보았다.

이윽고 전문학교를 졸업한 카야코 언니는 도쿄에 있는 한 헤어살롱에 취직이 결정되었다.

그 소식을 보고하러 카야코 언니가 카게츠 향방을 찾아왔다. 언니에게 부탁을 받은 것은 그때였다.

"카노, 부탁이 하나 있어."

그때는 초콜릿색의 지적인 보브 커트를 하고 있던 카야코 언니가 말을 꺼냈다.

"앞으로 매달 첫 번째 화요일에 우리 집에 선향을 배달해주지 않을래? 카노도 학교에 다녀야 할 테니까……, 저녁인 네 시 반

정도에. 학교에서 돌아온 뒤에 가줘도 되니까.”

이상한 의뢰에 깜짝 놀란 나에게 카야코 언니는 이렇게 설명해주었다.

“언제나 카게츠 향방에서 사오는 선향은 대체로 한 달 정도면 다 쓰는데 우리 집 바보 아빠도 이제 나이가 있으니까 사러 가는 걸 깜빡할지도 모르고, 그러면 엄마가 불쌍하잖아? 그러니까 좀 가져다주면 좋겠어. 가능하면 카노가. 우리 아빠는 카노를 귀여워하니까.”

사다오미 할아버지네 집은 이웃이고 오후 네 시 반 이라면 나도 대체로 집에 와 있으니 어려운 일도 아니었다. 어릴 때부터 잘해준 카야코 언니에게 보답을 하고 싶다는 마음도 있었으므로 알았다고 대답했다. 고마워, 하고 카야코 언니는 안심한 듯이 웃었다.

사다오미 할아버지는 선향 배달에 대한 일을 카야코 언니에게서 듣지 못했는지 내가 처음 선향을 배달하러 갔을 때는 영문을 모르겠다는 표정이었다. 사다오미 할아버지가 선향을 사는 것을 깜빡하면 안 된다고 한 카야코 언니의 이유를 설명하자,

“사람을 늙은이 취급하다니.”

얼굴을 찡그리면서도 선향을 받아들고 나에게 차와 과자를 내주었다. 때로는 여기에 할아버지도 끼어서 사다오미 할아버지

와 체스를 두었고, 아주 가끔 어째서인지 할머니가 따라와 사다오미 할아버지와 별것도 아닌 일로 입씨름을 했다. 그런 모습을 보고 있으면 카야코 언니는 이러한 광경을 위해 나에게 선향 배달을 부탁한 것이 아닌가 하는 생각이 들었다.

선향을 한 상자씩만 배달해 달라는 것은 역시 조금 기묘한 의뢰다. 그것은 어디까지나 구실이고, 카야코 언니는 나에게 사다오미 할아버지를 들여다봐줬으면 싶었는지도 모른다. 혼자 사는 아버지가 걱정스럽지만 먼 곳에 사는 바쁜 자신은 살뜰하게 보살펴줄 수가 없으니까.

실제로 카야코 언니는 정말로 일에 쫓겨 바쁜지, 도쿄에서 취직한 뒤로는 전혀 내려오지 않게 되었다.

"도쿄는 그다지 멀지도 않은데 정월 정도는 집에 돌아오면 좋을 텐데."

할아버지가 걱정할 정도였지만 정작 사다오미 할아버지는 그다지 신경도 쓰지 않는 듯했다.

"녀석이 내려온다고 뭐가 어떻게 되는 것도 아닌데 뭐 어때."

카야코 언니가 고향에 내려온 것은 내 기억으로는 딱 두 번이었다.

첫 번째는 할아버지의 장례식 때였다. 검은색 정장을 입고 나타난 카야코 언니는 몰라볼 만큼 어른스러워져 있었고, 눈물을 글썽이며 내 손을 꼭 잡아주고는 바로 도쿄로 돌아갔다.

두 번째는 바로 1년 전, 여름이 끝나갈 무렵이었다.

9월의 첫 번째 화요일, 나는 이제는 완전히 습관이 된 선향 배달을 하러 사다오미 할아버지네 집으로 가던 길이었다. 그날은 고등학교 문화제 준비를 하느라 하교 시간이 평소보다 늦어졌지만 할머니도 외출한 상태라 배달을 대신해달라고 부탁할 수도 없는 상황이었으므로 좁은 인도를 잰걸음으로 서둘렀다.

그리고 가는 길에 카야코 언니를 보았다.

스키니진에 검은색 셔츠를 입은, 머리가 작고 늘씬한 여성. 뒷모습이었고, 이번에도 머리 모양이 캐러멜색의 구불구불한 쇼트커트로 바뀌어 있었지만 금방 알아보았다. "카야코 언니!" 하고 부르자 그 자리에 멈춰서며 뒤돌아보았다.

카야코 언니의 표정은 깜짝 놀랐다기보다 흠칫하는 느낌이었다.

언니에게서 피어오르는 향기에도 놀라움보다는 초조함이 강하게 배어 있었다.

"카노……, 오랜만이야."

"언제 왔어? 나도 지금 언니네 집에 가는 길이니까 같이……."

"아니, 아니야. 그런 게 아니야."

카마쿠라에 있는데, 게다가 집 근처를 걷고 있었으면서 카야코 언니는 몇 번이나 손사래를 치며 부정했다. 그리고 무언가를 얼버무리듯이 웃으며 내가 들고 있는 선향 꾸러미를 보았다.

"선향 배달 잘 해주고 있구나. 고마워. 귀찮은 일을 부탁해서 정말로 미안해."

"아니야, 전혀 안 귀찮은걸?"

"있잖아, 우리 아빠는 잘 있어? 몸이 안 좋다든가 하는 말은 안 해?"

적어도 내 눈에는 사다오미 할아버지는 평소와 다름없어 보였으므로 고개를 끄덕였다. 그렇구나, 하고 카야코 언니는 안심한 듯이 한숨을 내쉬고 무의식적으로 머리카락을 귀 뒤로 넘겼다. 그때, 어라, 하고 나는 알아챘다.

"카야코 언니, 피어싱……."

"아, 응, 맞아. 한쪽을 어디서 떨어뜨렸나 봐."

캐러멜색 머리카락 사이로 보이는 카야코 언니의 오른쪽 귀에는 어머니의 유품이라던 아름다운 녹색 보석 피어싱이 끼워져 있었지만 왼쪽 귓불에는 은으로 된 작은 링 귀고리가 반짝이고 있었다.

"일하는 곳이랑 짐작 가는 곳은 샅샅이 찾아봤지만 못 찾았어."

쓴웃음을 지으며 말하는 카야코 언니에게서는 깊은 낙담의 향기가 났다.

"그럼 난 갈게. ……카노, 미안하지만 여기서 날 만난 건 우리 아빠한테는 말하지 마. 알면 시끄럽게 잔소리하니까."

"하지만 정말로 괜찮아? 잠깐이라도 보고 가는 편이……."

"괜찮아. 아, 그렇지. 나 얼마 전에 스타일리스트로 승격했어. 도쿄에 놀러 오면 한번 찾아와."

카야코 언니는 가방에서 명함을 한 장 꺼내어 나에게 주었다. 세련된 장식 글자로 인쇄된 헤어살롱의 이름과 카야코 언니의 이름이 나란히 있는 모습이 무척 멋있어서 나는 꼭 가겠다고 했다. 카야코 언니는 고등학생 때 보여주었던 것과 똑같은 조금 쑥스러운 미소를 지으며 응, 하고 대답했다.

그것이 내가 카야코 언니와 나눈 마지막 대화였다.


사다오미 할아버지는 마침 카야코 언니가 도쿄에서 취직했을 때와 비슷한 시기에 궁궐목수를 은퇴하고 그 뒤로는 여유로운 생활을 즐기는 듯했다. 내가 선향을 배달하러 가면 대체로 거실 좌탁 옆에는 역사소설과 논픽션 책이 쌓여 있었다.

매달 첫 번째 화요일에 선향을 가지고 가면 사다오미 할아버지는 대체로 집에 계셨는데, 내가 올 것을 알고 있으니 시간을 맞춰 기다려주었을 것이다. 지금까지 내가 찾아갔을 때 사다오미 할아버지가 안 계셨던 적은 한 번밖에 없었다.

작년 10월, 다시 말해 내가 카야코 언니와 만난 다음 달 첫 번째 화요일이었다. 선향을 배달하러 갔는데 집 안에서 반응이 없었다. 벨을 두 번 눌러도 반응이 없어서 이튿날 다시 오기로

     

하고 나는 집으로 돌아갔다. 그때 사다오미 할아버지가 도쿄의
병원에 있었던 것을 나는 나중에야 알았다.

그 전날 저녁, 카야코 언니는 직장인 헤어살롱에서 갑자기 쓰
러져 병원으로 급히 이송되었다. 사다오미 할아버지도 연락을
받고 병원으로 달려갔지만, 머지않아 카야코 언니는 숨을 거두
었다.

카야코 언니는 심장 벽이 비대해지는 병을 앓고 있었다. 발병
하는 원인이 거의 알려지지 않은 난치병인데, 자각증상도 전혀
없거나 가벼운 경우가 적지 않기 때문에 카야코 언니 본인도 자
신의 병을 알아채지 못했을 거라고 했다.

사다오미 할아버지에게서 온 전화를 받은 할머니의 경악한
얼굴을 아직도 기억한다. 나도 도무지 현실로 느껴지지 않았다.
나와 할머니가 사다오미 할아버지네 집으로 가자 이미 문상객
을 받을 준비가 완벽하게 되어 있었다. 사다오미 할아버지는 카
야코 언니가 눈을 감은 뒤 딸의 장례를 치르기 위해 필요한 수
속과 준비를 모두 혼자 처리했다.

"왜 혼자서 다 해버리는 거야!"

아무리 할머니라도 그때만큼은 말투가 약해졌고 금방이라도
울음을 터뜨릴 것 같은 얼굴을 하고 있었다. 싸움 상대의 예상
치 못한 반응에 사다오미 할아버지는 당황한 듯했다.

"이런 건 익숙하거든. 장례회사에 맡기면 대부분 다 해주기도

하고."

할머니가 말하고 싶었던 것은 틀림없이 그런 것이 아니었을 것이다. 나는 두 사람의 대화에 등을 돌리고 관에 누워 있는 카야코 언니의 얼굴을 보고 있었다. 관은 불단 앞에 놓여 있었고, 카야코 언니는 안색이 조금 안 좋을 뿐 잠들어 있는 것처럼 보였다. 눈물은 나오지 않았다. 슬프다는 생각도 들지 않았다. 그저 현실감이 없어서 꿈속에서 벌어지는 일 같았다.

오랜 침묵 뒤에, 그러고 보니, 하고 사다오미 할아버지가 나직이 말했다.

"젊었을 때 목수 친구가 억지로 점쟁이한테 데려간 적이 있었어. 그때 점쟁이가 내 얼굴을 보자마자 그러더라. '천애고독한 상'이라고. 보나마나 내 부모 형제가 일찌감치 세상을 뜬 걸 그 친구가 가르쳐줬을 거라고 생각했는데, 의외로 용한 점쟁이였는지도 모르겠어."

그러지 마, 하고 할머니가 울먹이는 목소리로 말했고, 사다오미 할아버지도 후회한 듯이 입가를 쓸었다. 어렴풋한 한숨이 묵직하게 내려앉은 밤공기를 흔들었다.

"자식놈의 장례식만큼 꼴 보기 싫은 것도 없구먼."

그 망연자실한 눈빛, 슬퍼하고 싶은데 어떻게 슬퍼해야 좋을지도 모르는 것 같은 사다오미 할아버지의 향기를 나는 지금도 잊을 수가 없다.

# 3

"할머니……, 요즘 사다오미 할아버지 일로 뭔가 아는 것 없어?"

저녁 때 소고기감자조림을 집으며 되도록 대수롭지 않게 할머니에게 물어보려고 했는데 자연스러워야 한다고 너무 신경을 쓴 나머지 오히려 말투가 어색해지고 말았다. 낮은 탁자 맞은편에서 톳조림을 젓가락으로 집어든 할머니가 미간을 찡그렸다.

"뭔가라니 뭐? 왜 그래? 아까 불량 목수가 뭐라고 했어?"

"아니. 그런 건, 아닌데…… 뭐랄까, 좀 기운이 없으신 것 같아서……."

어쩐지 선향 배달을 거절한 일은 아직 할머니에게는 말하지 않는 편이 좋을 것 같았다. 할머니는 얼마 동안 반찬을 씹다가 삼키고 나서 사실은, 하고 작게 말했다.

"불량 목수네 이웃집에 사는 친구, 그 왜, 그 인간이 입원했을 때 택시 불러줬던 사람, 그 친구한테서 들었는데 그 인간이 요즘은 장 보는 것도 배달 서비스를 신청한 것 같대. 격주로 슈퍼의 트럭이 집으로 찾아온다더라."

"배달……?"

"밖으로도 거의 나오지 않는 것 같아. 지금까지는 곧잘 집 주변을 산책하거나 도서관에도 가곤 했는데 요즘은 전혀 모습이 보이지 않는대. ……집 안에만 틀어박혀 있다니, 갑자기 왜 그러나 몰라. 혹시 지난달에 입원했던 게 아직 좋아지지 않은 걸까?"

불길한 예감이, 아니, 이미 예감 수준이 아니라 무슨 일이 일어나고 있고 그것이 좋지 않은 일이라는 확신에 가까운 느낌이 가슴을 무겁게 짓눌렀다.

다음 날 나는 한 번 더 사다오미 할아버지네 집을 찾아갔다.

하지만 현관의 초인종을 눌러도 반응이 없었고, "할아버지." 하고 문 너머에서 불러 보았지만 역시나 대답은 없었다. 외출한 걸까. 원래는 하면 안 되는 일이라 망설여졌지만 나는 신경을 집중하며 천천히 숨을 깊이 들이마셨다.

아마도 더위를 식히느라 어딘가의 창문을 열어놓은 것 같았다. 집 안에서 흘러나오는 몇 가지 향기를 느꼈다.

불을 켠 촛불 냄새.

그리고 언제나 내가 사다오미 할아버지에게 배달해주는 선향 냄새.

카나자와 가도로 돌아오자 도로 저편에서 카나자와핫케이역으로 가는 버스가 오는 것이 보였다. 그 버스를 기다리고 있는지 스기모토데라 절 앞의 버스 정류장에는 남녀 몇몇이 서 있어서 좁은 인도를 힘겹게 스쳐 지나갔다. 문득 올려다본 끝없이 푸른 여름 하늘이 지금은 조금 짜증스러워 나는 고개를 숙이고 걸음을 서둘렀다.

사다오미 할아버지는 성실하고 꼼꼼한 사람이라 불을 켜둔 채 외출하는 실수는 하지 않는다.

사다오미 할아버지가 나를 만나고 싶어 하지 않는다. 그렇게 생각하자 충격이었다. 어릴 때부터 귀여워해주던 할아버지, 거의 가족이나 다름없는 사람이라 충격이 더욱 컸다.

몸이 안 좋을 때의 향기가 났다. 안색도 좋지 않았다. 기분도 우울해 보였다. 그러고 보니 한 번도 나를 똑바로 보지 않았다. 선향 배달도 갑자기 이제 그만 오라고 했다.

어떻게 된 일일까. 어째서 본인도 몸이 안 좋은 것을 느끼고 있을 텐데도 부정한 것일까. 도대체 왜, 마치 외부와의 접촉을 끊으려는 사람처럼 집 안에만 틀어박히는 것일까.

의문이 물속의 거품처럼 끝도 없이 솟구쳐 올랐지만 그 어느 하나도 대답을 찾지 못하고 불안만이 목구멍 안쪽에서 점점 커져갔다. 이렇게 발이 묶여 있는 사이에 무언가 돌이킬 수 없는 일이 벌어지지는 않을까 하는 예감이 들어 무서웠다.

눈물이 맺힐 만큼 안경 너머의 아름다운 눈동자가 그리워졌다.

평소와 다름없이 안경 브리지를 가볍게 밀어 올리며 숙고한

뒤 한 번도 정답을 틀린 적이 없는 냉철한 목소리로 어떻게 해
야 좋을지 가르쳐주었으면 했다.

"카노."

등 뒤에서 정차했던 버스가 발진하는 거슬리는 엔진 소리가
들렸다.

순간 발이 멈추었지만 잘못 들었다고 생각하고 다시 걸음을
옮겼다. 오늘은 주말도 공휴일도 아니다. 내가 도움을 받고 싶다
고 생각한 터라 환청을 들은 줄 알았다.

"카노."

하지만 두 번째 환청은 조금 전보다도 명료하게, 생생한 존재
감을 드러내며 들렸다. 한 번 더 걸음을 멈추고 설마하며 돌아
보고 꿈인가 싶었다.

"이 무더운 날 산책해요?"

버스 정류장에서 걸어오는 유키야 오빠는 짙은 회색 브이넥
니트에 연한 갈색의 통이 좁은 바지를 입고 있었다. 오른손에는
작은 종이가방을 들고 있었는데, 그것을 살짝 앞으로 내밀어 나
에게 보여주었다.

"인턴으로 일하는 회사의 연수회에 빠질 수가 없어서 교토에
다녀왔어요. 선물로 야츠하시<sub>교토의 대표적인 명물 과자. – 역자 주</sub>를 사
왔는데 마침……."

잘됐다고 하려던 말을 멈추더니 유키야 오빠는 검은 메탈 프

 

레임 너머에서 눈을 동그랗게 떴다.

그 얼굴이 물에 잠기는 것처럼 순식간에 부예져 나는 눈가를 가리며 고개를 숙였다.


아니에요, 하고 나는 얼굴을 가린 채 필사적으로 손을 휘저었다.

"이, 이건 그냥…… 오랜만이라 눈이 시려서 그렇달까, 불의의 기습이라 위력이 어마어마해서……."

"미안하지만 무슨 말인지 잘 모르겠는데……, 그리고 어째서 슬금슬금 뒤로 달아나는 거예요?"

"다, 달아나지 않았어요. 집으로 돌아가야 하니까……."

"혹시 야츠하시 싫어해요?"

"어깨춤이 절로 날 만큼 좋아해요……."

"일단 위험하니까 멈춰요."

유키야 오빠의 목소리가 강해져서 나는 뒷걸음질을 멈추었다. 그러자 또다시 눈물이 뚝뚝 떨어졌다. 틀림없이 엉망진창일 지금의 얼굴을 유키야 오빠가 고스란히 보게 된다면 도저히 앞으로의 인생을 살아나갈 자신이 없다.

"내가 뭔가 잘못한 게 있으면 말해줘요."

고개를 숙인 상태에서 들려온 유키야 오빠의 목소리는 목에 걸리는 것처럼 딱딱하게 굳어 있었다.

“나는 나도 모르게 다른 사람을 불쾌하게 만들 때가 있어요. 토와코 선배한테도 그래서 상처를 줬으니까……, 그러니까 만약 내가 잘못한 게 있으면 말해주지 않을래요?”

유키야 오빠가 이렇게 속마음을 드러내는 말을 한 것은 아마도 초등학교 때부터 같이 지내온 이후로 처음이었다.

말없이 있는 시간이 길어질수록 유키야 오빠에게 잘못된 오해를 심어줄 것 같아 엉망인 얼굴이 걱정스럽기는 했지만 나는 고개를 들었다.

“……정말로 그런 게 아니에요. 유키야 오빠가 잘못해서 그런 게 아니에요.”

“그럼 어째서 갑자기 우는 거예요?”

“……다시는 안 올지도 모른다는 생각이 들었던 터라…….”

꼬박 10초 정도 유키야 오빠는 아무 말도 하지 않았다.

“혹시나 해서 물어보는데, 누가 다시는 안 온다는 거예요?”

나는 집게손가락을 슬쩍 들었다.

유키야 오빠는 눈썹을 찡그리고 진심으로 이해하기 어렵다는 표정을 지었다.

“카노.”

“……네.”

“미하루 씨네 본가에서 향회가 있었던 날에 나한테 그랬잖아요? 말없이 사라지지 말라고.”

허를 찔린 기분이 들었다. 유키야 오빠가 기억력이 뛰어난 사람이라는 것은 알고 있지만 그것과는 별개로 유키야 오빠가 그 말을 마음에 두고 있었으리라고는 생각하지 못했다.

"나는 그때 대답을 했는데 카노한테는 안 들렸어요?"

──그럴게요.

아주 짧은 대답이었다. 하지만 그것으로 충분할 만큼 진심이 어린 목소리였다.

"……들었어요."

"그럼 왜 그런 생각을 해요?"

나는 코를 훌쩍 들이마셨다.

"……어쩐지 좀 믿음이 잘 안 간다고 할까……."

"잠깐만요, 짚고 넘어가야겠는데 그게 무슨 뜻이에요?"

"그러니까…… 존재에 안정감이 없달까……."

"존재감이 없다는 말이에요?"

유키야 오빠는 믿기 힘든 폭언을 들었다는 느낌이었고, 그 얼굴을 보고 있으니 돌아왔다는 실감이 조금씩 되살아났다.

앞으로도 돌아와줄까. 다시는 미아처럼 헤매고 다니며 찾지 않아도 이곳으로 돌아와줄까.

지금의 이 관계가 언제까지나 이어지지 않으리란 건 알고 있다. 지금 이 사람이 여기 있는 것은 본인을 위해서라기보다는 우리를 위해서이므로, 언젠가는 이곳을 떠나 아주 멀고 아주 드넓은 세계로 떠나가리라는 사실은 알고 있다.

부디 언젠가 그날이 오면 이번에는 어디로 가는지 가르쳐줬으면 좋겠다. 지금의 나는 이제 웅크리고 앉아 울기만 하는 초등학생이 아니니까. 만약 당신이 싫어하지만 않는다면 온 힘을 다해 뒤쫓아 갈 테니까.

"그러니까 어째서……."

유키야 오빠의 목소리는 올해 들어 최고라고 할 수 있을 만큼 가냘팠고, 나는 또다시 흐르는 눈물을 닦으며 고개를 숙이는데 실없이 그만 입꼬리가 살짝 올라가고 말았다.


"그, 그럼 나는 카페오레를……."

"커피 종류는 이뇨 작용을 촉진해 수분 보충에는 적합하지 않아요. 다른 걸로 골라요."

"여고생한테 이뇨 작용이라니……!"

"몰라요. 난 피곤하다고요. ……아이스티랑 아이스밀크코코아 주세요."

아직 점심때가 되기 전이라 일본풍 카페에는 손님도 그다지 많지 않았고, 가게 안에 흐르는 피아노곡 선율도 대화를 방해하지 않으면서 귓속으로 스며들어왔다. 이 평온한 음색이 키시다 유키야 오빠의 기분을 가라앉혀주기를 바랐지만, 테이블 너머에서 긴 다리를 꼬고 있는 키시다 유키야 오빠는 동장군도 울고 갈 싸늘하고 무표정한 얼굴로 이쪽을 보고 있었다. 올해 들어 최고로 기분이 나빠 보였다. 나는 바들바들 떨면서 바닥만 보았다.

언제나 쿨한 유키야 오빠가 약해져서 걱정해주는 데에 들뜬 것이 잘못이었다. 먼 길을 다녀와 피곤한데 눈앞에서 상대가 눈물을 쏟는 바람에 마음을 졸인 데다 의미 불명의 폭언까지 들었고, 게다가 그 상대가 또다시 눈물을 쏟아내는 바람에 당황해서 안절부절못하는데 이번에는 "에헤헤……." 하고 실실거리니 대체 이 녀석의 머릿속에는 뭐가 들었나 하고 화가 나는 것이 당연하다. 고민거리가 있다고 부탁해서 가까운 일본풍 카페에서 이야기를 하기로 했지만 나는 아까부터 오히려 난방을 해줬으면 싶을 만큼 썰렁했다.

음료가 나오자 유키야 오빠는 아이스티를 한 모금 마시고 유리컵을 내려놓았다. 탁, 하는 소리에 나는 판사 앞에 선 피고인 같은 기분으로 어깨를 움츠렸다.

"그래서요?"

판사의 싸늘한 목소리에 따라 나는 조심스럽게 설명을 시작했다.

유키야 오빠는 카게츠 향방에 놀러 오던 초등학생 무렵부터 사다오미 할아버지와 알고 지냈고, 아르바이트를 시작한 뒤로는 가게에서 만난 적도 적지 않다. 그러므로 사다오미 할아버지의 대략적인 집안 사정과 내가 세상을 떠난 카야코 언니의 부탁으로 거의 4년 가까이 선향을 배달하고 있다는 것도 알고 있다. 최근의 사다오미 할아버지의 상태를 들으며 유키야 오빠의 표정이 점점 심각해졌다.

"확실히 그분답지는 않네요. 집에 틀어박히는 타입은 아닐 텐데."

"그리고 본인은 아무렇지도 않다고 말씀하시지만 건강도 좋지 않은 느낌이에요. 안색도 칙칙하고, 그리고 조금 전에 걱정이 돼서 할아버지네 집에 가봤는데……, 집 안에 계신 것 같은데 나오지는 않으시고……."

유키야 오빠는 손가락 등을 입술에 가볍게 대고 얼마 동안 생각에 잠겼다.

"따님인…… 카야코 씨가 세상을 떠난 게 작년 10월이었죠? 자식을 먼저 보내는 건 역시 우리로서는 상상도 할 수 없을 만큼 충격적인 일일 거예요. 그 충격이 표면으로 드러난 게 아닐까요?"

"이제 와서요……?"

"우리의 눈에 보이는 형태로 나타난 것이 지금일 뿐이지 마음에 입은 상처는 계속 아물지 않았는지도 몰라요. 남에게 약한 소리를 하는 분이 아니니 지금까지 알아채지 못했을 뿐인지도 몰라요."

가게 안에 흐르는 피아노 선율이 고독한 누군가의 추억과 같은 어쩐지 구슬픈 곡조로 바뀌었다.

카야코 언니가 세상을 뜬 뒤에도 사다오미 할아버지는 말수가 좀 줄어들기는 했지만 적어도 우리 앞에서는 침울한 모습을 보이지 않았다. 처음에는 걱정이 된 할머니가 구실을 만들어 상태를 살피러 가기도 했지만, 사다오미 할아버지가 그렇게 마음을 쓰는 것을 싫어해서 우리도 되도록 예전과 변함없는 태도로 대하려고 노력했다.

하지만 사람이 겉으로 드러내는 마음은 과연 그 사람이 가진 마음의 몇 백 분의 1일까.

내가 느끼는 향기도 사람의 마음의 아주 일부인 표층에 지나지 않는다. 슬픈 표정을 짓지 않는다고 해서 마음속으로도 슬퍼하지 않는다는 뜻은 아니다.

하물며 카야코 언니의 죽음은 너무나도 갑작스러웠다. 슬픔이란 슬픈 일이 어떤 것이었는지 이해할 때 비로소 느끼는 감정이다. 카야코 언니의 유해를 보고 있던 사다오미 할아버지의 그 허망한 눈빛. 카야코 언니의 죽음 직후에는 혼란에 빠져 있던 사다오미 할아버지도 1년 가까이 지난 지금에 와서 카야코 언니가 이 세상에 없다는 실감과 슬픔이 몰려왔는지도 모른다.

"유키야 오빠의 말이 맞을지도 몰라요. 할아버지는 몸이 안 좋아 보이기도 했지만, 뭐랄까…… 기력이 없는 느낌이었어요.

역사소설을 좋아했는데 지금은 별로 안 읽는다고 하셨고 손에
상처가 났는데도 그대로 방치해두고······."

"상처요?"

"이렇게, 손바닥에 제법 크게 있었어요. 벽에 나사가 튀어나
온 곳이 있는데 거기에 무심코 긁혔다고 하셨어요."

유키야 오빠가 자신의 매끈한 손을 손바닥이 위로 오도록 뒤
집었다. 무언가 신경이 쓰이는 점이라도 있는지 오랫동안 자신
의 손바닥을 내려다보았다.

"······그러고 보니 지난달에 사다오미 할아버지가 입원하신 적
이 있었죠?"

"네. 두통과 구토가 밀려와 길에서 움직이지 못하게 돼서······.
할아버지는 별것 아니라고 하셨지만요."

하지만 일주일이라고는 해도 입원할 정도의 일이었는데 별일
이 아닐 수 있을까. 무언가 숨기고 얼버무리고 있다는 것은 안
다. 하지만 사다오미 할아버지가 무엇을 숨기고 있는지는 알 수
가 없었다.

유키야 오빠가 보고 있던 손을 가볍게 쥐며 내렸다.

"사다오미 씨네 집에 가 봐요."

"지금요?"

"조금 신경 쓰이는 점이 있어요."

그리고 유키야 오빠는 문득 생각난 듯이 옆의 의자에 놔두었

　　　　　　　　　　　　　　　　　　　　

던 종이봉투에 손을 넣었다. 교토에서 사온 야츠하시다.

유키야 오빠는 두 가지 맛을 사온 모양이었다. 정사각형의 상자는 두 개 모두 부드러운 연노란색 포장지로 싸여 있었는데, 한쪽에는 '시나몬'이라고 인쇄된 동그란 갈색 스티커가, 다른 한쪽에는 '말차'라고 인쇄된 동그란 연녹색 스티커가 붙여져 있었다.

"카노, 시나몬과 말차 중에 뭐가 더 좋아요?"

"시나몬과 말차 모두 똑같이 정말 좋아해요."

자신 있게 대답하자 뭐가 우스운지 유키야 오빠는 작게 웃으며, 가요, 하고 일어섰다.

# 4

유키야 오빠는 주도면밀했다. 조금 전에 내가 사다오미 할아버지가 집에 있으면서 없는 척했는지도 모른다고 한 것을 고려해 찾아가기 전에 먼저 사다오미 할아버지에게 전화를 걸었다.

"카게츠 향방의 키시다예요. 아뇨, 꼬맹이가 아니고요. 드릴 게 좀 있는데 오늘 댁으로 찾아봬도 괜찮을까요? 네, 오늘이요. 아뇨, 다른 날로 미루기는 힘들어요. 이미 댁 현관 앞에 있거든요."

통화하며 유키야 오빠는 '딩동' 하고 초인종을 눌렀다. 조금 기다리자 불투명 유리 너머로 사람 그림자가 나타나며 미닫이문이 열렸다.

"이럴 때는 오늘이 아니라 지금이라고 하지 않냐?"

얼굴을 있는 대로 구긴 사다오미 할아버지에게 유키야 오빠는 오히려 당돌하고 상큼한 미소로 답했다.

"마침 계셔서 다행이에요. 조금 전에 카노도 왔었는데 그때는 안 계신 것 같다고 했거든요."

사다오미 할아버지는 말문이 막혀 나와 눈을 마주치지 못하고, 그랬냐, 하고 낮게 말했다.

"미안하구나. 좀 쉬느라 온 줄 몰랐어."

"아, 아뇨, 전혀……, 저야말로 죄송해요……."

"그런데요."

평소에는 절대 남의 말허리를 자르지 않는 유키야 오빠가 드물게 끼어들었다.

"교토에 갔다가 오늘 왔는데 선물을 사왔거든요. 야츠하시 좋아하세요?"

"응? 뭐야, 갑자기……."

"시나몬이랑 말차가 있는데 뭐가 더 좋으세요?"

"둘 다 됐어. 가지고 가서 카노랑 미하루한테나 줘."

"그럼 카노는 녹차를 좋아하니까 시나몬으로 드릴게요."

"사람이 말을 하면……."

"자요."

사다오미 할아버지의 손에 유키야 오빠가 억지로 상자를 들이밀었을 때 어, 하고 나는 당황했다.

사다오미 할아버지는 잔뜩 찡그린 얼굴로 한동안 정사각형의 상자를 쳐다보더니 깊은 한숨을 내쉬며 그것을 받아들었다.

어……?

유키야 오빠는 차분한 눈빛으로 사다오미 할아버지를 보고 있었다. 그래도 사다오미 할아버지가 연녹색 스티커가 붙은 상자를 말없이 받아들자 하얀 얼굴이 살짝 굳어졌다.

"차 타줄 테니까 들어와. 앞으로 이런 건 가지고 오지 말고."

"지금 시력과 시야가 어느 정도 되세요?"

몸을 돌리려던 사다오미 할아버지의 향기에 가느다란 전류가 흐르듯 동요가 생겼다.

나는 혼란스러워서 끼어들 수가 없었다. 사다오미 할아버지는 아주 눈부신 곳에 있는 것처럼 눈을 가늘게 뜨고 말차 맛 야츠하시 상자를 얼굴 가까이에 대 보더니 한숨을 내쉬고 유키야 오빠를 노려보았다.

"……꼬맹이가 무슨 꿍꿍이야?"

"카노에게서 요즘 사다오미 씨의 이야기를 듣고 혹시나 싶었어요. 집 밖으로 그다지 나오지 않고, 장을 보러 가지 않고 배달을 시키고, 책을 읽지 않으신다고요? 그것만으로는 아직 확신할 수 없지만 손바닥의 상처 이야기를 듣고 이것들이 다 연결되어 있는 것 같았어요. 그 상처는 벽에 튀어나와 있는 나사에 긁혀서 생긴 거라고 하셨죠? 하지만 애당초 왜 벽에 손바닥을 대셨어요? 게다가 '긁혔다'면 벽에 댄 채 나사에 찔린 손바닥을 옆으로 밀었다는 뜻이 돼요. 혹시 다쳤을 때 사다오미 씨는 벽에 손을 짚으며 걸어가고 있었던 게 아닌가요?"

숨을 죽이는 내 앞에서 사다오미 할아버지는 언짢은 표정으로 유키야 오빠에게서 고개를 돌렸다.

오셀로 게임에서 한 번의 움직임으로 무수한 돌들을 모조리 뒤집어 버리듯이 유키야 오빠가 언급한 가능성이 지금까지 머릿속을 방황하던 의문을 하나하나씩 확신으로 뒤집었다.

밖으로 나오지 않게 된 것은 다니기가 어려워졌기 때문이다. 배달을 부탁하게 된 것도 많은 사람들이 있는 곳을 걸어 다니며 자잘한 글자를 읽어야 하는 장보기가 힘들어졌기 때문이다. 책도 눈이 보이지 않으면 읽을 수 있을 리가 없다.

'선향 배달은 이제 됐어. 다음 달부터는 안 와도 돼.'

그것도 눈이 나빠진 것을 들키기 싫어서 나를 밀어낸 것일까.

"하지만…… 어째서요? 언제부터……."

충격이 너무나 커서 목소리가 갈라지고 말았다. 사다오미 할아버지는 대각선 아래의 공간만 보며 나와 눈을 맞추려고 하지 않았다. 맞추고 싶지 않은 것일까, 아니면 맞출 수도 없는 것일까. 유키야 오빠가 사다오미 할아버지의 손에서 가만히 야츠하시 상자를 받아들어 현관 신발장 위에 놓았다.

"7월에 일주일 정도 입원하셨죠? 극심한 두통과 구토 증상으로. 원인은 **그것** 때문이었어요?"

두통과 구토가 눈과 무슨 관계가 있는지 나는 몰랐지만 사다오미 할아버지는 체념한 듯이 한숨을 내쉬었다.

"……혈압이나 뭐 그런 문제 때문인가 싶어서 내과에 갔더니 안과로 보내더라고. 녹내장이래."

"그것도 급성 발작이죠? 안압이 급격하게 상승함으로써 극심한 두통과 구토가 생기죠. 사다오미 할아버지처럼 내과나 뇌외과에서 검사를 받다가 발견하는 사람도 많다고 해요."

중간부터는 나에게 설명해준 유키야 오빠는 사다오미 할아버지의 눈을 주의 깊게 들여다보았다.

"수술 하셨어요? 양쪽 눈 다요?"

"……그래."

"검진은 잘 받으러 다니시고요? 꼼꼼하게 경과를 관찰해야 할 텐데요."

"거 참 시끄럽네……. 내가 무슨 애야? 말 안 해도 잘 하고 있어."

"정말이세요?"

나로서는 제법 강한 목소리였다고 생각한다. 사다오미 할아버지가 입을 다물 정도는 되었다.

사다오미 할아버지에게서는 아까부터 계속 될 대로 되라는 향기가 나고 있다. 지쳐서, 나나 유키야 오빠와 이렇게 이야기를 나누는 것도 내키지 않아서 빨리 이 자리를 벗어나려고 했다.

"요즘에는 외출도 하지 않으신다고 들었어요. 정말로 제대로 병원에 다니고 계세요? 그리고 눈뿐만 아니라 몸의 다른 곳도요."

"그러니까 잘 하고 있다고 했잖아. 어린놈이 참견은……."

갑자기 말이 끊기며 사다오미 할아버지가 괴로운 듯이 숨을 몰아쉬었다. 이제껏 대화 내용에 정신이 팔려 알아채지 못했지만 안색이 좋지 않았다. 순간적으로 내가 사다오미 할아버지의 팔을 잡은 것과 동시에 유키야 오빠가 어깨를 잡았다.

"일단 앉으세요."

유키야 오빠가 말하자 사다오미 할아버지는 "혼자 걸을 수 있어." 하고 힘없이 말하며 손을 젓고 느릿한 발걸음으로 거실로 향했다. 언제나 사용하는 좌식의자에 앉더니 얕게 숨을 몰아쉬며 테이블에 팔꿈치를 괴고 이마를 짚었다. 지쳐서 머리를 받치고 있는 것처럼 보이기도 했고, 우리에게서 표정을 숨기는 것처럼 보이기도 했다.

"역시 어딘가 몸이 안 좋으신 거죠……?"

기분 탓인지 어제 만났을 때보다도 그 씁쓸한 향기가 강해진 기분이 들었다. 나는 사다오미 할아버지 옆에 무릎을 꿇었다.

"병원에 가요. 제대로 검사를 받아보는 게 좋겠어요. 오늘은 평일이라 아마 아직 진료를 받을 수 있을 테니까 지금 같이 가요, 네?"

"……난 괜찮아. 부탁이니까 그냥 내버려둬."

"괜찮을 리가 없잖아요!"

"아니라면 죄송하지만……."

머리 위에서 들려오는 유키야 오빠의 목소리가 약간 날카로워졌다. 마찬가지로 안경 너머에서 사다오미 할아버지를 내려다보는 눈빛도 예리해졌다.

"따님이 앓았던 심장 질환, 그건 환자 가족에게도 같은 증상이 나타나는 경우가 있다고 들었어요. 혹시 사다오미 씨도 같은 병을 앓고 계신 것 아니에요?"

나는 숨을 죽이며, 사다오미 할아버지가 천천히 눈을 내리까는 것을 보고 있었다.

"할아버지……."

"건강검진으로 발견한 게 녀석의 취직이 결정된 바로 뒤였어."

이명이 생겼다. 주변의 잡음이 멀어지고 사다오미 할아버지의 목소리만이 선명하게 울려 퍼졌다.

"딱히 떠벌릴 일도 아니라 아무 말도 안 했는데 어떻게 알았는지 녀석이 알아채고는 도쿄에 가지 않고 카마쿠라에서 취직하겠다는 멍청한 소리를 하잖아. 그래서 다시는 집에 들어오지 말라고 쫓아내듯이 보냈는데……. 하지만 어쩌다 그렇게 됐는지. 만약 그때 녀석 말대로 했더라면 녀석은 쓰러지지도 않았고 죽지도 않았을까?"

"……그런 생각은 하지 마세요."

"의사가 분명히 그랬어. 가족도 발병할 가능성이 있다고. 그러니까 그 녀석한테 병을 물려준 건 나라는 말이야. 그렇다면 내 딸로 태어나지 않았더라면 녀석은 그 젊은 나이에 죽지 않아도 되지 않았을까?"

"할아버지……!"

참을 수가 없어서 나는 테이블 위에 놓여 있는 사다오미 할아버지의 손을 꼭 잡았다. 이마를 짚고 있는 손가락 사이로 사다오미 할아버지가 천천히 나를 보았다.

몹시 지친 눈이었다. 이제는 웃는 것도 다 잊어버린 듯한 눈이었다. 그리고 도저히 어떻게 할 수 없을 비통한 향기가 났다. 후회로 가슴이 무너질 것 같아 눈물이 복받쳤다.

좀 더 빨리 알아챘어야 했다.

사다오미 할아버지는 카야코 언니를 잃고 난 뒤로 계속 그런 생각에 사로잡혀 있었다. 어쩌다 그렇게 됐을까, 어떻게 했어야 했을까 하고 계속 후회하면서 줄곧 스스로를 탓해왔다.

괜찮다는 말을 그대로 믿고, 아무렇지 않게 행동하는 모습을 믿고, 너무 걱정하면 싫어하는 사람이라고 조심하느라, 할아버지가 얼마나 깊은 절망 속에 있었는지 우리는, 나는 알아채지 못했다. 조금만 생각해보면 알 수 있는 일인데도.

'미용사가 되고 싶다고 했더니 그러래.'

사다오미 할아버지가 투박스러운 애정을 딸에게 쏟고 있었던 것. 딸이 꿈을 향해 달려가는 것을 기뻐했던 것도 나는 알고 있었는데.

사람의 향기를 맡을 수 있으면서 이럴 때 누구보다도 빨리 알아채지 못하면 어떡한단 말인가. 이럴 때 도움이 되지 않는다면 정말로 무엇을 위해 이런 체질로 태어났단 말인가.

"……긴지가 그랬지. 네가 슬플 얼굴을 할 때는 상대가 슬플 때라고."

미안하구나. 이마에서 손을 내리며 사다오미 할아버지가 중얼거렸다.

"쓸데없는 얘기를 했군. 아무튼 내 일은 걱정하지 않아도 돼. 너희가 지나치게 야단스럽게 생각하는 거야. 눈도 조금 부옇고 부신 정도라 집에 있으면 불편하지 않아. 심장도 심각하게 진행되진 않았다고 의사가 그랬고."

"하지만 의사가 그렇게 말한 게 언제였어요? 조금 전에도 괴로워 보였잖아요. 역시 제대로 정기적으로 검사를 받아야……."

열을 올려 말하면서 나는 이해가 되지 않았다. 어째서 사다오미 할아버지는 자기 몸인데도 이렇게나 무관심할까. 어째서 잔잔한 향기 밑에 기묘한 평온함 같은 것까지 있을까.

"지금은 더워서 밖으로 나가고 싶지 않아. 머지않아 갈 거야. 그러니까 걱정할 것 없어."

향기를 느끼지 못하는 유키야 오빠도 그 말이 본심과는 다른 곳에서 나온, 이 자리를 모면하기 위한 말임은 알고 있을 것이다. 나는 답답함과 슬픔이 마구 얽히고설켜서 무심코 목소리가 높아졌다.

"그렇게 내버려두다 만약 카야코 언니처럼 큰일이라도 나면 어떡하려고요?!"

사다오미 할아버지가 천천히 고개를 들었다.

갈색 홍채 안쪽에서 퍼져나가는 지독한 정적에 나는 두려워졌다.

"설사 그렇게 된다고 해도 딱히 빨리 가는 건 아니야."

어디를 보는지, 무엇을 생각하는지, 아련한 눈빛으로 사다오미 할아버지는 허공을 보고 있었다.

"내 동생은 갓난아기 때 병으로 죽었고, 부모님도 초등학교를 졸업하기도 전에 두 분 다 돌아가셨어. 타마코 선생님이라고 계셨잖아? 담임 선생님이었던 그분이 여러 모로 많이 보살펴주셔서 불편한 건 없었지만 그 선생님도 돌아가셨고, 긴지나 마누라도 역시 나보다 먼저 가버렸어. 그것도 모자라 딸까지. 나는 마지막까지 살아남아서 벌써 예순일곱이야. 이만큼 살았으면 충분해.”

얻어맞은 것처럼 온몸이 부르르 떨렸다.

이런 상황에서, 어째서 사다오미 할아버지가 평온함마저 느끼는지 이해하고 말았다.

이제는 죽을 수 있다. 그렇게 생각하기 때문이다.

처음부터 그렇게 생각하지는 않았을 것이다. 카야코 언니를 잃고 얼마 안 되었을 무렵의 사다오미 할아버지는 아직 사람들 앞에서 괜찮은 척할 정도로는 삶에 대한 의지가 있었다. 그래도 사라지지 않는 후회와 아물지 않는 슬픔이, 아마도 파도가 조금씩 바위를 깎아내듯이 사다오미 할아버지의 마음을 피폐하게 만들었고, 거기에 녹내장까지 오면서 치명적인 타격을 입혔다. 아무도 없는 집에서 벽을 짚으며 걸을 때 무언가가 빠져나가는 것처럼 느꼈는지도 모른다. 이제 그만 됐다고.

말을 너무 많이 했다고 후회하듯이 사다오미 할아버지는 한숨을 깊게 내쉬고 눈을 감았다.

“미안하지만 이만 돌아가거라. ……피곤해서 조금 쉬고 싶구나.”

나는 고집부리는 어린아이처럼 원피스 옷자락을 꼭 움켜쥐고 움직이지 않았다. 여기서 아무 말도 못하고 가버리면 잘 표현은 못하겠지만 더는 손쓸 길이 없다고 생각했다.

하지만 죽고 싶다고 생각하는 사람에게 대체 무슨 말을 하면 좋을까?

다물고 있는 입술은 가늘게 떨리기만 할 뿐 아무런 소리도 내지 못했다. 안타까움에 질식할 것 같아서 눈물만 쏟아졌다.

정신이 들었을 때는 유키야 오빠에게 손목을 잡힌 채 걸어가고 있었다. 이미 밖으로 나와 있었다. 내가 자리에서 일어난 것도, 현관에서 신발을 신은 것도 기억나지 않았다. 바람을 느끼고 하늘을 올려다보니 속눈썹에 맺힌 눈물방울에 매정한 햇빛이 반사되어 빛의 칼날을 휘두른 것처럼 눈이 아찔했다. 아팠다. 사다오미 할아버지는 이보다 더 아프겠지. 손상된 눈에는 이 세상이 얼마나 무자비하게 비칠까.

"……죽고 싶어 하는 사람한테는 뭐라고 말해줘야 좋을까요……?"

유키야 오빠가 발을 멈췄다.

"너무 괴로워서 이제는 죽어도 좋다고 생각하는 사람이 있으면 어떻게 하는 게 그 사람을 위한 걸까요……?"

희망을 잃은 사다오미 할아버지의 눈을 보았을 때 아무 말도 할 수 없었다. 카야코 언니는 그런 것을 바라지 않을 것이다. 사다오미 할아버지가 정신을 똑똑히 차리지 않으면 카야코 언니가 슬퍼한다. 머릿속을 스치는 말은 있었지만 그런 말은 결코 전해지지 않는다는 걸 입에 올리기도 전에 알고 있었다. 게다가 그렇다, 그때 나는 망설이고 말았다.

더 이상은 살고 싶은 생각이 없다고 하는 사다오미 할아버지에게 그래도 살아야 한다고 말하는 것이 옳은 일일까. 이렇게나 지쳐 있는 사다오미 할아버지에게 아무런 괴로움도 짊어지고 있지 않은 내가 그 말을 해도 되는 걸까. 그 사람을 위해 바라는 것과, 그 사람이 바라는 것이 서로 다를 때는 누구의 바람이 이루어져야 할까.

사다오미 할아버지의 인생은 사다오미 할아버지의 것이다. 사다오미 할아버지가 이제 됐다고 한다면, 순리에 맡기고 죽음을 기다리는 것이 진심어린 소원이라고 한다면, 그것을 가로막으려고 하는 내 행동은 사다오미 할아버지에게는 단지 고통에 지나지 않는 것이 아닐까. 정말로 그 사람을 생각한다면 자신의 바람이 아니라 그 사람의 바람을 들어줘야 하는 것이 아닐까.

눈물과 함께 목구멍 안쪽에서 작게 갈라진 목소리가 새어나왔다. 유키야 오빠가 또다시 내 손목을 잡아끌며 걸음을 옮겼다. 아무런 도움도 되지 않는 자신이 너무나 한심해서 가슴이 갈기갈기 찢어졌다.

'카노, 이제야 오는 거냐? 집까지 데려다줄 테니까 타라.'

갑자기 되살아난 정경은 중학교 3학년 무렵의 일이었다. 할아버지가 가을이 끝날 무렵에 타계했을 때 나는 몇 달 뒤의 고등학교 입시를 앞두고 있던 터라 슬퍼할 겨를도 없이 역 앞에 있는 학원에 다녔다. 수업이 끝나면 밤 아홉 시가 지나 있었고, 버스를 타기 위해 역을 향해 와카미야 대로를 걷다 보면 가끔 소형 트럭을 타고 사다오미 할아버지가 지나갔다. 매일은 아니었지만 세 번에 한 번은 그렇게 집까지 데려다주었다. 그 무렵에는 이미 사다오미 할아버지는 궁궐목수 일을 은퇴했을 때라 그렇게 늦은 밤에 다닐 필요가 없었을 텐데도.

그분이 사라지면 내 마음속에도 구멍이 뚫리고 말 것이다. 하지만 걱정하는 마음이 사다오미 할아버지에게 무거운 짐이 된다면 나는 물러나는 수밖에 없는 걸까.

터져 나올 것 같은 흐느낌을 참느라 숨이 막힐 지경인데 갑자기 몸이 휘청거렸다. 뒤에서 손목을 잡아당겼기 때문이었다.

마침 스기모토데라 절의 계단 앞에서 유키야 오빠가 멈춰 섰다.

"⋯⋯유키야 오빠?"

"화요일⋯⋯."

뜻 모를 소리를 중얼거리며 유키야 오빠는 재빨리 나를 돌아보았다.

"카야코 씨가 일했던 도쿄의 미용실 이름이 뭐죠?"

"네? 그, 그게⋯⋯."

내가 기억 속에서 끄집어낸 미용실 이름을 유키야 오빠는 검은색 스마트폰의 검색화면에 재빠른 손놀림으로 입력했다. 미용실의 홈페이지를 보고 싶었던 듯했다. 하지만 갑자기 무슨 일일까? 머뭇거리며 상황을 보고 있는데 화면을 스크롤하던 유키야 오빠가 손가락을 갑자기 멈췄다.

안경 너머의 눈이 무언가를 확신한 듯이 순식간에 커졌다.

스마트폰을 바지 호주머니에 넣고 유키야 오빠는 또다시 내 손목을 잡아끌고 방금 온 길을 되돌아갔다. 게다가 엄청 빠른 걸음이라 끌려가는 나는 거의 잔달음을 치는 수준이었다.

"유, 유키야 오빠? 왜 그래요?"

"죽고 싶어 하는 사람에게 어떻게 해주는 것이 그 사람을 위한 일인지는 몰라요. 진정한 의미에서 그걸 결정할 수 있는 사람은 아마 본인밖에 없으니까요."

앞으로 똑바로 나가며 유키야 오빠는 말을 계속했다.

"나는 죽음을 바라는 것도 개인의 자유라고 생각해요. 사람은 어떻게 태어날지를 선택할 수는 없어요. 그러니까 하다못해 다른 사람에게 상처를 주지 않는 범위에서라면 어떻게 살고 어떻게 죽을지는 자유롭게 선택할 권리가 있다고 생각해요."

단, 하고 유키야 오빠는 목소리에 힘을 주었다.

"그건 카노도 마찬가지예요. 죽고 싶다고 생각하는 것이 그 사람의 자유인 것처럼 그 사람이 죽지 말았으면 좋겠다고 카노가 바란다면 그 사람의 생각을 바꾸기 위해 무언가를 하는 건 카노의 자유예요."

유키야 오빠의 내면에서 무슨 일이 일어났는지는 모른다. 하지만 가슴이 뜨거워져 눈물이 배어나왔다.

그럴까. 내가 바라도 되는 걸까.

제발 우리 앞에서 사라지지 말았으면 좋겠다. 그 사람에게 호소하고, 그러기 위한 무언가를 해도 되는 걸까.

유키야 오빠는 속도를 늦추지 않고 사다오미 할아버지네 집 현관까지 들어가 낡은 초인종을 눌렀다. 조금 기다려도 응답이 없자 불투명 유리의 미닫이문에 손을 가져가더니 아까 우리가 나왔을 때 그대로 자물쇠가 잠겨 있지 않다는 것을 알자 드르륵 하고 거침없이 문을 열어젖혔다.

"유키야 오빠, 이러면 불법 침입……!"

"그건 체포되거나 고소당했을 때 확정되는 문제예요. 유사시에 법률을 조금 어기는 건 어쩔 수 없다고 어떤 변호사가 그랬어요."

"……왜 집주인이 열어주기도 전에 들어오는 거야!"

복도 모퉁이에서 사다오미 할아버지가 벽에 손을 짚으며 걸어왔다. 좀 전에 말했던 대로 쉬고 있었는지도 모른다. 눈이 너무 부신지 얼굴을 찡그리고 있었다.

"뭐야? 돌아간 줄 알았더니 또……."

"따님이 왜 카노한테 선향 배달을 부탁했다고 생각하세요?"

말허리를 자르며 묻자 사다오미 할아버지가 미간을 찡그렸다. 아마 나도 똑같은 얼굴을 하고 있었을 것이다.

"집에서 사용하는 선향이 한 달이면 다 떨어지니 깜빡하고 못 사는 일이 없도록 카노가 배달해줬으면 좋겠다고, 카야코 씨는 카노에게 그렇게 말했었죠? 다시 말해 배달의 목적은 상품의 정기 구입이라는 뜻이 돼요. 하지만 그렇다면 어째서 카야코 씨는 배달하는 날을 '매달 첫 번째 화요일'로 지정했을까요? 카노, 매달 첫 번째 화요일이라고 하면 며칠씩 어긋나게 되는지 알아요?"

"네?!"

느닷없이 어려운 문제를 내자 당황하며 달력을 떠올렸다. 먼저 달의 첫 번째 화요일이 1일일 경우, 2일일 경우, 3일일 경우……, 이렇게 패턴을 세어보고 있는데,

"7일간이지."

사다오미 할아버지가 수월하게 대답했다. 정답, 이라고 외치듯이 유키야 오빠도 고개를 끄덕였다. 현역 고등학생은 스스로가 한심해서 고개를 들지 못했다.

"다시 말해 전달의 마지막 날부터 최대 6일간 선향이 배달되지 않는 기간이 생기게 돼요. 매달 정기 구입이 목적이라면 이 기간이 너무 길다고 생각하지 않아요? 애당초 정기 구입을 하

는 경우에는 예를 들어 매달 1일처럼, 요일이 아니라 날짜로 배달일을 지정하는 경우가 일반적이라고 생각해요. 그리고 배달을 가게 주인인 미하루 씨가 아니라 화요일에는 학교에 가야 하는 카노에게 의뢰한 것도 역시 부자연스럽고요."

이렇게 생각해볼 수는 없을까요?

"선향 배달은 구실에 불과하고 카야코 씨는 다른 목적으로 매달 첫 번째 화요일에 카노에게 이 댁을 방문하게 한 거예요."

"보나마나 카노한테 내가 어떻게 지내는지 들여다보게 하려고 그랬겠지."

내가 선향을 배달하면서 느꼈던 것을 사다오미 할아버지도 생각했던 듯했다.

"녀석이 카노한테 그런 이상한 부탁을 한 건 내 심장 문제를 알게 된 바로 다음이야. 집에는 내가 못 오게 하니까 대신 카노를 보냈겠지."

"그럼 왜 화요일이었을까요?"

"뭐?"

"카노에게 사다오미 씨의 상태를 들여다보게 하는 것이 진짜 목적이라면, 저라면 주말인 휴일을 선택하겠어요. 아까도 말했지만 평일에는 카노도 학교에 가야 하고 학교에서 예상치 못한 일이 생겨 늦게 오는 날도 있을지 몰라요. 실제로 그런 일 때문에 배달하지 못했던 경우는 없었나요?"

“몇 번 있어요……. 그때는 할머니한테 전화해서 대신 가달라고 했어요.”

확실히 유키야 오빠의 말대로 본인을 대신해 나에게 사다오미 할아버지의 몸 상태를 확인하게 하기 위해서였다면 화요일보다 주말을 선택하는 쪽이 나았을 것이다. 사다오미 할아버지도 그 부분에서는 이견이 없는지 입술을 꽉 다물었다.

그거 아세요? 하고 유키야 오빠는 느닷없이 사다오미 할아버지에게 물었다.

“관동 지역의 미용실은 정기휴일을 둘 때 화요일로 정하는 경우가 많아요.”

“……뭐?”

“전국적으로는 월요일 휴무가 많은 듯하지만 관동 지방은 화요일이 많아요. 예전에 신기해서 조사해봤더니 2차 대전 중과 그 후의 전력 공급 중단일과 관계가 있다고 해요. 태평양전쟁이 발발한 뒤부터 전력 부족이 문제였지만 특히 전쟁이 끝난 뒤에는 그로 인한 피해와 연료 수급 곤란으로 화력발전소를 원하는 만큼 가동하지 못해 문제는 더욱 심각해졌어요. 그래서 전쟁 중에 시작된 주 1일의 전력 공급 중단일이 전후의 가장 힘들던 시기에는 주 2일이나 3일로 늘어났죠. 미용실은 영업을 하는 데에 상당한 전력을 사용해요. 그래서 송전이 중단되는 날에는 영업을 하지 못했죠. 그래서 그 날을 가게의 정기 휴일로 삼게 되었고 관동 지역은 그게 화요일이었어요. 그렇게 된 거에요.”

“넌 어떻게 그렇게 이상하고 쓸데없는 것들을 잘 아냐……?”

“카야코 씨가 일했던 도쿄의 미용실도 역시 화요일이 정기휴일이었어요.”

유키야 오빠의 목소리에 선명하게 힘이 생기면서 본론으로 들어갔음을 알 수 있었다.

“그게 카야코 씨가 ‘매달 첫 번째 화요일’에 선향 배달을 부탁한 이유라고 생각해요. 화요일이 카야코 씨가 일을 쉴 수 있는 날이었기 때문이에요.”

“……무슨 말인지 모르겠네. 휴무일에 카노한테 선향을 배달하게 한 게 뭐가 어떻다는 거야?”

“전 **여기에 와 있었다**고 생각해요.”

바닥을 똑바로 가리킨 유키야 오빠의 하얀 집게손가락을 나와 사다오미 할아버지는 물끄러미 응시했다.

**카야코 언니가 이 집에 있었다고?**

“무슨 소리야……?”

“선향 배달일을 자기 휴무일로 지정한 이유는 카야코 씨 본인이 어떤 행동을 취하기 위해서였을 거예요. 그 외에는 생각할 수 없어요.”

“녀석은 취직한 뒤로는 한 번도 여기로 돌아온 적이 없어.”

“그러니까 사다오미 씨에게 들키지 않도록 몰래 왔던 거예요.

그러기 위해서 카야코 씨는 선향 배달을 카노에게 부탁했죠. 만약 미하루 씨에게 부탁했더라면 아마도 사다오미 씨와는 얼굴을 마주하자마자 금방 말싸움으로 번져서 냉큼 돌아가버릴 테니까요. 하지만 상대가 카노라면 사다오미 씨도 나름대로 손님맞이를 해주겠죠. 다시 말하면, 사다오미 씨가 카야코 씨의 존재를 알아채지 못하도록 주의를 끌어주는 역할이었던 거예요.”

“……아!”

머릿속에서 엎어져 있던 카드가 팔랑 뒤집히는 바람에 무심코 소리를 질렀다. 나를 보는 사다오미 할아버지와 유키야 오빠에게 허둥지둥 설명했다.

“왔었어요, 제가 선향을 배달하러 왔을 때 카야코 언니도 여기에 와 있었어요!”

분명 작년 9월이었다. 문화제 준비로 하교가 늦어져 가게에서 선향을 포장한 뒤 나는 서둘러 사다오미 할아버지네 집으로 향했다. 그러자 캐러멜색의 곱슬곱슬한 쇼트커트의 카야코 언니와 길에서 마주쳤다.

“카야코 언니는 내가 부르자 흠칫 놀라더니…… 같이 할아버지한테 가자고 했지만 괜찮다며 돌아가버렸어요.”

“카야코 씨는 카노에게 오후 네 시 반 무렵에 선향을 배달해달라고 부탁했었죠? 아마도 그 시간에 맞춰 왔는데 뒤에서 카노가 나타나 들키는 바람에 당황해서 그랬을 거예요.”

그리고 유키야 오빠는, 어때요? 하고 묻듯이 사다오미 할아버지를 보았다.

미간에 주름을 잡고 잠자코 있던 사다오미 할아버지는 후, 하고 한숨을 내쉬었다.

"……그건 우연이었겠지. 달마다 녀석이 몰래 여기 왔었다니 그런 말도 안 되는 이야기가 어디 있어?"

"증거가 부족하다면 집 안을 찾아보게 해주세요."

평소와 다르게 세게 나오는 유키야 오빠에게 사다오미 할아버지가 움츠러든 듯했다.

"카야코 씨가 이 집에 왔던 증거를 찾아볼게요. 침입 경로는 그다지 많지 않을 거예요. 사다오미 씨에게 들킬 테니 현관으로는 못 들어오겠죠. 그렇다면 어딘가의 창문이나 뒷문이나, 아무튼 몰래 이 집에 들어올 수 있는 곳에서 카야코 씨가 왔었다는 흔적을 찾아볼게요."

"……왜 그렇게까지 하려는 거야? 그래서 너한테 무슨 득이 있다고?"

"쓰기 시작한 리포트는 결론까지 도출하지 않으면 직성이 풀리지 않는 성격이거든요. 허락해주시겠어요?"

이때의 일을 나중에 떠올릴 때마다 나는 생각하게 된다. 사람은 죽어서 몸이 소멸한 뒤에도 남는 무언가가 있는 게 아닐까 하고.

그 이야기를 들은 것은 이미 몇 년이나 전의 일로, 완전히 기억 저편에 파묻혀 있었다. 그런데도 마치 귓가에서 카야코 언니가 속삭이기라도 한 것처럼 선명하게 떠올랐다.

"집 뒤쪽의 창고……."

눈썹을 찡그리고 나를 바라보는 사다오미 할아버지를 향해 한 걸음 나아갔다.

"아주 옛날에 카야코 언니한테서 들은 적이 있어요. 언니가 어릴 때 장난을 쳐서 할아버지가 벌로 집 밖에 세워뒀을 때 뒤쪽 창고 문에 커다란 구멍을 뚫고 집으로 들어온 이야기요. 하지만 할아버지는 화내지 않고 구멍이 난 곳에 작은 문을 달아줘서 언니가 곧잘 그곳으로 드나들었다고. 무척 즐거운 듯이 얘기해줬어요."

돌멩이를 떨어뜨린 수면에 파문이 퍼져 나가듯 어두워져 있던 사다오미 할아버지의 향기에 진동이 생겼다. 말괄량이였던 어린 딸의 모습을 떠올린 것처럼. 고사리손이 엄청난 힘으로 뚫은 구멍에 기가 차서 웃었던 그때의 감정이 되살아난 것처럼.

"창고는 어디 있어요?"

유키야 오빠가 묻자 한 박자 늦게 사다오미 할아버지는 샌들을 신고 현관을 나섰다.

그 창고는 이미 몇 년째 사용하지 않는다고 했다.

"녀석이 고등학교에 다닐 때는 자전거를 넣고 빼느라 사용했지만 녀석이 집에서 나간 뒤로는 쓸 일이 없으니 문도 안 열어 봤어."

집과 블록 담장 사이의 좁다란 길에는 발목까지 올라올 만큼 풀이 무성하게 자라 있고 녹색 풀 사이로 토끼풀과 민들레 같은 꽃이 점점이 피어 있었다. 이미 오랫동안 그 통로에는 사람이 발을 들인 적이 없음을 알 수 있었다.

집 정면에 있는 현관의 거의 정반대쪽에 창고가 있었다.

불투명 유리가 끼워진 미닫이문은 알루미늄 새시로 되어 있었다. 아마도 원래는 새시 틀을 사이에 두고 상하로 불투명 유리가 끼워져 있었겠지만 지금은 아래쪽 유리는 없고 대신 손잡이가 달린 베니어합판이 달려 있었다. 키우는 개나 고양이가 자유롭게 집 안팎을 드나들 수 있도록 설치하는 펫도어와 모양이 비슷했다.

"녀석은 이걸 마음에 들어 해서 현관이 아니라 이리로 곧잘 드나들어서 어릴 때는 여기도 늘 열어놨었지. 하지만 녀석이 중학교에 들어간 뒤로는 못을 박아서 지금은 안 열릴 거야."

문 앞에 선 사다오미 할아버지는 계속 눈가를 가리듯이 손을 대고 있었고, 그런데도 여전히 괴로운 듯이 눈을 가늘게 뜨고 있었다. 지금의 사다오미 할아버지의 눈은 우리보다 몇 배나 빛에 약할 것이다. 유키야 오빠가 한쪽 무릎을 꿇고 카야코 언니의 비밀 문에 손을 댔다.

"못은 없어요. 뽑아낸 흔적이 있네요. 열게요."

유키야 오빠가 손잡이를 잡고 당기자 끼익 하고 삐걱거리는 소리를 내며 베니어합판이 들렸다. 내 옆에서 사다오미 할아버지가 숨을 죽였다. 합판 위쪽 면의 오른쪽 끝과 왼쪽 끝에 경첩이 달려 있고 그곳을 기점으로 개폐되는 구조인 듯했다.

합판을 들어 올리자 사각형의 구멍이 뻥 뚫리며 어둑하고 먼지가 가득한 창고 내부가 보였다. 사각형의 구멍은 키가 큰 유키야 오빠나 사다오미 할아버지가 드나들기는 힘들어도 나는 수월하게 지나갈 수 있을 것 같았다. 늘씬했던 카야코 언니도 다니기는 쉬웠을 것이다.

사다오미 할아버지는 말없이 열쇠고리에 달린 열쇠를 유키야 오빠에게 내밀었다. 유키야 오빠가 일어나 구멍에 열쇠를 찔러 넣었다.

기분 나쁜 소리를 내며 알루미늄 새시 미닫이문이 열린 순간, 고여 있던 실내의 공기가 움직이며 자욱한 먼지 냄새가 코를 간질였다. 창고 안에는 커버를 씌운 자전거와 전동 미싱, 쌓여 있는 오래된 타이어 등이 어수선하게 놓여 있고, 좁은 공간의 가장 안쪽에 본채로 이어지는 알루미늄 새시 문이 달려 있었다. 저 문으로 들어가면 현관을 지나지 않고도 집 안으로 들어갈 수 있을 것이다.

유키야 오빠가 창고 안으로 들어가 발밑을 내려다보며 낮게 말했다.

"발자국……."

나도 유키야 오빠의 뒤를 이어 안으로 들어가 바닥을 응시했다. 콘크리트로 되어 있는 바닥에는 모래먼지가 쌓여 있었지만 군데군데 누군가가 만든 발자국이 점점이 나 있었다. 신발 형태는 몇 가지로 종류가 달랐지만 발 사이즈는 일정했고 그다지 크지 않았다. 무수한 발자국은 불규칙하게 흩어지면서도 창고 출입구에서 본채로 통하는 안쪽 문을 잇는 직선에 집중되어 있었다.

발자국에는 먼지가 그다지 쌓이지 않아 비교적 새로운 것임을 짐작할 수 있었다.

이 집에 혼자 사는 사다오미 할아버지는 몇 년째 이 창고에 발을 들이지 않았다.

그렇다면 역시 이 발자국은……. 목구멍 안쪽이 뜨거워져서 나는 눈을 감았다.

유키야 오빠가 옆으로 물러나고 사다오미 할아버지가 내 옆에 섰다. 눈을 가느다랗게 뜬 채 발자국을 찾아 시선을 움직였다. 이윽고 나직이 중얼거렸다.

"……안 보여."

그때 **그것**을 발견했다.

내 발끝에서 10센티미터 정도 오른쪽으로 비스듬하게 떨어진 곳에 **그것**이 떨어져 있었다.

신기할 정도로 나는 놀라지 않았다. 그저 저릿하고 그리운 마음으로 그것을 집어 들어 손끝으로 먼지를 조심스럽게 털었다. 어서 와, 하고 인사하는 기분으로.

"할아버지."

내가 내민 손바닥에 무엇이 있는지 사다오미 할아버지는 처음에는 몰랐던 듯했다. 얼굴을 조금 가져다대더니 눈을 동그랗게 뜨고 그것을 집어 들었다.

"이건 원래 할아버지가 할머니한테 선물하신 귀고리였죠? 그걸 카야코 언니가 직접 피어싱으로 리폼 했다고 들었어요."

이것 봐, 하고 머리카락을 들어 올려 보여준 카야코 언니의 양쪽 귓불에서 빛나던 피어싱을 떠올렸다. 그것과 똑같은 아름다운 녹색 보석의 피어싱을 사다오미 할아버지는 말없이 바라보았다.

"작년에 이 집 근처에서 만났을 때 카야코 언니가 피어싱 한쪽을 어디선가 잃어버렸다고 했었어요. 여기서 떨어뜨렸었네요. 아마도 저랑 만나기 전인 7월이나 8월, 어쩌면 그보다 훨씬 더 전의 첫 번째 화요일이었을 거예요."

유키야 오빠가 어째서 카야코 언니가 이 집에 왔었던 사실을 증명하는 데에 집착했는지 지금은 이해한다.

그것이 우리가 할 수 있는 일이기 때문이다. 사다오미 할아버지 안에서 꺼져가려고 하는 것이 카야코 언니의 마음을 통해 다시 되살아나기를 바랐다.

"할아버지, 카야코 언니가 저한테 물었어요. 할아버지는 잘 계시냐고. 몸이 아프거나 하지는 않으셨냐고."

사다오미 할아버지의 입술이 가늘게 벌어졌다. 유키야 오빠가 이어받았다.

"다시는 오지 말라고, 사다오미 씨는 혼쭐을 내며 카야코 씨를 도쿄로 보내셨죠? 따님이 자기 때문에 걱정하지 않고 꿈꾸던 일을 열심히 할 수 있도록. 그리고 그 뒤에도 따님을 이 집에 오지 못하게 했어요. 그래도 카야코 씨는 사다오미 씨가 걱정스러워서 매달 여기로 돌아왔었을 거예요."

사다오미 할아버지가 피어싱을 올린 손을 천천히 움켜쥐었다.

그때까지 잊고 있던 새들의 지저귀는 소리가 일제히 들려왔다. 매미 울음소리도. 멀리서 누군가가 웃는 소리도. 카야코 언니는 이미 이 세상에 없지만 우리는 살아서 여기에 서 있다.

길고 깊은 한숨을 내쉰 사다오미 할아버지의 목소리는 조금 갈라져 있었다.

"……바보 같긴. 몇 년이나 그런 성가신 짓을 했다니."

"아마도 성가신 아버지를 닮아서 그렇겠죠."

유키야 오빠가 진지한 얼굴로 쿨하게 말하는 바람에 나는 웃고 말았다.

그렇다. 사다오미 할아버지와 카야코 언니는 꼭 닮았다. 본인
들은 부정하지만 얼굴 생김새도, 성격도, 솔직하지 못한 애정
표현 방법도 판박이였다.

"저는 증명할 수 없는 것은 말하고 싶지 않기 때문에 카야코
씨가 지금도 사다오미 씨를 지켜보고 있다든가 하는 그런 말은
하지 못하지만 이것만큼은 말할 수 있어요."

유키야 오빠는 조용히 덧붙였다.

"틀림없이 갑자기 숨을 거두기 직전까지 카야코 씨는 아버지
를 걱정했을 거예요. 그리고 카야코 씨 말고도 사다오미 씨를
염려하고 아끼는 사람들이 있어요. 이미 여기에도 눈물이 그렁
그렁한 사람이 한 명 있잖아요?"

유키야 오빠가 나를 보자 사다오미 할아버지도 내 쪽을 돌아
보았고, 나는 황급히 눈가를 쓱쓱 닦았다.

"물론 우리가 이런 얘기를 해봤자 사다오미 씨에게 강요할 힘
은 전혀 없고, 어떻게 살고 어떻게 생을 마감할지는 침해할 수
없는 본인의 자유니까 어린 것들이 참견할 문제는 아니지만요."

"……어째서 넌 꼭 그렇게 밉살스러운 말만 골라서 하는 거
냐?"

"마지막으로 한마디 해도 된다면, 안 그래도 탈수증상이 생기
기 쉬운 요즘 시기에 더는 쓸데없이 수분을 잃게 하지 말아주세
요."

유키야 오빠는 어쩌면 조금 화가 났었는지도 모른다. 코끝에 하얀 집게손가락을 들이미는 바람에 비틀거리는 나의 손목을 잡았다.

"실례할게요."

사다오미 할아버지에게 그렇게 말한 목소리와 눈빛의 싸늘함이란, 말 그대로 동장군의 후예가 따로 없었다.

긴 다리로 성큼성큼 걸어 나가는 유키야 오빠를 내가 따라가려면 종종거리며 달려야 하기 때문에 나는 사다오미 할아버지에게 꾸벅 인사하고 허둥지둥 발을 움직였다. 사다오미 할아버지는 그 자리에 선 채로 우리를 보고 있었다. 집 모퉁이를 돌아 서로의 모습이 보이지 않을 때까지 계속.

유키야 오빠가 갑자기 걸음을 멈춘 것은 아까와 같은 스기모토데라 절의 돌계단 앞에서였다.

"……야츠하시."

불쑥 중얼거린 말에, 아, 하고 나도 깨달았다. 유키야 오빠의 손에는 교토에서 사온 종이봉투가 없었다. 야츠하시 두 상자 중 한 상자는 사다오미 할아버지에게 주고 나머지 하나는 나와 할머니에게 줄 생각이었던 모양이었는데.

좀처럼 하지 않는 실수를 한 유키야 오빠가 역시나 좀처럼 볼 수 없는 난감한 표정을 하고 있어서 나는 무심코 웃음을 터뜨리며, 다음에 또 사다줘요, 하고 말했다.

*

사흘 뒤의 토요일, 아침 열 시를 조금 앞두고 유키야 오빠가 본채 현관 초인종을 눌렀다.

생전에 할아버지가 쓰던 다다미방으로 데리고 가 할머니가 향도 교실에 가기 전에 준비해둔 기모노로 갈아입게 했다. 오늘은 새벽하늘처럼 깊은 남색의 무늬 없는 여직물로 된 기모노였다. 피부가 하얗고 머리카락은 새카만 유키야 오빠가 입으면 틀림없이 야무지게 잘 어울릴 것이다.

한발 먼저 가게로 향하려고 하는데 옆방에 놓여 있는 불단이 눈에 들어와 선향을 올리기로 했다. 불단의 중간 단에는 오늘 아침에 할머니가 새로 가져다 놓은 밥과 차가 올려져 있었다. 초에 불을 켜고 가게에서 상품으로 파는 것과 똑같은 선향을 향로에 꽂고 온화하게 미소 짓는 할아버지의 영정을 바라본 뒤 눈을 감고 손을 합장했다.

하늘나라로 간 사람들에게 살아 있는 사람들은 손이 닿지 않기 때문에 하다못해 좋은 향기가 나는 연기만이라도 보내려고 하는 것이라고, 옛날에 그분이 말씀하셨다.

그럴지도 모른다.

하늘나라가 정말로 있는지, 먼저 떠난 사람들이 지금도 그곳

에 있는지는 모른다. 하지만 그렇다는 믿음은 남은 사람들에게
버팀목이 된다. 그래서 사람들은 자기들이 사랑했던 높고 소중
한 존재에게 아름다운 향기를 보낸다. 하고 싶은 말, 나누고 싶
은 마음을 대신하여.

그분은 오늘도 먼저 떠난 사람들을 위해 선향을 피우고 있을
까. 하늘로 올라가는 아련한 연기를 좇으며 사랑하는 사람들을
생각할까.

가게에 설치된 유선전화기가 울린 것은 가게 앞에 '향'이라는
한 글자를 붓글씨로 쓴 포렴을 걸고 있을 때였다. "세 번 울리기
전에 받는 게 매너예요." 하고 유키야 오빠가 가르쳐주었으므로
부랴부랴 달려가 간신히 벨이 세 번 울리기 전에 수화기를 들어
올렸다.

"네, 카게츠 향방입니다."

[너희 할머니가 호통을 치러 달려온 건 그 꼬맹이 짓이냐?]

지칠 대로 지쳐서 기운이 쭉 빠진 목소리였다.

입술이 떨렸지만 깊이 숨을 들이마시고 편안한 목소리를 내도
록 노력했다.

"유키야 오빠가 아니라 저예요."

[내가 실의의 구렁텅이에 빠져서 완전히 식음을 전폐한 사람
처럼 돼 있던데 대체 어떻게 된 거야?]

"이야기를 좀 부풀려야 할머니도 파워 업 할 것 같아서요."

                                          제4화

[카노야, 점점 그 꼬맹이를 닮아가는 것 아니냐? 옛날에는 훨씬 더 순수하고 착한 애였잖아.]

"제가 뭘 하든 제 맘이에요."

말꼬리가 조금 갈라졌고, 그것이 수화기 너머로 전해졌는지도 모른다. 얼마 동안 침묵이 이어지더니 어제, 하고 중얼거리는 듯한 목소리가 들렸다.

[너희 할머니한테 협박당해서 병원에 다녀왔어. ……내 생각으로는 상당히 나빠져 있을 줄 알았는데 의사 선생한테 혼나기는 했지만 생각만큼 나쁘지는 않았어. 원래 튼튼해서 그렇겠지. 당분간 죽을 염려는 없는 모양이다.]

눈 안쪽이 뜨거워져 새어나올 것 같은 목소리를 억눌렀다. 카노야, 하고 조용한 목소리가 불렀다.

[그러니까 다음 달에도 선향을 가져다주겠니?]

어떻게 해도 떨리고 마는 목소리로, 네, 하고 대답했다.

수화기를 내려놓고 양손으로 입가를 눌렀다. 이미 카게츠 향방은 개점했으니 손님이 언제 들어와도 이상할 것이 없다. 점원이 눈물을 주룩주룩 쏟아내는 모습을 보면 틀림없이 흠칫 놀라서 돌아가 버릴 것이다.

그래도 시야가 자꾸자꾸 번져서 필사적으로 참고 있는데 조리를 신은 발소리가 다가왔다. 왜 그래요? 중저음의 목소리가 물었다. 하지만 조금이라도 입을 벌리면 눈물이 쏟아져 나올 것 같아서 대답할 수가 없었다.

　그가 머뭇거리는 느낌으로 등에 손을 가만히 대주었다.

　손이 닿은 순간 나는 참을 수 없어서 고개를 숙였다. 등을 쓰다듬어주던 손이 어깨를 두르며 가만히 안아주었다.

　조금은 괜찮지 않을까. 아주 잠깐이니까.

　나는 유키야 오빠의 가슴에 머리를 파묻고 울었다.

**참고 문헌**

『〈향기〉는 왜 뇌에 영향을 주는가 ~아로마테라피와 첨단의료』 시오다 세이지(NHK출판, 2012)
『조향사의 노트 ~향기의 세계를 탐색하다』 나카무라 쇼지 (아사히신문출판, 2008)
『향기가 전해주는 일본문화사 천년의 향기』 이시바시 이쿠코 저, 하타 마사타카 감수, 미야노 마사키 사진
(미츠무라스이코쇼인, 2001)
『향도를 즐기기 위한 조향 입문』 타니가와 치구사 (탄코샤, 2012)
『향도 입문』 (탄코샤, 1993)
『카마쿠라 마츠리·행사 소사전』 하라다 히로시 (카마쿠라 슌주샤, 2012)

# 카마쿠라 향방
# 메모리즈 ②

2018년 7월 30일 초판 발행

**저자** 아베 아키코
**역자** 이희정

**발행인** 정동훈
**편집전무** 여영아
**편집부 국장** 최유성
**편집** 김은실 권영경 김혜정
**제작부 국장** 김장호
**제작** 김종훈 정은교
**국제부 국장** 손지연
**국제부** 최재호 김미희 김형빈 천효은 박민희
**마케팅 국장** 최낙준
**마케팅** 김관동 이경진 심동수 고정아 고혜민 서행민
**디자인** 형태와내용사이

**발행처** (주)학산문화사
**등록** 1995년 7월 1일
**등록번호** 제3-632호
**주소** 서울특별시 동작구 상도1동 777-1
**편집부** 02-828-8837
**마케팅** 02-828-8962~5

**ISBN** 979-11-88988-73-0 04830
　　　　979-11-88988-71-6(세트)
**값** 11,000원

북홀릭은 (주)학산문화사에서 발행하는 일반 소설 브랜드입니다.